Rolf Friedrich Schuett

Angeln beruhigt − weder Fische noch Würmer

Erzählungen und Virtuosenspiele

Rolf Friedrich Schuett

Angeln beruhigt –
weder Fische noch Würmer

Erzählungen und Virtuosenspiele

Books on Demand

Bibliographische Information Der Deutschen Bibliothek:
Die Deutsche Bibliothek verzeichnet diese Publikation in
der Deutschen Nationalbibliographie; detaillierte bibliographische Daten sind im Internet abrufbar über
http://dnb.ddb.de

Herstellung und Verlag :

BoD – Books on Demand, Norderstedt

Gedruckt auf alterungsbeständigem Papier
(holz- und säurefrei)

Umschlaggestaltung : E. L. Schmidt

Printed in Germany

ISBN 978-3-7481-8856-8

INHALT

meinen Eltern

in Dankbarkeit

Ein gutes Leben

Mit lässigem Behagen sieht er die übrigen Familienmitglieder als Satelliten ihn umkreisen, zupft hier an einem Gartenstrauch, staubt dort einen Buchrücken ab. Manchmal möchte er schon, daß etwas passiert, er weiß nicht was. Wenn er aber daran denkt, was so alles passieren könnte, freut er sich, daß doch nichts passiert. Er ist zufrieden, nicht ganz glücklich zu sein und nicht ganz unglücklich, Meister der Halbherzigkeit, der er ist. Obwohl nie so ganz da, ist er die sinnfällige Verkörperung bloßen menschlichen Da-Seins. Er lebt, er ist einfach nur da, noch da und sonst nichts. Er schnuppert, ob nicht von irgendwoher noch ein weiterer Gratisleckerbissen von der Großen Festtafel für ihn abfällt, ohne viel Aufwand und Geschrei. Dann ist er da.

Kurz: Er ist für das Gute und gegen das Böse. Für den Frieden und gegen den Krieg, für grünen Wald und gegen grauen Beton. Er ist für das Leben und gegen den Tod, besonders, wenn es um die Seinen geht. In der Zeitung liest er mit wohligem Gruseln, daß sie sich hinten in Nicaragua wieder die Köpfe einschlagen statt heißreden. Fern sieht er, damit er besser schläft. Ein oder zwei Mal fällt er hitzig über sein Ehegespons her, pro Woche. Nach diesem vegetativen Anfall ist alles wieder wie vorher. Drängt sich die Sterblichkeit auf, durch Bruststiche oder Schwindelgefühle, kauft er einen Trainingsanzug und joggt solange, bis die Angst vor Überanstrengung wieder größer ist als die Angst vor dem Herztod. Genauer: Wenn schon Infarkt, dann nicht durch die Maßnahmen gegen ihn. Alle paar Monate gewöhnt er sich das Rauchen ab. Am Reisen mag er besonders, daß es eine Veränderung ist, bei der alles beim Alten bleibt und weniger geschieht als zuhause. Früher wollte er auch alles ganz anders, aber eigentlich ist es doch besser so, wie es dann gekommen ist. So ist das Leben nun einmal, was soll man machen, und ihm geht's ja noch Gold oder Silber. Hauptsache, Geld und Verdauung stimmen und über die Nachbarn läßt sich Neues und Schlimmes erzählen. Zuweilen bastelt er und wäscht sein Auto selber, weil das billiger ist. Aber vor allem, weil er sich sonst bis zum TV-Programm zu Tode langweilen würde. Viele auf der Welt haben es besser als er. Aber damit wird er fertig : Noch sehr viel mehr Leute haben es viel schlechter als er. Alles sollte im Grunde anders sein, aber eigentlich könnte es noch schlimmer sein.

Er ist nun weiß Gott nicht unverschämt, was verlangt er denn schon Besonderes vom Leben? Doch nicht mehr, als billig ist und ihm zusteht, eben seinen bescheidenen Teil vom großen Kuchen. Seinen kleinen Anteil an der Beute in einer komfortablen Höhle ungestört verzehren zu dürfen, das ist es, was er will. Fordert das denn schon den Neid falscher Götter heraus? Zuweilen hat er seinen 'Moralischen'. Dann versackt er in einem schwarzen Riesenloch, niemand kann ihn dort herausholen, weder durch die Peitsche des Zuckerbrots noch durch das Zuckerbrot der Peitsche. Dann stiert er in seine inneren Mäuselocher, die nur er sieht, um zu beweisen, daß er kein Flachkopf ist, sondern auch seine Untiefen hat. Es vergeht übrigens, wie es gekommen ist, so grundlos wie folgenlos. Im Übrigen ist er mit allem wohlversorgt und hat alles, was einer heute so zu brauchen glauben muß.

Aber eigentlich weiß er nichts Rechtes damit anzufangen. Es steht herum und versperrt den Weg, auf den er sich gar nicht macht. Aber trennen kann er sich von seinem ganzen Plunder auch nicht; wer weiß, wozu das noch einmal gut ist und was noch eines Tages über ihn kommen mag.

Manchmal glaubt er etwas ganz fest zu wissen und begriffen zu haben, daß etwa die ganze Umwelt in Gefahr ist heute, daß da draußen irgendetwas vor sich geht, und etwas Unheimliches sich zeitlupenlangsam zu uns heranfrißt. Im nächsten Moment weiß er nicht mehr, wovor ihm eben noch so gegraut hat. Alles ist wieder dämmervage wie immer.

Glücklicherweise muß er sich ja nie entscheiden, was er da gespürt haben will. Nichts und niemand verlangt das von ihm, am wenigsten er selbst. So kann alles immer im schwebend Ungefähren bleiben und köstlich unbestimmt. So mag er es am liebsten, so in der grauen Nebelsuppe der Welt immer neu herumrühren.

Niemand kann behaupten, er warte nicht auf etwas Besonderes. Mindestens darauf, daß ihm jemand erklärt, worauf denn eigentlich. Und wenn es ihm mal einer zu sagen versucht, ist es natürlich nie ganz das Richtige. Aber Gottseidank kommt es darauf auch nicht wirklich an, wenn nur Geld und Verdauung weiter stimmen. Er hat Zeit, er blinzelt, kratzt sich mit dem Fingernagel schmerzwollüstig über kleinere Gesichtspickel, die animalischen Grundverrichtungen übernehmen das Leben für ihn, das autonome Vitalsystem samt angeschlossenen Subroutinen.

Von seinem Leuchtturm schaut er weit ins Land.

Seine Ehe? Nicht Fisch noch Fleisch, wie so vieles bei ihm. Weder ruhige Harmonie noch fetzenfliegender Riesenkrach, nur dieses entnervend auszehrende Dauergezänk, all dieses unablässige Nadelstichwundengeplänkel, Tag aus, Tag ein, ohne Sinn und Verstand und Ziel und Ende. Nur damit er sich in den Stunden bis zum Fernsehabend ein bißchen leben fühlt.

Wünsche wie Abneigungen nur halbherzig : Es reicht weder zur Leidenschaft noch zum Verzicht. Extrem wird er nur dort, wo es um die Weigerung geht, sich einmal richtig ins Zeug zu legen und großherzig zu verausgaben und einmal aufrichtig über die eigenen Kräfte zu leben. Nur eines lohnt jede Mühe : Um jeden Preis den Zustand zu wahren, wo nichts die Mühe lohnt und das Opfer. Nichts übers unbedingt notwendige Minimum hinaus, über die Freiheit nach Vorschrift ... Daß er es etwas nett und bequem und sauber haben will, wer will ihm das ernstlich verdenken oder puritanisch mißgönnen?

— Aber nun hat er geschafft, was er sich vorgenommen hat, die Scheuern sind gefüllt, alle Voraussetzungen und günstigen Ausgangsbedingungen sind erfüllt, um nun endlich einmal ... Aber das ist es eben. Was fängt er nun an mit all diesen wunderschönen Dingen, die das erleichtern, was er Leben nennt? Er hat es unterwegs vergessen; es war schwer genug, das alles zusammenzutragen. Da war doch noch etwas? Hat er überhaupt je gewußt, wozu er das alles aufeinandergetürmt hat? Er denkt nach, er wird ganz melancholisch vor lauter Sinnen, er kommt nicht drauf, und da ist er auch schon glücklich eingenickt ...

Der Anfall

Die Aktenmappe unter dem Arm, den dunklen Pope-line-Mantel flatternd frühlingsoffen, sah der Mann sich kräftig ausschreiten. Es kam zu wüsten Ausschreitungen gegen nichts als diese einhundert Meter Alltagsheimweh, die ihn noch von der frischweißen Gartenpforte trennten. Das Knusperhäuschen lag da schützend geschützt vor ihm in der spätsatten Nachmittagssonne, eine ganz buschumgrünte Butzenidylle. Durch die Wände hindurch sah er seine Frau das Abendessen herrichten und mit den Augen im Hinterkopf sein leeres Bürozimmer vor sich hin öden bis zum nächsten Morgen.

Der Sandweg senkte sich in sanftem Gefalle auf sein Ziel zu, so daß der Mann am Ende seinen Gang fast abbremsen mußte, um nicht mit der Tür ins Haus auf die Nase zu fallen. Übermütig kickte er einen Stolperstein vom unkrautfreien Kiesstreifen und wiederholte das alte Spielchen, die letzten dreißig Meter mit geschlossenen Augen auf sein Eigenheim zuzusteuern, von Schritt zu Schritt ein wenig unsicherer werdend, ob er vom Weg abkommen und schmerzhaft gegen den Zaun laufen würde. Er suchte die Richtung und die Zahl der immer kleiner werdenden Schritte so vorauszuberechnen, daß er blind den ausgestreckten Zeigefinger auf den Türklingelknopf legen könnte, seiner öffnenden Frau den kußbereiten Mund entgegenhaltend. Das hatte er noch nie ganz geschafft, ohne ein bißchen zu mogeln, und versuchte es doch auch heute wieder.

Nach dem leichten Schwindelgefühl in den Beinen zu urteilen, konnte es nicht mehr allzu weit sein, als ein bedrohlich nahes Dröhnen und Grollen ihn aus seiner Spielversunkenheit riß. Abrupt blieb er stehen und machte die Augen auf, um sie gleich wieder zu schließen und so zu tun, als habe er sie gar nicht erst geöffnet. Zu spät. Er hatte es gesehen. Was denn? Er hatte gesehen, daß er nichts gesehen hatte. Daß da nichts war, vor seinen Füßen, und auch sonst. Mit einem Blick: gar nichts mehr. Zwischen ihm und dem Haus war nichts, stand kein Verbotsschild oder Zaun oder Hund, nichts, was ihm den Zugang streitig machte, nicht mal fester Grund und Boden. Der Weg war weg.

Die Plattform unter seinen Füßen maß kaum größer als die Sohlenfläche seiner Schuhe. Erst war es nur wie um eine Festung ein kleiner Burggraben, der sich erst langsam, dann immer schneller verbreitete und vertiefte. Die Kluft war nicht einfach nur da, sondern stellte sich unentwegt her aus dem Erdreich, das bröckelte und in gähnenden Spalten nachhallend verschwand. Ein orgeltobendes Sausen stand in der Luft, Risse rannten über den Boden der Tatsachen,

Erdmassen donnerpolterten wie angesaugt in die Schaudertiefe, erst zeitlupenlangsam, dann zeitrafferrasch. Eben war der Abstand, der den Mann von seinem Haus da drüben trennte, noch in Schritten zählbar gewesen, in Sekunden. Nun war das Gebäude von keiner Entfernung mehr umgeben, sondern von einem Kordon an Unerreichbarkeit – aus nichts und wieder nichts.

Auch die Nachbarhäuser waren schon untergegangen. Beide, nur der Mann und sein Haus, standen noch auf den Gipfeln sehr getrennter Berge. Er wagte es nicht einmal, einen Arm auszustrecken, um sein Gleichgewicht nicht zu gefährden, und warum auch? Das einzig Bewegliche an ihm blieb sein Herz, das sich panisch aus seiner Verankerung zu lösen und ihn zu erschlagen drohte. Der Mann verwandelte sich in einen schwarzen Schwindel, das Raubtiergebiß des leeren Raumes schnappte nach ihm, Schweißkälte kitzelte seine Haut. Er drückte die Knie durch, die nachgeben und ihn in tödlich rettende Ohnmacht niederziehen wollten. Dadurch, daß er wie eine Eins stand, in erstarrter Aufrichtigkeit, kämpfte er gegen das einzige Mittel, das sich gegen seine Todesangst verführerisch anbot, gegen die Versuchung, sich einfach gehen und fallen zu lassen und auf Nimmerwiedersehen in den Schoß der gefräßigen Erde zu werfen.

Von dieser Anwandlung einer Fallsucht lenkte ihn ab das Kind, das er gewesen war und am Heiligabend vor dem weißbärtig rotbemäntelten Weihnachtsmann stehen sah, artigfromm erwartungsfiebrig. Seine Mutter rief immer wieder : „Welch eine Überraschung! Sieh doch mal, mein lieber Junge, wer hätte das gedacht?!"

Das Kind sah nichts als den schlaffleeren Sack in den Händen Knecht Ruprechts und weinte. Das ließ seine Mutter immer lauter jubeln über die schöne Bescherung, bis es begriffen hatte, daß das Weihnachtsgeschenk aus dem Weihnachtsmann selber bestand, aus seinem neuen Vater, der das Kind verlegen angrinste.

Das warf den Mann wieder in die .andere Gegenwart zurück, gegen die er vorsichtig in die Innentasche seines Sakkos griff, wo der *Flachmann* steckte, die kleine Flasche Rum, die er ständig bei sich trug für den Fall, daß seine Herzrhythmusstörungen ihn wieder anfielen, gegen die sein Arzt ihm diese abendlichen Fußheimwege verordnet hatte. Angstgierig trank er das Notfläschchen leer und wartete, bis der hochprozentige Alkohol die Schleimhäute des leeren Magens traf, sich dort einbrannte und panikdämpfend in das Bewußtsein hineinfraß. Einige Sekunden später, seine Einbildungskraft nahm die Wirkung des populären Beruhigungsmittels schon vorweg, stand der Hochseilartist fast ohne Zitterbeine auf seinem winzigen Podest, ein unfreiwilliger Säulenheiliger.

Er wagte es, die krampfhaft nach innen auf das wild durchgehende Herz gerichteten Augen wieder zu öffnen. Aber kein Erwachen aus einem bösen Traum erwartete ihn, wie er erwartet hatte. Sogar sein Haus, das einzige Gegenüber in diesem Chaos, war mit allem Inhalt nun noch im Erdschlund verschwunden; das Sturzpoltern klang immer dunkler aus immer größerer mahlender Untiefe, alles war wie zuvor.

Und doch unmerklich anders. Alle schrecklichen Ereignisse wiederholten sich, zuerst in unverfolgbarer Endgeschwindigkeit, dann sich verzögernd, aber wie in entgegengesetzter Richtung. Ein Vulkan schluckte die Massen wieder herunter, die er soeben ausgespieen hatte, als liefe ein gerade gesehener Film noch einmal ab und diesmal rückwärts. Puzzleteile strömten und schossen von Geisterhand geführt zusammen. Der Mann hatte vergessen zu welchem Bilde, er war neugierig auf das Ergebnis. Erst als die Bruchstellen aller Scherben und Brocken nur noch feine Zickzackrisse waren, die knisternd nahtlos ineinandergriffen, erkannte er alles wieder: Nichts fehlte, wenigstens vermißte er nichts. Noch immer war das linke Nachbarhaus ärgerlich größer, das rechte wohltuend kleiner als das seine. Die Welt hatte sich aufgelöst und wieder zusammengesetzt, das Ganze kaum länger als eine Minute gedauert.

Hatte der Herzschlag der Wirklichkeit nicht für einen Augenblick ausgesetzt? Der alte Zustand war nicht einfach da, wie immer, sondern aus seinem völligen Gegenteil heraus wiederhergestellt. Was hinderte die Welt, diesen Purzelbaum noch einmal zu schlagen, jetzt gleich oder in einem Jahr, so oder anders? Alles war so wie immer. Aber eben nur *wie* immer. Es war das gleiche, also nicht dasselbe; nun war alles möglich. Nichts würde mehr so sein wie früher, gerade weil alles wieder war wie vorher.

Der Mann hob seinen Blick vom festen Grund und Boden vor seinen Füßen und sah das ruhig lächelnde Gesicht seiner Frau am Küchenfenster. Sie winkte ihm zu, und er ging langsam in die Richtung dieses Gesichtes, vornübergebeugt, als stünde ihm ein steifer Wind ins Gesicht, oder als müßte er sich für jeden Schritt gegen hundert andere Möglichkeiten in jeder Sekunde schweren Herzens neu entscheiden.

Ausweg aus allen Auswegen

Gott, der Herr, erwachte aus seinem Traum und kurzen Jahrtausendnickerchen, in den er sich geflüchtet hatte, um sich für einige Äonen von seiner strengewigen Wachheit und Allgegenwärtigkeit sich selbst gegenüber zu erholen. Ein bißchen graute ihm vor dem neuen Tag, den er Licht werden lassen mußte. Er konnte nicht länger schlafen und seine Augen verschließen vor den Verpflichtungen, die er sich nun einmal auferlegt hatte, bis auf jederzeit möglichen Widerruf. Seine Selbstherrlichkeit hielt auf Selbstdisziplin den eigenen Projekten gegenüber, der jetzt dritten kosmischen Versuchsserie, seinem liebsten Ewigkeitsvertreib. Nun war er wieder der Last der furchtbaren Verantwortung sich selbst gegenüber ausgeliefert und dachte lustlos an den fälligen Rechenschaftsbericht über seine Schöpfung, den er sich schuldete, nach den letzten Spielregeln, denen er sich freiwillig unterworfen hatte, natürlich in aller majestätischen Beliebigkeit und unvorhersehbaren Willkür, die für seine Produkte zur striktesten Zwangsnotwendigkeit wurde. Auf nichts als auf seinen freien Willen konnte er sich berufen bei seinen Kreationen, und wenn er Gründe hatte, etwas so und nicht anders zu tun, dann waren diese Gründe zwingend, weil er es so wollte, nicht weil sie ihn hätten nötigen können.

An seiner jüngsten Erfindung, seinen abgefallensten Engel, den Teufel, verlor er auch langsam aber sicher den Spaß des Katzmaus-Spiels, und er erwog, ihn zu seiner nervenkitzelnden Selbstprovokation mit etwas mehr Macht gegen seinen Schöpfer auszustatten, noch demnächst.

Ein wenig verdrossen also wälzte er sich in seiner seligen Unendlichkeit, die alle Puppen tanzen ließ, in denen er sich nur gegen sich selbst auflehnte, um diese Scheinwiderstände zu durchbrechen und sich nur über den eigenen Kopf zu wachsen. Das alles war nun schließlich keine Kunst, denn der Sieger dieses potemkinschen Schattenboxens mit sich selber stand ja von vornherein immer fest, bei aller Dramatik auf Leben und Tod, alles nur kosmischer Theaterdonner. Gerade hatte er wieder eine irdische Nation gegen eine andere aufgehetzt, die sich auf seinen Namen berief. Er ließ sie unterliegen und überlegte den nächsten Schachzug gegen sich selber.

Leiden wäre zu viel gesagt, aber ihn ödete zuweilen seine Gottverlassenheit im leeren Universum nachgerade doch etwas an. Tat er Gutes, dann nicht deshalb, weil es gut war, sondern es war gut, weil er es tat, die Theologen hatten es ihm erklärt. Und er hatte rein gar nichts außer sich und gegen sich, nicht einmal das Nichts, das nur eine leere Blase in ihm war, wie alles Böse, nur eine schweißtreibende Trimmstrecke oder Geisterbahn zur Selbstbelustigung. Das war es ja eben, er hatte keine Feinde, die er sich nicht selbst geschaffen hatte und die er nicht in jeder Sekunde wieder in die große Spielkiste zurücklegen konnte.

Wenn es überhaupt eine menschliche Regung sein mußte, dann erfüllte ihn so etwas wie leiser Überdruß. Er konnte nur dauernd Kreuzworträtsel lösen, die er selbst entworfen hatte. Ständig war er sich in schauderhafter Weise selbst durchsichtig. Seine Gedanken waren auch schon Taten, seine Wünsche ihre eigene

Erfüllung, wenn man so sagen darf und wenn er es gerade mal nicht vorzog, sich das raffinierte Bedürfnis zu befriedigen, sich ein drängendes Bedürfnis nach Rache oder Ruhe oder Güte nicht prompt zu befriedigen. Nichts war ihm vorgeschrieben, was er nicht sich selber vorgab, und nichts verblüffte ihn als die Überraschungen, die er sich selbst bereitete, indem er so tat, als durchschaute er sich nicht.

Und war ihm einmal etwas fremd und unbekannt, dann nur deshalb, weil er vor sich selbst verbarg, daß er es längst kannte, weil höchst selber erzeugt hatte. Und um etwas vor sich zu verbergen, mußte er natürlich wissen, daß und was er da vor sich versteckte, um es überhaupt vor sich verheimlichen zu können; es war eine Farce, er wußte das. So stieß er auf keine anderen Hindernisse als die Beine, die er sich stellte und denen er nur andere Namen gab. Er mußte sich die Steine schon selbst in den Weg legen, über die er stolpern wollte, um doch wenigstens die Illusion zu haben, daß ihm auch einmal etwas von außen begegnen und passieren könnte, ohne hinter Marionetten durch ihn selbst inszeniert zu sein.

Da er vor nichts um sich selbst Angst haben mußte, da nichts ihn treffen konnte, was ihn nicht durch die linke Hand traf, welche wußte, was die rechte tat, kannte er nur eine einzige Angst, und die war umso massiver, nämlich die Angst vor sich selber. Ja, das war eine unablässig juckende, nie verheilende und immer neu aufzureißende Wunde, ein Pfahl in seiner Fleischlosigkeit : Wußte er denn, ob er nicht morgen schon die Lust verspüren würde, ein Wesen zu erschaffen, das stärker wäre als er selbst, stark genug, ihn zu erschlagen? Allmächtig genug war er ja, etwas zu produzieren, was ihn überträfe! Nichts konnte ihn hindern, sich umzubringen, direkt oder durch die Hand eines seiner pseudonymen Geschöpfe, nichts, wenn er sich nicht selbst in den Arm fiele, da für ihn eine Versuchung doch gleichbedeutend wäre damit, ihr stracks zu erliegen.

In solchen Augenblicken der Selbstanfechtung begann er die Krone seiner Schöpfung widerwillig zu beneiden, den Menschen, der zwar von Vergänglichkeit umdroht war, von Gebrechen, Wahnsinn und Tod und Ihm und seinesgleichen, aber dennoch ... Der Erdenwurm, der erste Freigelassene des Alls, mußte gegen wirkliche Widerstände und Widersacher seine Fortschritte machen, war durch seine ganze Kultur vor sich geschützt und erstickte nicht an seiner abgrundtiefen Selbstbestätigung und autistischen Unsterblichkeit, konnte sich in seiner ohnmächtigen Unfreiheit auf vieles herausreden, wenn etwas nicht so lief wie gewünscht, und sich nach Belieben mit seinen Beschränktheiten entschuldigen, da zwischen seinen Begierden und deren Stillung immer die ganze Welt lag, die er sich nicht ausgedacht hatte. Dieses sonderbare Wesen mußte vor allem und jedem Angst haben, außer eben vor seiner eigenen Allmacht und totalen Freiheit.

So geschah es, daß Gott, der Herr, sich aus Angst vor sich selbst in einen seiner Erdensöhne zu verwandeln vorzog. Er nannte sich schlicht Arthur S., stattete sich mit der ganzen Schwäche und Zivilisationsabhängigkeit dieser Spezies aus und mit einigen ihrer durchschnittlichen Attribute, nicht so spektakulär wie zwei Jahrtausende vorher im Falle seines Sohnes Jesus, den er längst wieder in sich zurückgenommen hatte. Aber um ja den Kontrast zu seiner göttlichen Fülle recht spürbar zu machen, ersparte er sich dort unten kein

Schicksal, brachte viele Mächte gegen sich auf und sich in viele schlimme Lagen, setzte sich immensen Kränkungen und Dummheiten, Enttäuschungen und Verfolgern aus, bis er fast zerbrach an seinem Inkognito und an seiner eigenen Vorsehung irre wurde.

So vorprogrammiert, nicht programmiert zu sein, beschloß er, den Ausgang seiner Geschichte vor sich zu verbergen und in aller neugierigen Demut sich dem Eigenleben seiner Kreatur zu überlassen. Gottvater seufzte tief auf in der Hoffnung, sich in Arthur S. ein bißchen vor sich selbst in Sicherheit gebracht zu haben, wenigstens ein kurzes Erdenleben lang. Halb beruhigt und mit sich fast zufrieden schlief er wieder ein und träumte sich in seine neue Nebenrolle hinein.

Seit Arthur S. begonnen hatte, zu trinken und den *hundsgemeinen Haufen* seiner Artgenossen misanthropisch zu meiden, durch die er sich beleidigt, hintergangen, gelangweilt und angewidert fühlte, war ihm dieser Hund immer wichtiger und lieber geworden.

Was er sich lange nicht eingestehen mochte, da er sich schmeichelte, nichts und niemanden zu brauchen. Ob er sich pudelwohl oder hundeelend fühlte, er konnte schon lange etwas immer weniger leiden – oder daran leiden – ohne die Anwesenheit dieser Promenadenmischung. Ihn Gassi zu führen, wurde zu einem einzigen Vorwand, einmal die Wohnung zu verlassen und lange Spaziergänge zu machen. Es genügte ihm, das Tier auch außerhalb seines Sichtbereichs irgendwo vor oder hinter sich laufen zu wissen. Es enttäuschte ihn nie. Anders als seine Frau, entlief es ihm nicht einfach. Zum Zeitvertreib gewöhnte er sich an, sich in den Hund immer wieder einmal beiläufig hineinzuversetzen, ohne ihn aber arg zu vermenschlichen.

Nicht, daß er menschlichen Umgang durch ein Tier ersetzte, aber er liebte es, seine eigene Gattung mit den Augen seines Hundes zu betrachten:

"Na, Schulp, nun mal ehrlich, was sagt man denn in Hundekreisen dazu?"

Nur über den Hund verkehrte er noch mit seinesgleichen, wie über den Blick eines Marsbewohners, den es auf die Erde verschlagen hat. Eine noch so lange Hundeleine verschmähte er, weil sie ihn an der Beobachtung gehindert hätte, was das Tier von sich aus tat. Ihm entging nicht, daß der Hund ihn weniger liebte als ihm gehorchte, und daß er für seinen vierbeinigen Freund weniger ein Freund als ein Herr war.

Nicht wörtlich nahm er den Führerkult seines Haustiers, das ja wohl nicht anders konnte, als seinem Fleischgeber eben hündisch ergeben zu sein und nur dann und wann seine Automaten-Natur zu überspielen durch verführerisch illusionstreue Hundeaugen. Da wurde er dann offen für alle menschlichen Phantasien, die sich in ihn hineingucken ließen, aber Arthur S. hatte keinen Ehrgeiz, ihn gegen Einbrecher und Überfallrowdies abzurichten. Und die recht naheliegende Vermutung, daß wenigstens ein Wesen auf der Welt ihm gehorchen sollte, der immer anderen aufs Wort zu gehorchen hatte, sagte ihm nichts und war wohl auch eher falsch.

Der Hund säte nicht, er erntete nicht, und sein Herr ernährte ihn doch. Das Tier durfte nichts als bloß da sein, ohne alle weitere Aufgabe und Bestimmung und in aller verantwortungslosen Leistungsentbundenheit, die vor keinen Schlitten gespannt und keinem Blinden beigegeben wurde. Er war nichts als vorhanden, der

Hund, und wurde kostenlos verköstigt und gewaschen und gestriegelt, war dadurch schon ausreichend in seiner Existenz gerechtfertigt, wurde gebraucht zur seelischen Stabilisierung eines mit den Menschen zerfallenen Menschen und das alles durch sein springend schlafend fressendes Hundeblickdasein, das nichts als gehorchen wollte und konnte, ohne deshalb ein abstoßender Arschkriecher zu sein, dessen Beherrschung selbst einem Sadisten mißfallen hätte.

Arthur S. bewunderte die struppige Lumpeneleganz, die angeborene Desinvolture, mit der sein Begleiter skrupellos in den Tag hineinvegetierte. Der Hund war von Natur aus komplett ausgerüstet mit allem, was er brauchte, er sah und hörte nicht mehr, als er mußte, um einfach ein Hund zu sein und es ja nicht weiterzubringen als das. Er entwickelte sich nicht, er begriff nichts, war fix und fertig, in seiner Art vollkommen.

Ruhte er nicht in seinem Fell und in seiner übersichtlichen Umgebung, von der er nur kleine Ausschnitte und Gelegenheiten wahrnahm, auf die er zugeschnitten war? Mußte er seine Mitwelt erst so lange verändern, bis sie ihm paßte? Er mußte nicht flexibel sein und konnte nur wenig, das aber traumwandlerisch spezialisiert. War er der bessere Mensch?

Arthur S. sprach häufig mit dem Hund und rechnete ihm gutmütig hämisch zum Spaß vor, in welchen Stücken er als Mensch ihm überlegen war. Bis er eines Tages entdeckte, weniger mit Erschrecken als mit amüsierter Verwunderung, daß er sich dabei ertappte, seine minderwertige Bezugsperson doch schon lange eigentlich eher zu beneiden als zu bemitleiden, seit er sich mit ihr verglich. Erst um weniges zu beneiden wie um das gute bequeme Leben als sein arbeitsloser

Kostgänger, dann um immer mehr, also um genau jene Eigenschaften, in denen Tiere nach menschlicher Wertschätzung dem Menschen offenkundig nicht das Wasser reichen können, selbst die klügsten Tiere nicht den dümmsten Menschen.

Zu jener Zeit begann Arthur S., sich zusehends zu vernachlässigen und nun gleichsam auf den Hund zu kommen, den er hatte. Wochenlang trug er dasselbe Unterzeug, schnitt sich weder die schwarzen Fingernägel noch das blonde Haar, ging vom Essen zum Fressen über, hing schlürfend über dem Teller, schob in seiner unaufgeräumten Einzimmerwohnung für Mahlzeiten nur noch eine kleine Tischecke frei und benutzte dafür das immer selbe ungewaschene Besteck und schließlich nur noch die ebenso ungewaschenen Finger. Seine Arbeitskollegen sagten im Büro hinter seinem Rücken:

"So möcht' ein Hund nicht leben wie der."

Irgendwo in einer Illustrierten hatte er einmal gelesen, daß es im alten Griechenland eine Schule von Philosophen gegeben haben soll, die sich die "Zyniker" nannten, das hieß wörtlich : die Hündischen. 'Diogenes in der Tonne' war der volkstümlichste von ihnen geworden, Menschen, die es wagten oder dreist genug waren, wie immer man will, die Bürde der menschlichen Würde von sich abzuwerfen. Dem Vernehmen nach arbeiteten sie nicht, gründeten keine Familien, nahmen nicht am öffentlichen Leben teil, befriedigten ihre wenigen Bedürfnisse auf prompt tierische Unart, schamlos auf der Straße bettelnd, und ließen sich ungerührt verhöhnen und beleidigen, aller Rechte und Pflichten ledig. Kurz : Sie lebten wie die Hunde, nach denen sie sich benannten, und hatten Ansichten über die menschliche Gattung und Gesellschaft, die man später zynisch nennen sollte. Dieser Artikel hatte Arthur S. beeindruckt und den Ausschlag für den Kauf eines Hundes gegeben.

Schließlich war der Gestank, der von ihm ausging, nicht mehr zu überriechen. Immer häufiger kam er morgens betrunken ins Büro, pöbelte haltlos herum, tat seine Arbeit nur noch halb und stellte am Ende die Schnapsflasche offen auf seinen Schreibtisch. Gutgemeinte Gespräche unter vier oder mehr Augen lehnte er lästerlich fluchend ab. Einige Wochen später war ihm gekündigt, und er lag auf der Straße wie seine philosophischen Vorfahren.

Arthur S. war nur mäßig erstaunt, als er eines Morgens mit Katerkopf erwachte und seinen vierbeinigen Lebensgefährten neben sich vermißte. Es dauerte einige Zeit, bis er sich in seinen eigenen Hund verwandelt fand, der nun umgekehrt keinen Herrn mehr hatte.

Genauer : Der Hund war sein eigener Herr geworden. Im folgenden konnte Arthur S. nun endlich jenes arme Hundeleben führen, nach dem er sich doch schon so lange verstohlen gesehnt hatte, mit der resignierten Hoffnungslosigkeit des Realisten, der sich eigentlich damit abgefunden hatte, sein Leben als Mensch führen und beschließen zu müssen.

Er sprang aus dem Bett, belustigt über den Griff nach den Kleidern, und streunte tagelang in der Stadt herum, froh, den aufrechten Gang hinter sich gelassen zu haben. Noch war sein Kopf übervoll von dem, was er als Mensch hatte wollen müssen, aber das würde sich sicher geben in dem Maße, in dem es ihm zu nichts mehr nützen konnte. Mit Erleichterung entdeckte er, daß die anderen Hunde, denen er begegnete, ihn für einen der ihren zu halten schienen, ihn prüfend ankläfften, kampflustig an ihren Halsbändern zerrten, seine Ausscheidungsorgane neugierig untersuchten, und auch er fand bald innigsten Gefallen am Pisseschnüffeln und Knochennagen. Er vergaß sofort den Bissen, den er soeben verschlungen hatte, und lebte von Moment zu Moment, ohne Erinnerung und Pläne, ohne solche Ängste, die über unmittelbar gegenwärtige Bedrohungen hinausgingen. Er sorgte sich nicht ums Morgen und bedauerte kein Gestern.

Am Anfang hatte er natürlich einige Schwierigkeiten, sich in seiner neuen Haut zurechtzufinden, die er so lange wohlgefällig studiert hatte, aber er spielte die Traumrolle eines Bastardhundes nach kurzer Zeit besser als ein 'wirklicher' Hund – eben weil er sie nur spielte und darüber sein Spiel vergaß, ein vollendeter Zyniker und Philosoph auf allen Vieren. Wie jeder Hund fühlte er sich bald als Löwe im eigenen Haus.

Kein Hund nahm ein Stück Brot von ihm, niemand lockte ihn mehr hinter dem Ofen hervor. Er war mit allen Hunden gehetzt, und legte sich ein Landstreicher abends mit ihm nieder, wachte er schon morgens mit Flöhen auf.

Als ihm nach Wochen zu Bewußtsein kam, daß es auf den Winter zuging und er ein herrenloser Hund war, der von der Pfote ins Maul lebte, begann er, systematisch einschmeichelnd um die Beine von Parkbankrentnern herumzustreichen und mitleiderregend zu winseln, als würde er in der Pfanne verrückt. Alten einsamen Frauen mit schwarzen Kopftüchern diente er sich als Schoßtier an, als Leibwächter und Ansprechpartner, in den sich alle gestauten Gefühle hineinlegen ließen ohne Gefahr, durch mangelnde Erwiderung zu schmerzen. Da er seine Menschen kannte, vergaß er auch nicht, sich vorher zu baden. Und da er sich als Hund ausgab, der er ja auch wirklich war, mußte er ein bißchen bellen und beißen, um sich als brauchbare Alarmanlage zu empfehlen. Wie geprügelt zuckte er nur zusammen, wenn er einmal hörte, daß irgendwo der Hund begraben liegen sollte, daß zwei Leute wie er und Katze lebten, und wenn er von Hundesöhnen und Schweinehunden hörte. Oder im Vorüberlaufen aufschnappte : "Das hieße doch den Hund nach Bratwürsten schicken!"

Um nicht entlarvt zu werden, dann davor hatte seine Unsicherheit noch immer große Angst, mußte er den Menschen, denen er zwischen die Füße lief, das Gefühl geben, er sei der lebende Beweis für die Richtigkeit der Redewendung, nach der bellende Hunde nicht beißen und beißende Hunde nicht bellen. Mußte er einmal überlebensgetrieben zubeißen, durfte er keineswegs bellen : Das hätte Menschen und Hunde, die sich dieses Vorurteil zueigen gemacht hatten, sicher mißtrauisch gemacht. Er hielt sich vorsichtig, soweit er nur konnte, lieber an das, was Menschen von Hunden gemeinhin so erwarten, als an das, was Hunde, auch vor ihren Mithunden, nun wirklich sind und tun.

Nach endlosen vergeblichen Anbiederungsversuchen begann ein alter alleinstehender Mann (der ihm irgendwie ähnelte, als er noch Arthur S. war), sich für ihn zu interessieren. Nach drei Tagen war er dem zugelaufen, amtlich besteuert und wieder winterfest seßhaft. Viel wurde wirklich nicht von ihm verlangt, nur die Leistung einer Gesellschaft, die so wenig menschlich als möglich sein durfte, nur schwanzwedelnd stumme Zuhörerschaft für Brummelmonologe und rhetorisch hagestolze Fragen ins Blaue. Dafür gab es Ofennähe, Fleischwurst und Markknochen, Streichelklapse und verantwortungslose Muße ohne Nachtwächteraufgaben im Freien. Eigentlich nur psychologische Notdienste wie die Illusion widerwortlosen Einverständnisses durch Hundeblicke nach oben. Im Übrigen durfte er sich nach Herzenslust gehen und laufen lassen und wurde weder zu exzessiver Reinlichkeit erzogen noch scharfgemacht. Hunde, wollt ihr ewig leben? − Auf diese Weise ja, ja!

Zuweilen genoß Arthur S. die animalische Selbstverständlichkeit, auf offener Straße vor aller Passanten- und Kinderaugen eine Artgenossin zu bespringen, mit der Schamlust des Menschen, der er irgendwo immer noch ein wenig war. Wie ja überhaupt alles, was er als Tier jetzt ungestraft tun und lassen konnte, ihm wohl mehr Vergnügen bereitete als seinen Mithunden, die nie Menschen gewesen waren. Oder doch? Anzusehen war denen so wenig wie ihm selbst − wie er hoffte.

Wenigstens sah er seinem Hundetreiben gern mit den Augen der Menschen zu, zu denen er gehört hatte, wie er sich als Mensch damals ja auch gern umgekehrt in seinen Hund hineinversetzt hatte, der er nun selber war. Und er suhlte sich überglücklich dumm in seiner neuen Identität, Wie der Städter sich am Landleben begeistert, − umso mehr, je weniger er dem nachtrauerte, was er vormals hatte tun und lassen dürfen und können und müssen und sollen und wollen. Die Angst vor Katzen, Autos und Polizisten war auch ohne Alkohol erträglich. Nur vor größeren Exemplaren seiner eigenen Gattung behielt er einen Heidenrespekt, und es mußte einmal so kommen:

Eines Nachmittags hatte eine geifernde Riesendogge, ermutigt durch seinen eingekniffenen Schwanz, ihn aus unerfindlichen Gründen gejagt und schließlich in ausweglose Enge und Kurzatmigkeit gehetzt. Das war kein Spielangebot mehr! War ein Revier verletzt oder der alte Adam im armen Hund gewittert worden?

In höchster Not hob der ehemalige Arthur S. nun sein Hinterbein gegen eine dicke Hinterhof-Eiche und pißte so dagegen, wie er sich als Mensch in solcher Lage in die Hosen gemacht hätte. Alles in der Wahnwitzhoffnung, der fürchterliche Gegner würde es so vielleicht vorziehen, seine Duftmarke zu beschnüffeln und ihn zu besteigen, statt ihm an die Kehle zu springen. Aber das Untier wollte sich nicht ganz vergeblich verausgabt haben, war nicht abzulenken und heischte Blutzoll. Mit einem letzten Blick aus blutunterlaufenen Raubaugen versicherte es sich der Wehrlosigkeit seines prospektiven Opfers, sprang los und − biß auf Holz. Ja, grub seine Mörderzähne krachend in solides Eichenholz. Nicht, daß Arthur S. in letzter Sekunde hätte beiseitespringen können, das war unmöglich, aber man ahnt es:

Er fand sich einfach unvermittelt in den Baum verwandelt, gegen den er mit dem fellgesträubten Rücken gestanden und den er panisch angepinkelt hatte, alles wie im Traum. *Cave canem!*

Eine Eiche zu werden, war zwar eine ungewöhnliche Art, nicht von einem Hund totgebissen zu werden, aber man durfte in solcher Lage nicht wählerisch sein und sich ruhig zu wundern getrauen. So fragte er auch nicht, welchem Geschick er diese letzte Metamorphose verdankte, um die zu beten er selbst nie gedacht hätte. Der gebildete Mensch in ihm erinnerte sich später, als seine zitternden Zweige sich beruhigt hatten und er die völlig ratlose Dogge hatte abziehen sehen, an den griechischen Mythos von Daphne, die sich auf der jungfräulichen Flucht vor dem geilen Apollon mit göttlicher Hilfe in einen Lorbeerstrauch hatte verwandeln dürfen.

Der Verlust des Bewegungsspielraums war schmerzlich, eine Rückkehr in die alte Springlebendigkeit schien verwehrt. Aber Arthur S. machte recht bald und recht menschlich aus der Not eine Tugend, als er seinem neuesten Zustand ein unerwartet köstliches Gefühl abgewann : größere Unverwundbarkeit dem Leben gegenüber. Er paßte sich nicht nur an, sondern plötzlich begriff er das Werk der Vorsehung, ihm zu zeigen, daß sein Wunsch, ein Hund zu sein, halbherzig gewesen war, ein auf halbem Wege stehengebliebener Gedanke, nicht Fisch, nicht Fleisch.
Wenn schon, denn schon !

Es dauerte nur wenige Tage, bis er lernte, den unfreiwilligen Tausch nicht verzweifelt zu verwünschen und sich nicht gottergeben in ein Unabänderliches zu fügen, sondern sich großen Gefahren entronnen zu fühlen, ein für alle Mal. Er empfand sich nicht mehr gelähmt und ins Krüpplige gefesselt. Er verstand, daß er als Baum nicht nur einfach dumm dastand, sondern seine Astarme und Fingerzweige in den Äther reckte, indem er seine Wurzelfüße ins Erdreich bohrte. Seine Blätter waren noch unbeschriebene Blätter. Er merkte auf das zeitlupenlangsame Steigen und Fallen der Säfte in ihm, ließ sich vom Himmel aus der Erde und von der Erde aus dem Himmel ziehen, so daß er nun kapierte, warum er weder in den Himmel wuchs noch in der Erde versank.

Seine Wipfelerhabenheit gefiel ihm von Tag zu Tag besser, und er überrechnete stolz seine enorm gestiegene Lebenserwartung. Er begann, in Jahrhunderten statt in Jahrzehnten zu rechnen, d.h. Minuten und Sekunden zu übersehen. Endlich wußte er mal, wohin er gehörte, er hatte einen festen Standpunkt und Überblick über das fickrige Gewimmel der Menschen und Tiere zu seinen Füßen, von keiner Heimatlosigkeit mehr bedroht.

Manchmal schnitzten Jungen mit Taschenmessern schöne Tätowierungen in seine alte Haut. Niemals war er so seriös bodenständig verwurzelt gewesen, niemals hatte er gleichzeitig eine so statuarisch unbeugsame Würde besessen, als deutsche Eiche, die für manchen Deutschen sogar der paradiesische 'Baum der Erkenntnis' gewesen war.

Diese nutzhölzerne Übermenschengröße unter königlicher Krone! Nun hatte er viel mehr Eicheln denn als Mann und mußte seinen Holzkopf über nichts mehr zerbrechen. Das war endlich eine Standfestigkeit, die ihn instand setzte, allen Stürmen des Lebens mühelos zu widerstehen. Er hatte nichts mehr auszustehen und großen Abstand zu denen da unten, er stand wie eine Eins. Alles ging so viel besser, seit er nicht mehr gehen und sich völlig gehen lassen konnte.

Nur selten, wenn morgens Parkgärtner mit ihren Gerätewagen an ihm vorüberfuhren, beschlich ihn noch so etwas wie Angst, fast nur eine Erinnerung an alte Ängste, die von geschnitzten Herzen in seiner Rinde ausgingen und seine Blätter zittern machten. Etwas beunruhigt zählte er dann doch seine Jahresringe durch, und der alte Adam in ihm erinnerte sich an all die Holzgegenstände, die er und die Seinen immer benutzt hatten, auch an Brennholz und so. Das waren Augenblicke, seltene nur, in denen er unwillkürlich an die Steine dachte, an die er unten mit den Wurzeln immer wieder einmal stieß und an denen sie vorbeiwachsen mußten. Bei diesem Gedanken an Äxte versteinerte etwas in ihm, vor Schmerz, im Voraus.

Er hatte viel Zeit, von Steinen zu träumen, von mineralischer Härte, bachgerieselummurmelten Kieselsteinen, die von Jahrtausenden rundgeschliffen worden waren, höchstens daß Kinder sie einmal aufgriffen und übers Wasser hüpfen ließen, *ducks at drakes* mit ihnen spielten, und die niemand je aufgebrochen und von innen gesehen hatte, weil sie keine zerfetzbare Haut und splitterbaren Knochen und platzbaren Adern hatten und die Rettung wären vor allen Motorsägen dieser Welt, Steine, keine Edelsteine. Was würde es denen schon ausmachen, einmal von Baggern gefaßt und zusammen mit anderen Steinen in Hauswände eingefügt zu werden, schlimmstenfalls?

Und auf Felsen ließe sich bauen. Ein Stein? Warum nicht, wenn er dabei, tief innen, nur irgendwo noch Arthur S. blieb, der das alles genießen konnte ...

Eines obsschönen Tages erwachte Arthur S. wie leblos im morgendlichen Bett und entdeckte, daß er außerstande war, sich zur neuen Arbeitswoche zu erheben. Er konnte sich nicht rühren, nicht einen einzigen Zentimeter weit. Zu Stein erstarrt, vor Schmerz versteinert bis zur Anästhesie, lag er da und vermochte nicht einmal die Augenlider zu bewegen. Die Ärzte, die ihn später untersuchten, waren ratlos. Auf dem Einweisungsattest für die Anstalt stand zu lesen : „Katatone Starre und hysterische Lähmung ohne organischen Befund. − *Lapidarer Autismus*".

31

Er wurde künstlich ernährt, von Pflegern gewartet, und wenn er nicht gestorben ist, dann lebt er noch heute, verwöhnt wie ein Kleinstkind, unfähig, sich das Leben zu nehmen, das seine Mutter ihm gegeben hatte, aber dem Existenzkampf für immer entzogen.

Wir wollen hoffen, daß seine Geschichte hiermit nicht zu Ende ist und daß irgendetwas ihn eines Tages doch noch erweichen mag, einmal wieder ein wenig glücklicher sein zu wollen als jemand, der nur unfähig oder unwillig ist zu leiden, glücklicher als Gottvater im Himmel, dieser Stein, der weiß, daß er nur ein Stein ist, ein Stern.

Und auch etwas mehr als ein Stein, dieser Gott, der nicht weiß, daß er einer ist.

Alle gleich : jeder anders
Ein Spiel

Personen :
Ada
Max
Udo

Max: Sag mal ...
Udo: Mmmmh?
Max: Ach nichts.
Udo: Nein, nein, sprich dich ruhig einmal aus. Man muß sein Herz von Zeit zu Zeit jemandem ausschütten. Das erleichtert.
Max: Wer hat dir denn diesen Quatsch erzählt, mein Herz?
Udo: Die zwischenmenschlichen Beziehungen heute, ich meine ... die Entfremdung ... Man lebt so bindungslos nebeneinander her ... alles so leer und ... Man muß doch lernen, wieder miteinander zu reden.
Max: Wir reden den ganzen Tag darüber, daß man wieder miteinander reden muß.
(Pause)
Udo: Sag mal, glaubst du, daß die anti-autoritäre Erziehung einen Originalitätsdruck auf Kinder ausübt?
Max: Was soll denn das nun wieder? Wir haben doch gar keine Kinder.
Udo: Ach, ja.
(Pause)
Udo: Ich glaube, Rußland braucht Ruhe an der

Westfront, seit es Schwierigkeiten mit China hat.

Max: Was faselst du da?

Udo: Na ja, es ist so still. Ich wollte etwas Atmosphäre hineinbringen.

Max: Hast du heute noch nicht onaniert?

Udo: Aber natürlich. Wieso?

Max: Weil du dich schon wieder mit diesem Quatsch beschäftigst. Beschäftigst!

Udo: Du willst nicht hinter die Dinge sehen.

Max: Hinter was?

Udo: Hinter uns z.b.!

Max: Was steckt hinter kleinen Jungen, die sich aufspielen und Schiß haben, man könnte dahinterkommen, dass ihre Schwänze für diese Welt viel zu klein sind.

Udo: Einige wollen das ändern.

Max: Die wollen nur ändern, daß sich heute alles so schnell ändert. Die nennen das alles Schwindel. Aber denen wird nur schwindlig. Die kommen nicht mehr mit. Die wollen einen Halt, also ein Halt! Die wollen zurück, wo es weich ist und warm und ganz leise.

Udo: Du meinst, hinter der revolutionären Vision von der Abschaffung des Existenzkampfes stecke ...

Max: Ich meine verdammt nochmal gar nichts. Du ... du ... Diskutierer du! Fick dich in den Arsch, aber halt endlich Ruhe! (Pause)

Udo: Sag mal ...

Max : Jaaa?

Udo: Sind wir nicht... ich meine ... manchmal etwas steril?

Max: S-t-e-r-i-l?

34

Udo: Na ja. Wir sitzen hier so unpersönlich herum, so
... so nichtssagend.

Max: Bin ich dir zu lahmarschig?

Udo: Sollten wir nicht etwas lebendiger, ein bißchen
dynamischer, ich meine ... nicht wurzellos, aber ...

Max: Fängst du wieder ganz von vorn an? Sind wir
uns in diesem Punkt nicht längst menschlich nahegekommen? Soll da denn ewig ...

Udo: Ich weiß, das Leben überlassen wir den Lesern,
aber ...

Max: Na also. Basta.

(Pause)

Udo: Sag mal...

Max: Was ist denn jetzt schon wieder?

Udo: Sind wir nicht...

Max: Was sollen wir nicht sein?

Udo: Sind wir nicht manchmal genauso ordinär?

Max: Genauso waaas?

Udo: Woher wissen wir eigentlich, daß wir nicht
genauso vulgär sind wie die anderen da draußen,
letztlich? Vielleicht ist das der Grund, warum wir
uns im Kreise drehen. Vielleicht ist es nur eine
Frage des Niveaus.

Max: Oh, dieser Quatsch aus deinen Zeitschriften!
All diese Klimmzüge, um doch noch ... der An-
schluß an die, die ... und du mit ... mit hängender
Zunge hinterher ...

Udo: Wir sind schließlich keine Klasse für uns. Ja,
wenn wir ein klassisches Paar wären! Stolz und
einsam!

Max: Willst du damit sagen, daß wir noch immer

nicht unnatürlich genug sind?
Udo: Will ich.
Max: Kann sich der Mann auf der Straße in uns
wiedererkennen?
Udo: Ich fürchte, ja.
Max: Du meinst wirklich, im Ernst...
Udo: Wir sind aus dem Leben gegriffen. Nimm *dich*
z.B.: Man kann sich in dich einfühlen. Wir sind all-
gemeinmenschliche Probleme. Wir halten Spiegel
vor. Wir ...
Max: Hör auf, ich kann nicht mehr. Wir sind anders
als die anderen.
Udo: Die anderen sind anders als wir.
Max: Also sind wir anders als wir selbst.
Udo: Also sind wir die anderen.
Max: Rede ich wirklich, wie denen der Schnabel
gewachsen ist?
Udo: Wie ihr V-Mann. Ganz ohne V-Effekt.
Max: Wie soll ich denn reden, ohne daß es jeman-
dem gleich, warm ums Herz wird, weil man es
ihm so richtig gibt? Ohne daß jeder gleich
denkt, da oben liegt endlich mal einer, der unsere
Sprache spricht.
Udo: Gehobener! Mehr von oben herauf!
Max: Soll ich schmeicheln? Bestätigen? Verklären?
Udo: Noch viel gehobener.
Max: Nicht mehr sagen, wie es ist?
Udo: Nein. Heb sie höher, als sie wollen!
Max: Schöner, als die es gern hätten?
Udo: Jaja. Ihr Hals
Max: ist mein Elfenbeinturm. Ihr Becken
Udo: ist voll durstigen Wassers. Ihre Augen

Max: sind das Fett auf der Suppe, die wir auslöffeln.
Ihre Haare
Udo: haben wir auf den Zähnen. Ihre Brust
Max: ist der Korb, den sie gibt. Ihre Füße
Udo: sind Plancksche Wirkungsquanten.
Ihre Schenkel
Max: sind verschenkt. Ihr Rücken
Udo: ist verrückt. Ihr Geschlecht
Max: ist ausgestorben. Ihr Arsch
Udo: ist hinterweltlerisch.
Max: Es geht nichts über diese Frau.
Udo: Nur wir.
(Gelächter)
Max: Je mehr wir Künstler werden, desto weniger
steht er uns.
Udo: Wo bleibt sie denn heute?
Max: Sie kommt wie immer.
Udo: Bist du verrückt? Heute kommt es mal anders.
Max: Was täten wir, wenn sie einmal nicht käme?
Dann wären wir ganz schön aufgeschmissen, was?
Udo: Au jeh!
Max: Aber sie erwartet ja, daß wir sie erwarten.
Udo: Was würden wir ohne sie machen?
Max: Machen?! Was machen wir denn *mit* ihr?
Udo: Hast du dich heute vorbereitet?
Einen Plan oder so?
Max: Ich lasse die Dinge an mich herankommen, du
kennst mich ja. Ich lege mich nie fest, ich bleibe
flexibel, ich halte mich offen fürs Neue, ich habe
kein vorgefaßtes Schema, ich bin ...
Udo: Nanana.

Max: Du, du bist natürlich bis an die Zähne präpariert. Egal, was kommt, du sagst dein Sprüchlein auf und wartest auf unsere Stichworte.

Udo: Können wir uns eigentlich schon leisten, sie zu verletzen? Ich meine, ernstlich!

Max: Um Gottes willen. Dann geht sie weg, und wir gehen unter. Es ist noch zu früh.

Udo: Es ist immer zu früh. Aber sie braucht es, daß wir sie brauchen. Das wurmt sie ganz ungemein.

Max: Wie lange, schätzt du, brauchen wir sie noch?

Udo: Keine Ahnung. Sie runzelt die Stirn, und du verbringst dein Leben damit, dich und sie für dieses Stirnrunzeln zu entschädigen, das dir wahrscheinlich nicht einmal galt.

Max: Warum können wir uns nicht einmal gegen sie verbünden?

Udo: Du weißt, daß wir das nie geschafft haben. Sie hält dir den kleinen Finger hin, und du vergißt meine Hand.

Max: Beim letzten Mal bist *du* auf sie hereingefallen. Du hast so getan, als hättest du das Interesse an ihr verloren. Das hat sie so gereizt, bis sie ganz reizend zu dir war. Das hast du genossen.

Udo: Na und, sie konnte es sich leisten, sofort damit aufzuhören, als sie das merkte. Und sie konnte mich nur fallenlassen, um bei dir anzufangen. Um keine Leere aufkommen zu lassen.

Max: Wir streiten uns schon vorher. Dabei haben wir diesen Vorsprung vor ihr.

Udo: Wir reagieren einfach nicht, wenn sie ruft: „Wer kommt zuerst in meine Arme?" Abgemacht?

Max: Weißt du noch, wie du zu mir sagtest: Vater, ich zerstöre deine Frau, dann sind wir beide ungestört?

Udo: Das ist so lange her. Erinnerst du dich, daß sie zu mir sagte: Mein Sohn, ich erschlage deinen Vater, dann sind wir beide allein?

Max: Das ist noch länger her. Was wir nicht schon alles versucht haben!

Udo: Es dauert schon so lange. Was sie nicht schon alles versucht hat. Ich glaube, es ist Zeit, daß du von deiner Reise zurückkehrst.

Max: Ach, immer diese Reise. Kann ich nicht gleich hiergeblieben sein?

Udo: Das ist gegen die Regeln, das weißt du.

Max: Aber die Wiedersehensfreude lassen wir diesmal weg.

Udo: Meinetwegen.

(Max verläßt das Zimmer und kehrt mit einem Koffer zurück. Inzwischen hat Udo leichtes Make-up aufgelegt)

Udo: Wie war's?

Max: Das stand doch in meinem Brief. Laß das jetzt.

Udo: Welcher Brief? Ich habe seit Tagen nicht im Kasten nachgesehen.

Max: Bleib. Der ist jetzt überholt, ich bin doch da. Oder brauchst du Zeit, dein Gesicht zurechtzurücken?

Udo: Vielleicht will ich mich nachträglich auf dein Kommen vorbereiten.

Max: Als lieferte dir der Brief einen Vorwand, vor mir

zu fliehen. Wie früher diese blöde Wiedersehensfreude, in die du dich gerettet hast.

Udo: Eifersüchtig auf deinen eigenen Brief?

Max: Bin ich nicht einmal Ersatz für meine eigenen Briefe?

Udo: Du gibst mir wenig Gelegenheit, liebenswürdig zu sein.

Max: Würdest du sie nützen? Du behandelst unsere Liebe, als wäre sie vergangen: Dieser Brief hilft dir, dich daran zu erinnern.

Udo: Ich nehme das Geld an, das du mir aufdrängst. Ich lasse mich überzeugen, daß ich dich brauche. Ich lasse mich von der Welt aussperren. Du zeigst mit dem Finger auf Frauen. Ich sehe mir deinen Finger an, aber nicht die Frauen. Was verlangst du denn noch?

Max: Du sollst nur aufhören, von schwarzen Schimmeln zu träumen.

Udo: Gut, ich bin unaufrichtig wie alle von uns. Ich verzehre mich danach, kein anderer, also wie die anderen zu sein, und höre nicht auf, mich von dir aushalten zu lassen. Meinst du das?

Max: Kleiner Überläufer, kleiner Doppelagent, kleiner Sozialverräter!

Udo: Du hast nur Angst. Wenn mich alle bewundern, bist du nur einer von ihnen.

Max: Eine Frau kann dich als Mann akzeptieren, ein Mann kann dich als Frau akzeptieren: Die haben dafür gesorgt, daß es dazwischen nichts gibt. Nur ich ...

Udo: Du hofierst deine Seltenheit.

Max: Nur ich könnte dir sagen, daß du zu uns nicht gehörst. Aber ich weigere mich, hörst du! Mich überzeugen deine Weibergeschichten nicht. Ich sehe einen hübschen jungen Mann, und wer sieht mich: ein hübsches kleines Fräulein, das seiner Mami zu ähnlich sieht, als daß es sich nicht von Kerlen wie uns anreden läßt.

Udo: Ich würde bestimmt nicht vergessen, was ich aufgebe. Wenn es dich beruhigt, ich trauere dir nach, ich werde richtig lebendig vor Kummer, wenn ich sehe, daß du dir das Recht vorbehältst, unglücklich zu sein über mein Elend.

Max: Mein Gott, diese edle Raserei verdiene ich nicht. Aber den Gott nur zu gut zu kennen, dem man geopfert wird, das ist nicht sehr lustig, mußt du wissen.

Udo: Die Eitelkeit sollte nie das Mitleid anrufen. Das ist unfair.

Max: Mir genügt es zu wissen, daß auch du nur den leichteren Weg gehst. Der verlorene Sohn! Sie werden es feiern, sie werden schlachten. Dich selbst. Sie lehnen nämlich dein Opfer ab, aber an den Bekenntnissen einer schönen Seele werden sie sich weiden. Und dich dann auf mich zurückhetzen.

Udo: Sie werden mich dir zurückgeben. Für immer. Oder bist du meiner Sache nicht sicher?

Max: Du mußt ihnen zuvorkommen. Wenn sie dich erst zwingen, mich zu wählen, ist dein Glück eine Falle.

Udo: Ich muß es versuchen. Versteh doch bitte, ich würde mir ewig vorwerfen, etwas unversucht gelassen zu haben.

Max: Wirst du dir nicht immer wieder beweisen wollen, daß du von der Liebe zu unsereins nicht abhängig bist? Es wird dich danach verlangen, dir deine Sauberkeit zu verdienen. Dafür liebst du viel zu sehr den Anteil, den du an deiner Freiheit hast. Aber sieh dich vor. Diesen Hochmut gönnen sie nicht jedem : deine Buße würde ihre Absolution überflüssig machen.

Udo: Wenn ich dich verlasse ...

Max: Dann werden das schlechte Gewissen, die Ungewißheit und das Mitleid dir die Schuld an meinen Leiden verraten.

Udo: Du wirst also immer da sein?

Max: Immer. Und wirf mir nicht vor, daß ich dir keine Gründe liefere, mich zu verlassen. Ich werde mir keine Beschränkung auferlegen. Ich bin geschützt durch deinen Entschluß, mich leiden zu lassen. Es bleibt dir nicht einmal die Genugtuung, daß ich mich anderweitig schadlos halten werde. Was nicht heißen soll, daß du dir schmeicheln kannst, ich würde auf dich warten. Du arbeitest ohne Netz, keiner wird ein Sprungtuch aufhalten, mein Kleiner.

Udo: Wird mir ganz recht geschehen, wenn du vor die Hunde gehst, was? Wird es nicht Tage geben, an denen du zweifeln könntest, ob du dich auf meine Kosten bemitleiden darfst? Fürchtest du dich nicht vor dem Tag, da ich dich mit den Augen der anderen sehen werde?

Max: Beantworte mir lieber eine letzte Frage: Habe ich versagt? Oder erpreßt sie dich zur Ehe? Oder riskierst du es draufzugehen nur, damit ich falle?

Udo: Du zerredest alles.

Max: Immer dieses Gerede vom Zerreden.

(Es klingelt. Beide starren auf die Tür. Zweites langes Klingeln. Udo geht öffnen. Ada tritt auf.)

Ada: Ich bin untröstlich über die Verspätung, Liebling. Ich will gar nicht erst Entschuldigungen erfinden. Du hast Grund, mir böse zu sein. Und kein Wort des Vorwurfs von Dir? Du hast gewartet. Ich will alles wiedergutmachen. Wie gern würde ich hören, daß du jede Minute auf die Uhr gesehen hast. Wie grausam von mir, nicht wahr? Ich habe mir oft vorzustellen versucht, wie du lebst. − Nein, warte, Liebling, ich will noch nichts sehen, laß mich raten, das ist lustiger. Das Zimmer ist natürlich klein, du bist ja so genügsam, völlig geschmacklos eingerichtet, alles Erbstücke wahrscheinlich, aber aufgeräumt, es hängen altmodische Bilder an den Wänden, natürlich keine nackten Frauen (sie erblickt Max, der sich förmlich erhebt). Oh, ich wußte nicht, daß du Besuch hast. Gehören Sie auch zum Inventar? Oh bitte, bemühen Sie sich nicht, bleiben Sie bequem. Aber wie herrlich altmodisch, mit Handkuß! Liebling, davon hast du mir ja gar nichts gesagt. Ehrlich gesagt, ich habe immer etwas Angst, allein hierherzukommen. Du könntest Ärger mit den Nachbarn haben. Alle Nachbarn, auch die nettesten, zeigen einen heute an. Aus Angst vor anderen Nachbarn, die ihnen vorwerfen könnten, daß sie nicht anzeigen. Riesig aufmerksam von dir, diesen Herrn einzuladen, das nimmt mir alle Befangenheit. So kann der Abend ganz nett werden. Vorausgesetzt, mein Herr, daß Sie zu plaudern wissen, ich hasse Langweiler.

Max (hat währenddessen die ganze Zeit über Udo angesehen):
Ich bin nicht weniger überrascht als Sie, Frau ...

Ada: Ada. Ledig.

Max: ... als Sie, Fräulein Ada. Auch mir hat Udo nicht verraten, daß ich heute Abend das Vergnügen haben soll, mit Ihnen bekanntgemacht zu werden. Seien wir aber vorsichtig. Warten wir ab, was der Herr des Hauses mit uns vorhat. Wir verderben ihm sonst sein Konzept. An seinem irritierten Gesicht könnten wir ablesen, daß wir schon irgendetwas gleich zu Anfang falsch gemacht haben.

Ada (setzt sich in den mittleren Sessel): Er will Sie doch nicht etwa verheiraten? Ich sehe, Sie tragen keinen Ring. Sie haben ihm lang und breit Ihren Geschmack auseinandergesetzt, und er glaubte, ich ... Sehr geschmackvoll, meine Herren, gutes Arrangement! Aber ich muß Sie enttäuschen, Herr ...

Udo: Ich darf dir Max vorstellen.

Ada: Ich muß Sie enttäuschen, Max, ich bin ja vergeben an Ihren Brautwerber. Trotzdem ...

Max: Trotzdem?

Ada: Trotzdem ... oder gerade deswegen würde mich interessieren, bevor ich gehe, ob ich Ihr Fall bin. Auch, damit der Busenfreund sicher ist, Ihren Geschmack zu kennen. Für den nächsten Versuch, verstehen Sie?

Max: Vollkommen. Sie gefallen mir. Wäre ich verheiratet, würde ich Ihnen nachlaufen.

Udo: Du mißverstehst die Situation, Liebling. Max ist ein alter Freund aus grauer Studienzeit : Er hat mich heute unverhofft besucht ,.. weil er nicht wissen konnte, daß du eingeladen warst.

Ada: Mich wundert, daß du mir nie von einem Freund erzählt hast, und auch Max scheint verblüfft, daß ich existiere.

Udo: Vielleicht habe ich befürchtet, wir alle drei könnten aufeinander eifersüchtig werden.

Max: Sie also sind die große Missionarin bei uns Wilden.

Ada: Ich kann es nicht ausstehen, wenn es in meiner Gesellschaft jemand darauf anlegt, unverstanden zu bleiben.

Max: Sie lieben ihn?

Ada: Ich hatte noch keine Gelegenheit, es ihm zu gestehen. Komisch, daß er es gerade über Sie erfahren soll (küßt Udo). Es ist Ihnen doch nicht peinlich?

Max: Und Sie sind sicher, daß er Sie liebt?

Ada: Er läßt es mich glauben.

(Max geht auf Udo zu, umarmt, küßt, liebkost ihn auf das Unanständigste)

Max: Ich küsse Ihren Kuß, Gnädigste, der keine Dornröschen aufweckt. Liebling, hast du das gnädige Fräulein glauben lassen, du liebtest sie?

Ada: Was soll dieses Affentheater! Was machen Sie da? Sind Sie verrückt? Ich verlange eine Erklärung. Udo, warum benimmt sich dein Freund so abgeschmackt?

45

Max: Warum, raten Sie mal, bin ich hier? (küßt Udo aufs Neue ab) Hätten Sie sofort eine instinktive Abneigung gegen mich verspürt, wenn ich nicht denselben Menschen liebte wie Sie? Udo, wolltest Du uns beweisen, daß auch einer wie wir Frauen leiden lassen kann? Wolltest du dich an denen rächen, die sich mit Recht vor uns ekeln? Oder mir ihren Schmerz zu Füßen legen?

(Max läßt sich in den Sessel fallen und lacht. Zigarette)

Ada: Um Himmels willen, sag doch endlich etwas! Beschütze uns vor diesem gräßlichen Menschen, der sich dein Freund nennt. Er ist verrückt, nicht wahr?

Udo (erwacht aus seiner Erstarrung): Ich will dir alles erklären. Sieh mich an, ich habe ein Recht auf dein Vertrauen.

Ada: Warum kompromittiert er uns alle?

Udo: Wir sind verloren, wenn du auch nur eine Minute an mir zweifelst.

Ada: Ich werde nur dir glauben.

Max: Sie haben Angst, mit Ihrem Schmerz allein zu sein, wenn das alles wahr ist. Ihre Angst vor der Einsamkeit ist größer als Ihr Ekel?

Ada: Bringen Sie gern Frauen in Verlegenheit? Es ist schließlich unsere Pflicht zu erröten.

Max: Wir sind Monstren für Ihren Zartsinn, für Ihren Stolz. Werden Sie je anfangen, an unserer moralischen Minderwertigkeit zu zweifeln? Was ist besser als die Ehe geeignet, diesen bösen Verdacht zu zerstreuen?

Ada: Mir dreht sich der Kopf. Ich war hergekommen, um lustig zu sein. Acht Stunden lang im Büro, ich wollte mich zerstreuen, vergessen, albern sein. Und jetzt? Ich verstehe kaum, was gesagt wird. Ich glaube, man bemüht sich um mein Niveau.

Max: Enttäuschen Sie ihn bitte nicht, er erwartet ein Wunder von Ihnen.

Ada: Ich habe das Recht, alles leicht zu nehmen. Ihr langweilt mich mit eurer düsteren Borniertheit. Wie streng und beleidigt ihr jetzt ausseht! Wie wichtig ihr es nehmt, wenn euch jemand nicht ganz wichtig nimmt. Ihr braucht doch nur einen Zeugen, vor dem ihr euch ernst nehmen könnt.

Udo: Ich danke dir. Ich weiß, daß du nur meinen Rückzug decken willst, und daß dir das alles nicht gleichgültig ist: Es stände ewig zwischen uns.

Max: Was für eine Komödie! Am Ende fühlen sich alle betrogen.

Udo: Er verfolgt mich seit Jahren mit seinen Anträgen. Aber es wäre undankbar, ihn zum Teufel zu schicken. Er hat mir oft geholfen, wenn ich in der Tinte saß. Du darfst ihn nicht verachten. Er liebt mich, wie ich dich liebe.

Ada: Ich habe gelogen. Es ist mir nicht gleichgültig. Nichts wird mehr selbstverständlich sein. Ich werde nur noch glauben dürfen, vertrauen, nie mehr diese Sicherheit. Es wird nie mehr so sein wie vorher. Du ...

Udo: Nein! Nein! Nur dir erlaube ich es, ein Urteil über mich zu haben, das ich anerkenne. Ich verstehe jetzt alles. Nicht Er! Dich muß ich überzeugen. Dich! Wenn ich *ihn* frage, nehme ich die Antwort vorweg. Er ist eifersüchtig auf dich. Er haßt unsere Liebe.

Max: Was für Worte wirst du erfinden müssen, damit sie dich so sieht, wie du willst. Passen Sie auf, heilige Jungfrau, ein Erzengel verteidigt sich vor Ihnen. (Zu Udo): Du bist angeklagt, so zu sein, wie sie dich sehen will.

Ada (steigt auf den Tisch): Ich bin das Jüngste Gericht, und ich befehle, daß es von jetzt an lustiger wird. Wer will ins unbewohnte Paradies? Alle Erzengel sind des Landesverrats und der Brunnenvergiftung bezichtigt.

Max: Wer ist hier der Versuchung zur Heiligkeit entgangen? (Verbindet ihr die Augen) Die Göttin der Gerechtigkeit ist blind.

Ada: Angeklagter, fühlen Sie sich nun verantwortlich genug, um bestraft werden zu können?

Max: Wer sind meine Ankläger? Man schenke ihnen kein Gehör. Die Gerechtigkeit ist eine Göttin, und der Ankläger ist misogyn.

Udo: Hohes Gericht, wird nicht allzu deutlich, daß der Beschuldigte so feige ist, auf die Würde der Zurechnungsfähigkeit zu verzichten? Er hält sich für krank und zieht sich doch die Krankheit in jedem Augenblick freiwillig zu.

Ada: Die Gerechtigkeit wird sich hüten, Märtyrer zu erzeugen. Sie wird den Menschen in Ihnen nicht durch Gnadenakte beleidigen.

Max: Wer macht mich für meine Geburt verantwortlich?

Udo: Geruhen Sie dann bitte zu erklären, wem Sie es in die Schuhe schieben wollen, daß Sie unser moralisches, ja, ästhetisches Empfinden mit Füßen treten?

Ada: Der große Unbekannte? Halten Sie Ihren Prozeß nicht auf. Ich habe keine Zeit, blinde Spuren zu verfolgen. Sie langweilen das Jüngste Gericht.

Max: Warum sollten Sie sich auch nicht mit einer Allergie schmücken dürfen!

Ada: Sie klagen die Gerechtigkeit an?!

Max: *Ihre* Schönheit ist das Verbrechen, das wir suchen.

Udo: Das Geständnis!

Max: Sie hat darüber entschieden, was wir in ihren Augen für immer sein sollen: schmutzige Reptilien.

Ada: Wir haben Ihnen Gelegenheit gegeben, sich zu ändern.

Udo: Die Bewährungsfrist ist abgelaufen. Wir sehen keine Tränen.

Ada: Und da wollen Sie behaupten, durch Ihre sogenannte Geburt verurteilt zu sein zu lebenslänglich?

Max: Ist er noch ein Schwein oder ist er kein Schwein mehr? Also: er *ist* ein Schwein. Nein!! Sie hätten mir keine Chance gegeben.

Ada: Was sollen wir mit Ihnen machen?

Max: Wenn Sie ein Ungeheuer aus mir machen wollen, bitte, ich habe Ihnen immer diesen Gefallen getan. Ich komme Ihnen nicht nur entgegen, ich komme Ihnen noch zuvor.

Ada: Sie werden nie dahin kommen, sich im Namen

Ihres eigenen Gesetzes zu verurteilen.

Max: Was verstehen Sie davon? Ich habe meinen Feinden noch Gründe gegen mich in die Hände gespielt, auf die sie selbst gar nicht gekommen wären. Ihre Plädoyers sind jetzt unwiderleglich. Ich erkenne meine Richter an, ich lege keine Revision ein.

Ada: Glauben Sie denn, daß wir uns mit Ihrer Verurteilung selbst richten?

Max: Wer uns verfolgt, hat Angst vor sich selbst. Wer kann sich vor einer Ratte ekeln, der nicht eine Ratte in sich hat und das vor sich selbst verbirgt?

Ada: Und wenn uns die Lust vergeht, Sie zu hassen?

Max: Solange Sie Udo lieben, können Sie mich kaum übersehen.

Ada: Aber Sie müßten wissen, was Udo mir bedeutet, um sich in meinem Haß wiederzuerkennen. Das wissen Sie nicht, weil Sie ein Schwein bleiben wollen. Sie werden ganz allein übrigbleiben. Mit Ihrer sogenannten Geburt.

Max: Sie wissen nicht, was Sie sagen, teure Schwägerin. Wenn ich Sie für normal halten muß, gibt es nur *einen* Grund dafür, daß Sie ihn lieben.

Ada: Aus demselben Grund, aus dem ich Sie verachte.

Max: Sie sagen es. Er spielt die Rolle eines Mannes ganz einfach besser als ein wirklicher Mann. Warum? Weil er sie *spielt.* An mir hat er alle Worte und Gesten auswendig gelernt, die es braucht, um ein Mann zu sein.

Ada: Ich habe nicht bemerkt, daß er sich ständig kontrolliert.

Max; Ein größeres Kompliment konnten Sie mir

nicht machen. (Zu Udo): Du mußt mich übertrieben haben, ich gefalle deiner Pharisäerin nicht.

Ada: Warum nicht gleich sagen, daß nur eine Lesbierin ihn lieben kann?

Max: Dann sind wir sozusagen Komplizen?

Ada: Ich glaube, ich könnte darüber hinwegkommen, daß er Sie einmal geliebt hat. Es wäre zu schön. Ich möchte Ihr Gesicht sehen. (Zu Udo): Aber dann hast du mich belogen!

Max: Darf ich präzisieren, Gnädigste : Er hat Ihnen keine Chance gegeben, Ihre Tugenden an den Mann zu bringen. Was für ein süßes Gefühl wäre das gewesen: zu vergeben.

Ada: Sie haben ihn eingeschüchtert und vor mir gewarnt.

Max: Hörst du, sie behauptet, du schaffst es nicht allein. Sie macht sich schon breit. Fallt euch in die Arme. Die Zeit der kleinen Mißverständnisse ist vorbei. Der verwunschene Prinz erlöst durch die reine Liebe eines unschuldigen Herzens. Welcher Gestank an Großmütigkeit! Laß dich nicht lumpen: Sie hat einen Vorsprung. Verzeih ihr jetzt den naiven Edelmut. Deus ex machina. Und nun? Das Stück ist doch zu Ende.

Ada (setzt sich wieder in den Sessel): Er hat Recht. Ich kann dir nicht helfen. Wenn du so bist, verabscheue ich dich.

Udo: Ich bin so, wenn du mich verabscheust. Womit soll ich denn auswischen, was ich in deinen Augen lese? Diesen Augen, die mich verurteilen, und in deren Urteil ich mich wiedererkennen muß, weil ich

Dich liebe. Warum willst du denn, daß ich so bin?
Ada: Ich gäbe alles darum, wenn ich sicher wäre, daß
du nicht so bist.
Udo: Ich bin nicht so, wie du fürchtest, ich schwöre
dir! Wie könnte ich sonst sein wollen wie alle anderen?
Max: Er hätte Recht, wenn er damit nicht sagen
wollte, daß er ist wie alle anderen. Wie könnte er
sein wollen wie alle anderen, wenn er nicht anders
wäre? Sie müssen wissen, schöne Göttin, unser
Angeklagter fürchtet, das Verbrechen gestanden zu
haben, wenn er sich zu bessern verspricht!
Udo: Er hat sein Ziel erreicht. Du siehst mich mit
seinen Augen.
Max: Hätten Sie ihm Kredit gegeben?
Ada: Aber ja! Das heißt ... Ach, laßt mich in Ruhe!
Was nützt ihm mein Vertrauen? (Zu Max): Warum
heiraten Sie nicht? Im Windschatten einer Ehe könnten Sie ungestört Ihre schlechten Sitten kultivieren.
Max: Ja, es soll diese Verirrungen geben. Ich habe
davon gehört. Wenn Sie mich fragen, bedauerns-
werte Geschöpfe, letztlich, wenn es nicht so abstoßend wäre. Irgendwie kurios, was Mutter Natur so
alles hervorbringt. Aber ich habe nichts gegen sie.
Sollen sie glücklich werden, wenn sie nur die dre-
ckigen Finger von den Kindern lassen. Warum baut
man keine Zoogehege? Ich liebe die Exoten.
Ada (zu Udo): Sieh mich an. Sieh mich ganz fest
an. Und jetzt küß mich. Halte mich ganz fest. Schick
ihn weg. In seinen Zoo. Ich bleibe bei dir. Er wird
platzen.

Max: Das kam aber plötzlich.

Ada: Man braucht Sie nicht mehr.

Udo: Und du willst mich nicht nur retten?

Ada: Ich bin nicht deine Mutter.

Max: Sie werden aus ihm erst ein richtiges Schwein machen.

Ada: Sie haben verloren.

Max: Er ist der einzige, der Ihnen all Ihre Sünden im Voraus vergeben muß. Nun ist für Sie alles erlaubt.

Ada: Was wollen Sie jetzt tun?

Max: Zärtlichkeiten erfinden, die ihm den Ekel vor sich selbst nehmen, sobald er zu mir zurückkommt.

(Langer Kuß zwischen Ada und Udo)

Max: Bravo! Bravo, meine Liebe, Sie haben die Prüfung bestanden. Summa cum laude.

(Beide sehen ihn fragend an)

Max: Sie haben gewonnen. Wir wollten Sie auf die Probe stellen.

Ada: Ein Scherz?!

Max: Ich hatte Bedenken, als Udo mir den Plan unterbreitete. Er war sich Ihrer Liebe nicht sicher. Ich hätte es auch nicht zugelassen, wenn Sie nicht nach amüsanter Unterhaltung geschrien hätten. Verzeihen Sie ihm das Mißtrauen, aber weniger war nicht möglich, ihn zu beruhigen.

Udo (starrt ihn an): Du hast deine Rolle großartig gespielt. Ich danke dir. (Zu Ada): Du warst bewundernswert.

Max: Etwas fehlt noch.

(Beide schauen ihn entsetzt an)
Max: Wir haben nichts zu trinken.
(Alle lachen befreit auf)
Udo: Und eine Partnerin für dich. Du könntest Ada schöne Augen machen.
Ada: Ich hole rasch meine Freundin Susanne mit dem Auto ab. Sie schwärmt für überraschende Einladungen. Genau das Richtige für Sie.
Udo: Ich bringe ein paar Flaschen vom Besten mit. Schon eile ich. (Ab)

(Betretene Pause zwischen Ada und Max)

Ada: Dann werde ich jetzt losfahren.
Max: Hören Sie, uns bleibt nicht viel Zeit.
Ada: Der ganze Abend.
Max: Ich muß Ihnen etwas klargemacht haben, bevor er zurück ist. Ich habe ihn deshalb weggeschickt. Wir haben keinen Grund zu feiern.
Ada: Fangen Sie wieder von vorn an?
Max: Ja.
Ada: Geben Sie sich keine Mühe. Ich glaube Ihnen noch weniger, wenn Udo nicht dabei ist.
Max: Sie sagten vorhin, Sie würden alles darum geben, wenn Sie sicher wären, daß der Mann, den Sie lieben, nicht so ist?
Ada: Habe ich das gesagt?
Max: Was würden Sie für die Gewißheit geben, daß er doch dazugehört? Und nur er?
Ada: Worauf wollen Sie hinaus? Wir hatten unseren Spaß, wir haben gelacht. Nun wird es öde.

Max: Vielleicht bin ich nur gespannt, wieviel Ihnen eine solche Gewißheit wert wäre.

Ada: Warum lassen Sie uns nicht in Ruhe : Sie behaupten, sein Freund zu sein.

Max: Eben. Ich möchte Sie beide vor einem Fiasko bewahren.

Ada: Er will glücklich mit mir sein. Mit mir, hören Sie?

Max: Obwohl er es auch mit mir sein könnte!? Aber ich mische mich aus einem anderen Grund in Ihre Angelegenheiten.

Ada: Ich kann nicht mehr. Sie quälen mich. (Sie weint)

Max: Ich darf nicht hoffen, daß Sie mir sofort glauben. Nach allem, was heute Abend war. Aber vom ersten Augenblick an, als Sie dieses Zimmer betraten, habe ich Sie geliebt. Die Zeit liegt hinter mir, wo ich mich in diesen Dingen irren konnte. Sie müssen nichts erwidern.

Ada: Na und?! Es ist geschmacklos, mir das jetzt zu sagen. Gemein. Auch wenn´s hundertmal wahr wäre.

Max: Ihr Weinen tut mir weh. Ich war eifersüchtig. Nicht auf Sie. Auf ihn.

Ada: Und dieser Scherz? Man hatte ja den Eindruck, daß es Ihnen Freude machte, das Ganze.

Max: Es war kein Scherz, und es hat alles andere als Spaß gemacht.

Ada: Schweigen Sie! − Sie lieben mich?

Max: Ich sah keine Möglichkeit, Sie zu überzeugen. Sie waren hinreißend.

Ada: Danke. Das habe ich heute schon einmal gehört. Und warum hat er Sie nicht einfach hinausgeworfen?

Max: Hätten Sie ihm dann geglaubt? Hätten Sie nie wieder daran gedacht? Ich mußte bis zum Schluß dabei sein. (Lachend): Er war furchtbar erleichtert, der Arme!

Ada: Sie haben sich selbst zu Männern bekannt.

Max: Ach, dieser hysterische Kult mit den geölten Muskeln, der schrillen Stahlstimme, der weichen Unerbittlichkeit. Zum ersten Mal bin ich auf diesen lächerlichen Zauber eingegangen. Ich konnte mir das leisten: Ihre Gegenwart hat mich vor ihm beschützt. Jetzt will ich Sie vor ihm beschützen.

Ada: Haben Sie keine Angst, seine Freundschaft zu verlieren?

Max: Den Spaß hat er mir verziehen. Er hat sich ja schon revanchiert. Erst jetzt verrate ich ihn wirklich.

Ada: Verlangen Sie bitte nicht, daß dieses Opfer mir schmeichelt.

Max: Ich habe mich getäuscht in Ihnen.

Ada: Nun gut. Es ist Ihnen gelungen, mich ein letztes Mal zu beunruhigen. Ich fordere diesen Beweis von Ihnen.

Max: Wenn ich nun darauf verzichte?

Ada: Erpressung! Ich ... ich könnte versuchen, Sie zu lieben. Ich ...

Max: Wir haben alle unseren Preis. Immerhin − er darf nie erfahren, warum Sie ihn verlassen.

Ada: Und der Beweis?

(Man hört das Öffnen der Haustür.)

Max: Verstecken Sie sich hinter dem Wandschirm, rasch! (Sie folgt seiner Anweisung)

Max: Nun trauen Sie bitte Ihren Ohren.

(Udo betritt das Zimmer)

Udo: Ist Ada noch nicht zurück?

Max: Ihre Freundin muß sich sicher erst umziehen. – Vergib mir.

Udo: Wäre es schiefgegangen, ich hätte dich umgebracht.

Max: Als sie da in der Tür stand, hätte ich ihr die hübsche Visage zerkratzen mögen.

Udo: Was wirst Du jetzt tun?

Max: Sorgst du dich um mich oder hast du Angst?

Udo: Du kannst hier wohnen.

Max: Du wirst alles so wiederfinden, als wärest du nie fort gewesen.

Udo: Bist du denn so sicher, daß ich es nicht schaffe?

Max: Du liebst sie nicht. Das genügt mir.

Udo: Lernt man Leidenschaften nicht, indem man sie spielt?

Max: Aber es widert dich noch manchmal an, mit ihr zusammen zu sein.

Udo: Ja.

Ada (tritt hinter dem Wandschirm hervor): Genug!

Udo: Aha!

Max: Überzeugt?

Ada: Allerdings. Das kann nicht mehr abgesprochen sein. So viele Züge denkt kein Schachspieler voraus.

Udo: Muß ich erst fragen, wer dieses Komplott ausgedacht hat?

Ada (zu Max): An mich und für mich haben Sie Ihren besten Freund verraten.

Max: Tut man das für jemanden, der einem gleichgültig ist?

Udo: Ich soll also geopfert worden sein, damit ihr eure Liebe entdeckt? Ein schönes Paar! Küß sie, ohne zu kotzen, und ich glaube dir! Das Einzige, was euch verbindet, ist der Beweis, daß *ich* das Schwein bin. Das genügt euch? Ihr liebt euch, damit der andere mich nicht bekommt.

Ada: Es haben Männer für Frauen schon weniger riskiert.

Udo: Was?! Was soll er riskiert haben für dich? Mich? Siehst du denn nicht, daß er uns auseinandergetrieben hat? Dich hätte er vor mir gerettet? Mich will er vor dir schützen. Für sich selbst. Wenn du jetzt gehst, bin ich ihm ausgeliefert.

Ada: Wer sagt denn, daß ich gehen will?

Udo: Du bleibst also? Trotz allem?

Ada: Trotz allem.

Udo: Du gehörst zu mir.

Ada: Zu ihm. Er hat mit dir bezahlt.

Udo: An wen?

Ada: Du gehörst jetzt deinen Freunden.

Udo: Den Schwulen? Also doch ihm. Gratuliere. Ah, das hat er sich fein ausgeheckt. Er opfert mich nur, um mich da ohne dich zurückzubekommen. Du bist schon abgehängt, ausgebootet, außer Gefecht, verstehst du? Du bist allein mit dir. Und ich mit ihm. Er pfeift nämlich auf dich, mußt du wissen. Aber wenn du das selbst entdeckt haben wirst, ist es für uns beide zu spät. Sieh ihn doch an, er reibt sich unsichtbare Hände.

Ada (zu Max): Stimmt das? Stimmt es, was er sagt?

Max (mürrisch): Aber natürlich, meine Liebe. Warum sollte er lügen? Mich kennt er besser als Sie.

Ada: Warum haben Sie mir etwas vorgemacht?

Max: Hätte ich Ihnen sonst beweisen können, daß er Ihnen Liebe vorspielt, um von der Liebe zu mir loszukommen? Vergebens loszukommen? Hätten Sie uns sonst in Ruhe gelassen?

Ada: Sie lasse ich in Ruhe. Ich kehre zu ihm zurück.

Udo: Ada!

Max: Obwohl, obschon, obgleich, malgre Louis?

Ada: Falls er mich noch will.

Max: Geben Sie es doch endlich zu und auf! Sie lieben ihn nicht mehr, seit Sie wissen, daß er Sie nicht liebt, sondern nur sein will wie Sie : Er will mich mit Ihren Augen sehen. Mit den Augen einer Frau, die mich liebt. Denn er weiß, daß Sie mich lieben. Und Sie wissen, daß er das weiß. Wofür also bestrafen Sie sich mit ihm? Den Sie nicht lieben können, weil er sie nicht lieben kann.

Udo: Nur dich, Max, können wir beide also lieben! Alle Welt haßt einander, weil alle Welt nur dich liebt?

Max (zu Ada): Einen Augenblick lang haben Sie geglaubt, ja gewünscht, ich liebte Sie. Diese Schwäche wollen Sie sich nicht verzeihen. Sie wollen nicht das Opfer sein, das er mir bringen soll. Aber Sie haben erst angefangen, sich des Wunsches zu schämen, daß ich ihn für Sie opfere, seit Sie wissen, daß ich von ihm verlange, Sie zu opfern.

Ada: Ich verstehe überhaupt nichts mehr.

Udo: In dieser Rolle gefällt er sich.

Max: Sie verstehen nur zu gut. Sie wollen das Opfer, das ich Ihnen hätte bringen sollen, damit es ihm schwerfällt, Sie für mich zu opfern? Ich wollte ihn opfern. Nicht, damit Sie ihn bekommen, sondern damit ich Sie bekomme. Aber Sie lieben das Opfer, das wir beide bringen sollten, erst, seit ich Sie opfere.

Ada: Versteht einer überhaupt noch etwas?

Udo: Vielleicht gibt es einen besseren Grund für sie, mich zu lieben. Ist Euch nicht aufgefallen, daß ich nichts zu trinken mitgebracht habe?

Max: Was soll denn das nun wieder? Na und, schließlich gibt es keinen Grund zu feiern.

Udo: Wie hätte ich das vor einer halben Stunde wissen sollen?

Max: Waren also alle Gaststätten geschlossen?

Udo: Ich glaube, dienstags sind sie nicht geschlossen.

Max: Also?

Udo: Ich habe nichts mitgebracht, weil ich gar nicht das Haus verlassen habe.

Max: Wir erkundigen uns teilnahmsvoll, wo du also die ganze Zeit über gesteckt hast.

Udo: Der Lauscher an der Wand.

Ada: Gott sei Dank! Dann weißt du, daß ich ihm keinen Grund zu der Annahme gegeben habe, ich liebte ihn.

Udo: Ja, ich kannte euren Plan, als ich hinunterlief, die Tür zuschlug und auf Zehenspitzen wieder hochkam, um euch Zeit zu lassen, für meine Entlarvung alles vorzubereiten.

Max: Du lügst!

Ada: Aber warum bist du auf ihn eingegangen?

Max: Großartig. Sie hat Recht, du hattest doch gar keinen Grund. Im Gegenteil!

Udo: Hätte ich euer Spiel nicht mitgespielt, wäre Ada bei mir geblieben, weil sie mich liebt, und sie hätte mich nur geliebt, weil sie sicher gewesen wäre, daß ich dich, Max, nicht liebe. Jetzt bleibt sie bei mir, aber nicht, *weil* ich dich nicht liebe, sondern *obwohl* ich dich liebe. Ja, aus Scham, sagst du, aus verletztem Stolz. Erst vor ihrer Scham darf ich aufhören, mich selbst zu schämen. Jetzt passen wir zusammen. Ein Mann, der sich schämt, einer Frau, die er nicht liebt, etwas vorzumachen, und eine Frau, die sich eines Anfalls von Versuchung schämt, diesen Mann geopfert haben zu wollen. Mehr vielleicht noch, weil dieses Opfer zurückgewiesen wurde.

Max: Schäme dich lieber, daß du deine Liebe auf einer doppelten Scham aufbaust. Im Übrigen liebt sie dich und wirft dir deine Liebe zu mir nur vor, weil ich sie nicht liebe.

Ada: Gibt es denn keinen Ausweg? Muß ich mich zwingen, jemanden zu lieben, der sich zwingen muß, einen Dritten nicht zu lieben?

Max: Es gibt keinen Ausweg.

Ada: Und wenn ich ihn akzeptiere, wie er ist?

Max: Das könnten Sie. Aber daß er Sie als Instrument benutzt hat, um vor anderen zu verbergen, daß er so ist, wie Sie ihn akzeptieren wollen?

Udo: Dafür akzeptiere ich sie, wie sie ist. Wir sind quitt.

Ada: Obwohl ich dich verraten habe?

Udo: Hast du mich denn verraten? Bist du nicht nur auf ihn eingegangen, damit er dir Klarheit über mich verschafft?

Max: Sie wollte sich nicht vergewissern, daß du normal bist. Hätte sie *mir* sonst die Entscheidung überlassen? Mir? Also sollte ich ihr das gute Gewissen liefern, dich zu verlassen.

Udo: Deinetwegen?

Max: Nein, sie liebt dich.

Udo: Also doch, du gibst es selbst zu.

Max: Sie liebt dich. Als Opfer, das ich ihr bringe. Sie braucht das. Sie sagt sich : Ich traue ihm nicht blind, also liebe ich ihn nicht. Seit sie an dir zweifelt, zweifelt sie an sich. Das Opfer, das ich ihr zu bringen schien, reparierte ihr Selbstbewußtsein für einen Moment.

Udo (zu Ada): Laß ihn reden! Ich nehme dich, wie du bist.

Max: Damit sie dich nimmt, wie du bist? Nur ein Schwein kann ein Schwein anerkennen. (Zu Ada): Kann jemand Ihre Schweinereien entschuldigen, der jemanden sucht, sich seine eigenen Schweinereien entschuldigen zu lassen? Der Böse sucht den Guten, der ihm vergibt. Aber es gibt nur Böse, die Gute suchen, die ihnen vergeben. Jeder bleibt mit seiner Schuld allein.

Ada: Was für eine Schuld? Ich habe nichts getan. Ich hätte sofort Sie lieben müssen, Max.

Udo: Warum?

Ada: Damit er mich verletzt und du in mir deine

Retterin retten kannst.

Udo: Was hindert uns, von vorn anzufangen?

Ada: Ich halte das nicht noch einmal durch.

Max: Sie haben es so oft ausgehalten.

Udo: Einmal wird es gelingen.

Ada: Was wollen wir eigentlich erreichen? Ich vergesse es langsam.

Max: Vergessen Sie Ihre Absicht, es zu vergessen, Gnädigste: Sie wollen geliebt werden.

Udo: Jeder von uns will geliebt sein.

Max: Mit allem Drum und Dran.

Ada: Werden wir je jemanden finden, der uns liebt?

Udo: Wir werden ihn erfinden.

Max: Wir haben noch die ganze Nacht lang Zeit. Also, auf die Plätze!

Ada (dreht sich an der Tür noch einmal um):
Das Ganze hat keinen Sinn.

(Alle drei schauen lange an die Zimmerdecke. Ada ab. Pause.)

(Die folgenden Formeln des autogenen Trainings werden jeweils sechsmal hintereinander sehr langsam gesprochen)

Udo: Beide Arme und beide Beine sind ganz schwer.

Max: Mein Herz schlägt ruhig und kräftig.

(Beide abwechselnd) : Es atmet mich.

Die Traumfrau

Meine Traumfrau ist jene Frau, die in mir ihren Traummann sieht, also den Mann, der in ihr seine Traumfrau sieht. So träumt jeder nur von Träumern und wird von Erträumten erträumt. Das Liebesleben ist eine Traumschlägerei.

"Nein, nein, mein Mann trinkt nicht zu viel, und tablettensüchtig ist er auch nicht, nein, nein. Er sorgt für den Unterhalt und für die Familie, nein, das ist es nicht. Er ist den zwei Kindern ein guter Vater. Nein, alles was recht ist, er bringt sein Geld nach Hause und bringt es nicht sonst wo durch. Nein, er ist nicht unzuverlässiger und unfreundlicher als andere Männer auch, das kann man wirklich nicht sagen. Er kann anpacken und hält Ordnung in allen Dingen, die ihn interessieren. Oh, er ist ziemlich gerecht zu allen und hat Freunde, die ihn mögen, und er ist auch eigentlich keiner von diesen Paschas, die sich von Mama immer nur bedienen lassen, von denen man heute so viel hört, nein, das ist er nicht.

Was sagen Sie? − Nein, alles andere als ein Grobian. Er hat nichts Gewalttätiges an sich, ganz im Gegenteil. Den Eindruck will ich gar nicht erst erwecken, darum geht es nicht. Geschlagen hat er mich oder die Kinder nie, nicht ein einziges Mal in all den Jahren, die ... Wie bitte? − Nein, nein, auch keine seelische Grausamkeit oder wie das heute genannt wird ... eher einfühlsam und empfindsam und aufmerksam, ja, ja doch ... Bitte? Langweilig? Ein Muffel? Oh nein, nicht einmal das. Er hat weiß Gott seine Schwächen und

Fehler wie wir alle, aber ... Also, er ist ein ganz ordentlicher Geschichtenerzähler und nicht ganz ohne Humor, wenn Sie das meinen ... Nicht die Seele einer Gesellschaft gerade, aber ...

Um solche Dinge geht es nicht. Um Gottes willen, das würde noch fehlen! ... Nein, nichts Perverses oder so, da sind Sie auf der ganz falschen Spur, wenn Sie da ... Ich weiß, es klingt idiotisch, aber wir verstehen uns gut, er hat Verständnis für meine Eigenheiten und Mucken und Launen ... Na ja, soweit Männer eben ... was in uns Frauen so ... Auch keine Weibergeschichten, nein, er treibt sich nicht herum, er ist eher zu häuslich, könnte man sagen ... Nein, nein, um Krankheiten handelt es sich auch nicht. Sie fragen, weshalb ich mich dann von ihm ...

Das will ich Ihnen sagen, wenn Sie mich auch mal zu Wort... Also er sagt, er träumt. Nein, kein Tagträumer, der dauernd abwesend ist, wenn man mit ihm spricht, so etwas nicht. Er träumt nur nachts. Völlig normal und lebensnotwendig, nachts zu träumen, sagen Sie? Sie haben Recht, Sie haben natürlich völlig Recht. Ob er von anderen Frauen träumt? Nein, er träumt von mir, die ganze Nacht hindurch, wie er sagt. Ja, ja. Mehr könne eine Frau doch wirklich nicht verlangen, meinen Sie? Sie kann. – Und ob sie kann, Herr ... Herr ... wie war doch gleich ... Sie sind mein Rechtsanwalt. Befreien Sie mich von diesem Mann und seinen allnächtlichen Träumen, die nun wirklich ...

Nein, er träumt nur von *mir,* wie gesagt. Aber er *träumt* eben nur von mir. Ja, ja, nur im Traum ist er nachts mit mir zusammen, Sie hören richtig. Die ganze Nacht hindurch, Nacht für Nacht, seit Jahren ... Er ist so wenig ein Weiberheld, daß er mich nicht mal anfaßt. Verstehen Sie? Wenn er morgens aufwacht, ist er fix und fertig, als hätte er die ganze Nacht hindurch wirklich mit mir ... ist er so erschöpft und zerschlagen, daß er mich nicht einmal mehr mit dem Hintern ansieht ... daß es gerade noch reicht, zur Arbeit zu gehen und sich hinter den Schreibtisch zu klemmen und sich die Bemerkungen der Kollegen über sein reges Liebesleben ... und sich dann abends halbtot ins Bett fallen zu lassen, um dann doch nur wieder ... und ohne daß er mich auch nur ...

Was knackt denn da dauernd? Ist da ein Dritter in der Leitung? Das ist doch ... Na ja ... Sobald er schläft, schläft er mit mir, versichert er, und in diesem Fall ist es nicht nur so eine dumme Redensart mit dem Schlafen. Ich soll ihn nachts wecken, um ...?

Oh, dann weiß er von gar nichts und wird fuchsteufelswild und fährt mich an, daß ich ihm den Schlaf raube, den er für die Arbeit... Dann ist er ganz konfus und nicht ansprechbar, nichts zu machen, ich habe alles versucht. Wirklich. Erst morgens weiß er wieder, was er die ganze Nacht ... Es ist zum Verrücktwerden, wir sind beide verzweifelt, das können Sie mir glauben. Ein Fall eher für ...?

Nein, die Ärzte können ihm auch nicht helfen, er ist überall gewesen. Dagegen gibt es kein ... Mittel oder so etwas, da ist gar nichts zu machen. Nein, ich dachte nicht an seelische Grausamkeit. Gibt es nicht so einen Paragraphen, also ich dachte wegen Nichtvollzugs der Ehe oder so ähnlich? Psychotherapeuten? Verstehen Sie mich um Gottes willen bitte nicht falsch, ich mache meinem Mann deshalb keinen Vorwurf. Nicht daß ich es sehr vermisse oder daß mir so furchtbar viel daran gelegen wäre. Es gibt ja Wichtigeres zwischen zwei Menschen, die sich wirklich ... Aber es gehört doch dazu, das steht doch heute in jedem Buch, für die Gesundheit und seelische Hygiene ist es doch ganz ... Wir sind doch Mann und Frau und eine normale Familie, ich meine, persönlich lege ich gar keinen so besonderen Wert darauf, wenn sonst alles ... Hauptsache, man geht miteinander durch dick und dünn und zieht am gleichen Strang und hilft einander und versteht sich gut und plant gemeinsam ...

Na bitte, dann bin ich eben eine typisch norddeutsche Frau! Wann diese ganze Geschichte angefangen hat? Warten Sie, ja, wenn ich das noch wüßte ... Das geht schon viele Jahre so. Das Komische ist nur, daß es früher genau umgekehrt war. Ich meine, damals ist mir das ... oft einfach zu viel geworden. Nie hat er Ruhe gegeben ... Auch nicht, als ich krank war, so ein schmerzhaftes Rückenleiden ... Darauf hat er keine Rücksicht genommen, das war ihm gleich, die Männer sind so. Nein, nein, nicht mit Gewalt, nie mit Gewalt und Drohung, das nicht. Ich will ihm nichts anhängen, was nicht wirklich ... Es soll alles fair und korrekt und ohne schmutzige Wäsche ... Aber dauernd war er hinter mir her, alle paar Tage. Und nur, um wieder meine Ruhe zu haben, mußte ich dann oft...

Wie? Was sagen Sie? − Sie hatten eine Klientin, die dauernd krank war, damit sie ihrem Mann nicht ...? Aber das ist doch etwas ganz anderes, Sie verstehen mich nicht. Krank gestellt habe ich mich nie, auch nicht im Beruf damals, so etwas ist bei mir nicht drin. Aber es hat mich wirklich ganz krank gemacht, dieses ewige ... Dabei bin ich wirklich nicht prüde, das kann niemand behaupten, der mich nur ein bißchen kennt, müssen Sie wissen. Schließlich ist es etwas ganz Natürliches und ... Einfaches und Schönes, jedes Lebewesen tut es, und nicht nur wegen Nachwuchs. Auch nur einfach so, sonst wird man krank, da staut sich etwas und wird Krebs oder so ... Das liest man doch immer wieder, und es leuchtet ja auch ein, ich habe das nie anders gesehen. Ich liebe Freikörperkultur und Licht und Luft und Sonne, mein Mann überhaupt nicht. Er wollte mich immer zu einem ... einem dieser Zierpüppchen machen, Make-up und Stöckelschuhe, und mir so teure und raffiniert geschnittene Modellkleider kaufen ... ja, solch eine Schickse sollte ich sein, die Männer verrückt machen und ruinieren kann, verstehen Sie ... Aber irgendwann hat er dann verstanden, daß ich nicht so bin, wie er das ... irgendwann hat er aufgehört, mich dauernd zu bedrängen und zu verbiegen und ...

Ob er resigniert hat, fragen Sie? So würde ich das nicht nennen. Ohne daß wir das groß zerreden mußten, ohne große Auseinandersetzung und Krach sind wir eines Tages übereingekommen, hat er wohl eingesehen ... Ohne Gewalt. Schließlich wollte er keinen leblosen Gegenstand in seinen Armen ... Und das war ich damals, dazu hat er mich damals gemacht.

Kurz und gut : Er hat nicht mehr bei jeder Gelegenheit nach mir gegriffen. Er hat begriffen, daß ... Ich weiß nicht, was er begriffen hat, wir haben nie darüber gesprochen, er wollte das nicht, er ist da eigen. Aber ich mußte ihm nicht mehr zu Willen sein, wenn ihm danach war, wie es immer so über die Männer kommt, ohne daß wir groß ... Manchmal habe ich ihn wirklich richtig gehaßt. Obwohl es eine Liebesheirat war, nicht nur so eine ... Ich will nichts vertuschen und schönfärben, ja, ich habe ihn damals gehaßt, wenn er wieder mal ... Ich wollte mich scheiden lassen, ich wollte ihn los sein und nicht nur immer NEIN sagen müssen, wenn er ...

Meine Mutter war auch so gewesen und hat mir in diesem Sinne immer zugeredet, mir nichts gefallen zu lassen, nicht von einem Mann, der unsereins nur als Sklavin und Abfalleimer ... Sie hat sich von Männern nie ausnutzen und wegwerfen lassen, trotz der anderen Zeit damals, als es noch ... Also, wenn der Krieg nicht dazwischen gekommen wäre, hätte sie sich auch von meinem Vater scheiden lassen, aber er ist gefallen, so daß alles ...

Nein, nein, wie kommen Sie nur auf so etwas? Es ist ja nicht so, daß ich heute von ihm verlange, was er früher von mir ... Aber schließlich ...

Ja? Was sagen Sie? Ich verstehe nicht. Nein, akustisch habe ich eben nicht ... Ja, das habe ich mir schon gedacht. Na, daß einem Scheidungsbegehren, wie es heißt, leichter stattgegeben werden kann, wenn einer die Ehe zu wenig ... als wenn er zu viel, nicht wahr, so ist es doch? Warum ich ihn dann überhaupt geheiratet ... ? Mein Gott, eine Frau schlittert in so etwas hinein ohne viel ... Was bleibt so einem jungen Ding denn übrig, um nicht als alte Jungfer ... Solche Torschlußpanik fängt doch schon im Alter von 25 an. Jemand hat gesagt: Die Lust der Männer ist die Last der Frauen. Das ist noch wahr, auch wenn sie heute das Gegenteil überall ... Nein, *er* war es nie, der sich von mir trennen wollte. Er hat wohl die Hoffnung nie ganz aufgegeben, daß eines schönen Tages doch noch ...

Wie bitte? Was wollen Sie eigentlich? − Was ich eigentlich will? Das fragen Sie noch? Ja, früher ... früher wollte ich mich von ihm scheiden lassen, weil er zu viel von mir ... Dann habe ich dafür gesorgt, daß das aufhört. Nun will ich die Scheidung, weil er gar nicht mehr, überhaupt nichts mehr ... Es muß doch alles noch im Rahmen bleiben. Was meinen Sie dazu? Sie sagen ja überhaupt nichts. Ein schöner Anwalt sind Sie mir ...

Was ist los? Was sagen Sie da? − − − *Du* bist das?! Walter?! Wie kommst du denn ...? Das ist doch nicht wahr! Welche Nummer habe ich denn da ...? Bin ich denn nicht verbunden mit ... ist dort nicht das Anwaltsbüro Allkuhn? Na also, was soll denn ...? Du bist gerade zufällig dort, sagst du? − Was will denn mein eigener Mann dort, wenn ich mal...? − Dasselbe wie ich?! Das ist denn doch die Höhe ist das! Da läßt du mich nun die ganze Zeit seelenruhig ... Aha. Also der Allkuhn war nur gerade mal eben aufs Sanitäre, und da hast du einfach das Gespräch angenommen und ...

Aha. − Na schön, warum denn eigentlich nicht? Umso besser. Dann weißt du also endlich, was ich ... Das vereinfacht die Sache doch sehr. − Warum ich nicht direkt mit dir darüber ... Warum ich nie davon ein Sterbenswörtchen ...? Mich würde viel mehr interessieren, welchen Grund solltest *du* denn wohl haben, dich von *mir* zu trennen? Heh? Bitte? −

Na, ist ja auch ganz gleich. Was interessiert mich dein ... Was sagst du? So hast du wenigstens mal die Wahrheit von mir ...? Die Wahrheit, die ich dir selbst nie...? Ja, glaubst du denn, ich hätte deine liebliche Stimme nicht von Anfang an erkannt, mein Lieber? Glaubst du wirklich, ich hätte das alles vorhin ...? Du bist aber naiv bist du. − Weshalb? Na, das ist doch wohl klar, oder? Ich wußte, daß du dort bist. Woher?

Geheimnis. Ich wollte wissen, was mein Mann mir als Scheidungsanwalt sagen würde.

Bitte? Na, was mir nach deiner Meinung gesagt werden sollte, wollte ich mal von dir hören. So schön versteckt hinter dem Allkuhn konntest du doch ... Na, viel hast du ja nicht gesagt. Nein, das war nicht alles: Vor allem wollte ich dir endlich einmal in aller Ruhe erzählen können, was ich ... So hast du doch wenigstens *einmal* aufmerksam zugehört. Anders ist das mit dir doch gar nicht möglich. Mit dir muß man doch erst Krimi oder so etwas spielen, jawohl, um deine Aufmerksamkeit ... Auf einer anderen Ebene kann man doch mit dir gar nicht ... Du blockst doch alles ab. Du mauerst doch nur. Du hast doch Angst vor jedem weitergehenden ... Wir reden doch nie miteinander über ... über ... nie über mehr, als wir auch mit Zeichensprache erledigen könnten.

Du sagst nichts? Du hast nichts zu sagen, sagst du? Du willst dich nicht verraten, oder? Willst dich interessant machen, nicht wahr? Geheimnisvoller Buddha, was? Oh : Bloß kein Mensch wie jeder andere sein, was? Jeder soll denken, stille Wasser sind tief oder so.

Soll ich dir mal was sagen? Du hast nur Angst, jemand könnte dahinterkommen, daß eben gar nichts dahintersteckt. Du verbirgst doch nur, daß du rein gar nichts zu verbergen hast. Du hältst dich für mehr als andere, weil du Schiß hast, weniger als andere zu sein. Und vor lauter Schiß bist du wirklich weniger.

So, so, das ganz Besondere an dir soll also sein, daß du anders als andere eben zugibst, nichts Besonderes zu sein? Eben darauf sind sie doch alle stolz, alle, wie sie gebacken sind. Aber es ändert nichts : Du bist nichts, du kannst nichts, du hast nichts. Du könntest fragen, weshalb ich dich dann noch so beschimpfe. Ich frage mich das selbst, da du mich ja nicht fragst. Na, ich will dich aus deiner Reserve locken! Ich bewerfe dich so lange mit Dreck, bis du mich eines Wutanfalls für wert hältst.

Welche Aggression von dir, nicht einmal aggressiv gegen mich zu sein! Dein altes brunnentiefes Schweigen! Du wirst es damit noch so weit treiben, ja, daß ich dich eines Tages dazu reize, mich zu erschlagen. Es wird beweisen, daß wir einander nicht gleichgültig sind. Herr Richter, ich habe sie geliebt; hätte ich sie sonst getötet? Ja, ich treibe dich zur Weißglut, ich mache dir das Leben schwer, ich durchkreuze deine Pläne, ich bin ein Scheusal, eine Megäre, eine Furie:

Dein Schweigen macht mich dazu. Es ist die einzige Möglichkeit, gelegentlich doch noch einen Funken aus dir herauszuschlagen, ein winziges Lebenszeichen, etwas, das von fern an eine menschliche Reaktion erinnert, ehe du ganz in dir untergegangen sein wirst. Nicht wahr? So setzt mich deine Stockfischstummheit von vornherein ins Unrecht, egal was ich sage. Ich tobe und schreie, damit du vielleicht wenigstens tobst und schreist und mich schlägst. Eine Ohrfeige ist immer noch besser als dieses weiße Buddhagesicht, gegen das ich anrenne ...

Was ich von dem Allkuhn will? Na, die Scheidung natürlich, du hast es doch gehört. – Ah ja, das würde dir so passen, daß ein anderer Kerl dahintersteckt, was? So einfach mach ich's dir nicht. Herr Richter, sie betrügt mich seit Jahren mit unserem Rechtsanwalt. Der nun unseren Scheidungsanwalt spielen soll. Einspruch, Euer Ehren! Und wenn es so wäre? Ist das ein

Wunder? Schweigen im Walde. Ich will weg von dir. Seit Jahren. Von Anfang an. Nicht, weil ich mit unserem Anwalt etwas habe. Es ist umgekehrt. Ich habe mir diesen Anwalt genommen, weil ich von dir weg will. Ja, der Dr. Allkuhn schlägt dich. In allen Disziplinen. Er ist ganze Klassen besser. Eine Klasse für sich eben. Du brauchst fünf Minuten; er geht durch die Zielgerade erst nach fünfzig Minuten, Sportsfreund. Er versteht es, und er versteht mich. Besser, als du das kapieren könntest. Bitte? Schon eine ganze Zeit lang. Seit ich ihn aufgesucht habe, um von dir ...

Was knackt denn da dauernd in der Leitung? Wer ist das? Du willst doch jetzt wohl nicht einfach auflegen, oder? Es würde dir ähnlich sehen, mittendrin einfach wegzutauchen und mich dumm dastehen zu lassen. Ich habe endlich mit dir zu reden. Das hier ist keine Gerichtsverhandlung, mein lieber Mann. Nicht einfach aufhängen, hörst du? Bist du noch da? "

(Ein Knall ertönt aus dem Telephon wie von einem Schuß.)

"Um Himmels willen. Walter?! Walllterrr!!!? Bist du verrückt geworden, mich so zu erschrecken? Immer deine kindischen Scherzartikel, um mich in Todesangst ... Seit unserer Hochzeit machst du mir gern Angst, wenn du nicht mehr weiter weißt. Der Spaß geht zu weit. Ich habe drei Kinder, unsere zwei Kleinen und dich. Du bist am schlimmsten.

Walter?! Ich wollte doch nur ... Es stimmt doch gar nicht, was ich da eben ... Ich habe das doch erfunden, um endlich einmal etwas aus dir ... Hör auf mit dem Quatsch. Antworte! −

Was?! – Allkuhn?! Du lebst? Du hast den eben ...? Mit seinem eigenen Revolver aus seinem Schreibtisch hast du ihn ... Aber weshalb denn, du Idiot? Einen Augenblick lang habe ich wirklich geglaubt, du hättest dich ... wegen nichts und wieder nichts dich selber ...

Oh, Walter ... Du bist wahnsinnig, du bist irre bist du, du bist doch wirklich nicht ganz ... Keiner Frau ist zuzumuten, mit einem so gemeingefährlichen Taubstummen ... Ich mache mich jetzt auf den Weg; geh nicht weg von dort, hörst du? Ich glaube nicht, daß du den Allkuhn ... Du und eifersüchtig? Du bist doch nicht mal eitel genug, von Eifersucht auch nur zu träumen, du Trottel. Es ist unmöglich. Und wenn es stimmt? Ich muß jede Möglichkeit berücksichtigen; eine Frau muß einen klaren Kopf behalten, die nicht unter die Räder ... Ich kann es nicht glauben, aber ... Dann ... Aber dann bin ich ganz allein auf der Welt. Dann wäre ich euch beide los. Er tot und du dafür lebenslänglich. Nein, das wäre dann doch zu schön, um ...

Und doch! Zwei Fliegen mit einer Klappe! Und ohne den Finger zu rühren und mir die Hände schmutzig zu machen. Habe ich nicht immer davon geträumt? Eine Frau ist eine Frau, die das Leben durch Gesten, Worte und Blicke meistert. Mach zwei Männer unsterblich in dich verliebt und bring dann den einen dazu, den anderen für dich umzubringen – um sie beide loszuwerden. Das sind die Waffen einer Frau! Das ist wahrer Feminismus, liebe Betschwestern.

Hörst du mich noch, Walter? – Endlich erlebe ich mal etwas; endlich ist mal etwas los! Diese Vergnügungen heute sind doch selbst die Langeweile, deren Vertreibung sie sein wollen. Aber Eifersucht. Raserei. Tödliche Passionen. Wahnsinn. Verbrechen aus Leidenschaft. Revolver, Gift, Seidenschnur, Messer. Ich will endlich leben und nichts als Groschenromane erleben.

Endlich mal wieder Giftmorde statt ewiges Gerede über Giftmüll! Statt diesem ewigen Atomkrieg endlich wieder Ehekrieg und Geschlechterkrieg! Männer schlagen die Frauen nicht mehr, sie schlagen sich wieder *um* die Frauen. Oh, diese herrlichen Hahnenkämpfe früher! »Krieg der Sterne«? Oh ja, die Männer holen den Damen ihres Herzens wieder die Sterne vom Himmel, legen uns Imperien zu Füßen, entdecken und erfinden Wunder für uns. Sie erobern uns, indem sie die Welt für uns erobern. Ich kann keinen Mann lieben, der nicht mindestens eine Revolution für mich anzettelt. Der nicht wenigstens die Welt so ändert, daß Platz darin ist für ... für ... Die Geschlechter müssen kämpfen. Aber nicht gegeneinander, sondern umeinander, du Trottel.

Und du? Du träumst davon, daß ich träumen soll von einem Mann, der nur an der kalten Schulter entbrennt, die ich ihm zeige, nicht wahr? Dieser Mann, den ich wollen soll, soll mich kalt lassen wie alle Männer, aber ich soll doch widerwillig fasziniert sein von seiner Art, die Kälte einer Frau anzubeten, die ... Das ist es doch, wovon du in tiefstem Herzen ... Oh, Scheiße.

Ich will nur einen ganzen Kerl und keinen Schlappschwanz. Dieses lächerliche Gerede heute, ich kann es nicht mehr hören. Ich bin doch nicht unglücklich, weil die Männer heute so furchtbar männlich sind. Ich bin doch eine unglückliche Frau, weil sie eben keine Männer sind, sondern dumme Jungen und Halbstarke und Babys, die sich ausflennen an Mamas Busen der Natur. Eine saubere Umwelt will diese saubere Bande mir zu Füßen legen statt eine ganz andere Welt. Ahhh – wo sind sie denn, die Männer, die richtigen Kerle, die die Welt regieren?! Bin noch keinem von ihnen begegnet. Ich treffe nur auf Hampelmänner, die sich am liebsten gefühlvoll in die Hosen machen und die Atombomben brauchen, ... um dafür einen schönen Grund zu haben. Lieber mit einem Fließband verheiratet sein als für solche Waschlappen zu Hause schuften. Sylvia Plath hat gesagt : Frauen lieben Faschisten. Wenn wir heute diese Körnerfresser lieben, dann müssen wohl das die modernen Rechtsaußen sein ... "

Eine Männerstimme, sanft:

Liebes, mit wem redest du denn da wieder?
Komm, gib mir den Telephonhörer.
Aber du hast ja niemanden am anderen Ende der Leitung! Du träumst ja wieder laut am helllichten Tage vor dich hin.

Es ist Zeit für deine Beruhigungsmittel,
kleine Traumfrau.

Wir kommen uns immer näher

Was ziert er sich denn so, sie haben doch gesehen, daß er etwas hat, er soll es doch herausrücken, aha, der Herr will sich bitten lassen, was, es ist nicht fertig, ach Schnickschnack, sie feixen, es ist nie fertig, dieses ewige Herumfeilen und Übermalen, bis das Frische, Unmittelbare, das Leben ganz herausverbessert ist, man muß es ihm entreißen, in seinem eigenen Interesse, bevor es wieder verdorben wird, mit seiner eigenen Psychologie ...

Ja, dieser rohe Brocken, noch bevor er seine Handschrift trägt, dieses unabgehangene Stück Fleisch, her damit, etwas Wildes, Ungezähmtes geht davon aus, das ist doch genau das, worauf sie scharf sind, nichts Überfeinertes, in raffinierten Saucen Ersäuftes, nein, Rohkost, frisch aus dem Herzen, ganz dampfendes Urweltblut noch, frisch aus dem Steinbruch, wovor hat er denn Angst, nun mal heraus damit, das lang Gehütete, schon zu lang Versteckte, auf den Tisch damit, es wird nicht gleich den Kopf kosten, sie sind doch keine Henker, nicht einmal Experten, ein unverbildetes Publikum, man muß nicht gleich ein Genie sein, um vor ihnen bestehen zu können, so hoch sind ihre Ansprüche doch gar nicht, er macht es aber auch spannend, da muß man ja Wunders was denken, je länger er es hinter dem kreißenden Berg hält, um so hochgespannter werden doch ihre Erwartungen, daß es mehr ist als eine Maus, die da geboren werden soll, ...

nun werden sie aber langsam ungehalten, fühlen sich an der Nase herumgeführt, alles hat seine Grenze, niemand kann ihnen vorwerfen, sie nähmen keine

Rücksicht auf seine Empfindlichkeiten, ihre Engelsgeduld mit ihm, weiß er eigentlich, was er sich leistet,
wenn er da Erwartungen in ihnen weckt, schürt, auf-
reizt, ...

sie warnen ihn, Erwartungen, von denen sie nicht
wissen, ob er wirklich der ist, ob sein Format aus-
reicht, ihre Mienen nehmen einen Anflug von Drohung an, seine Badehose, die da vorn so unwahr-
scheinlich ausgebeult ist, er hat sie doch etwa nicht
aufgepolstert, vorn ein Taschentuch hineingesteckt,
gut, gut, Scherz beiseite, aber er soll es auch nicht
übertreiben, wenn er die Geister, die er ruft, einmal
wieder los werden will, er hat es sich selbst zuzuschreiben, wenn sie nun schon etwas mehr von ihm
verlangen, wer hat es denn so hochgejubelt, und wehe,
es hält nicht, was es nun schon verspricht, diese ener-
vierende Geheimnistuerei, wie er da in Bescheidenheit
macht, so tut, als habe er gar nichts angedeutet, ...

er soll sich vorsehen, ihr Appetit ist geweckt, er hat es
so gewollt, jetzt lassen sie ihn nicht mehr so leicht
davonkommen,... wer so deutlich zeigt, daß er etwas
verbirgt, der darf sich nicht wundern, ... nun wollen
sie es aber wissen, sie haben ihre Meßgeräte justiert,
ihre Sonden und Geigerzähler in Anschlag gebracht,
nun werden sie ihm mal auf den Zahn fühlen, na, wo
ist es denn, ... sie haben sich in Bewegung gesetzt,
kommen auf ihn zu, nicht mehr bereit, sich mit rätsel-
haften Ankündigungen abspeisen zu lassen, ... er hat
jetzt genug gehabt, sie klopfen ihm auf den Busch, sie
haben ihn umzingelt, niemand macht ihnen ungestraft
den Mund wässrig und läßt sie dann einfach so stehen,
als sei nichts, als hätten sie sich alles nur eingebildet,
...

sie dringen auf ihn ein, mit Hausdurchsuchungsbefehl,
es besteht begründeter Verdacht, Verdunklungsgefahr,
er enthält es ihnen unrechtmäßig vor, Hinterziehung,
sie halten die Pfändungsplaketten bereit, ... die Tür ist
nur angelehnt, im Namen des Volkes, des Gesetzes, es
rührt sich nichts, aber sie sind vorsichtig, er ist be-
waffnet, ... soll von der Schußwaffe bedenkenlos
Gebrauch machen, unschlüssig stehen sie im Vorder-
flur, tuscheln, palavern flüsternd, unheilvolle Stille, ...

sollten sie sich irren, ein unbescholtener Bürger, aber
die Ermächtigungsurkunde in ihrer Tasche ist von ihm
selbst ausgestellt, alles ist völlig legal, keine Dienst-
vorschrift, die sie damit verletzten, alles gedeckt, ab-
gesichert, zu rechtfertigen, nie hätten sie gewagt, diese
unsichtbare Schwelle, wenn er nicht selbst, ...

nein, es ist alles in Ordnung, sie versichern es sich ge-
genseitig, vergewissern sich immer wieder, daß hier,
in diesem Ausnahmezustand, es gibt da Sonderrege-
lungen, in diesem besonderen Falle, zum Schutz hö-
herer Interessen, sie tasten sich langsam vor, es ist
etwas unheimlich, auf keinen Widerstand zu stoßen,
gegen alle Erfahrung, ...

sie fühlen es, nur noch ein paar Schritte trennen sie
vom Allerheiligsten, von der Stelle, wo keiner den
anderen je hineinläßt, unter normalen Umständen, und
auch dann nur unter aufwendigsten Sicherheitsvorkeh-
rungen, den ungeheuerlichen Ort, das Zentrum aller
Schönheit und aller Schrecken, der streng geheime
Treffpunkt aller Mysterienkulte, sie zittern, so dicht
vor dem Ziel, nur eine Armlänge noch, es ist unbe-
wacht, ...

das kann doch nicht wahr sein, das gibt es doch gar nicht, wo man dicke Mauern gewohnt ist, ganzer Kordons bis an die Zähne bewaffneter Leibwachen gewärtig ist, aber nicht einmal ein Schlagbaum, nichts, keine Alarmanlage schrillt, es ist zu schön, um wahr zu sein, sie zaudern, gelähmt von der eigenen Gier, es ist zu ungeheuerlich, all die unermeßlichen Schätze, verwaist, sie wagen es sich kaum vorzustellen, aus Angst vor unausweichlicher Enttäuschung, sie zwingen sich, dieses Verlangen in sich gar nicht erst aufsteigen zu lassen, realistisch klein zu halten, besser, diese Gaukelbilder im Keim zu ersticken, ...

was ist denn bloß mit ihnen, so kennen sie sich ja gar nicht, ... aber sie können es nicht ganz unterdrücken, dieses Zucken, diese wahnwitzige Hoffnung, die da in ihnen aufschießt, ihren gesunden Menschenverstand über den Haufen rennt, das ganze Werk ihrer Lebenserfahrung, sie wissen, daß es nicht sein kann, daß es nie vorgekommen ist, es ist ihnen eingetrichtert worden, eingebleut, von Kindesbeinen an, daß niemand davon träumen sollte, der sich nicht unglücklich machen will, davon träumen, daß die Tür auch nur einen Spalt, nein, es ist nicht möglich ...

es gibt Sagen, die sie nicht vergessen konnten, denen hat es das ganze Leben vergiftet, … es gibt Annäherungen, Surrogate, die kleinen Freuden des Alltags, auch große Momente, aber nicht das da, gewiß, sie alle kennen diese Momente, wo die innere Disziplin von einem abfällt, in Stunden der Abspannung, wo man sich gehen läßt, es sich dösend gestattet, als Belohnung für irgendwelche Mühen und Verdienste, bevor man sich wieder zur Ordnung ruft, zusammenreißt, verschämt, unwirsch über den eigenen Schwächezustand, sich ertappt zu haben bei diesen längst überwundenen Illusionen, sich mit den abstoßenden Tischmanieren von Kindern auf die Fata Morgana gestürzt zu haben, ...

kein Anzeichen, daß das Anwesen bewohnt ist, aber sie bleiben auf der Hut, auf jede Finte gefaßt, gewitzt durch die Erfahrung von Jahrtausenden, da hat sich doch etwas bewegt, da hinter den Stores, Achtung, aber es ist nichts, kein Zorro mit Degen und Mantel und Maske, leer bauscht sich der Vorhang im Wind, Fehlalarm, ihre Nerven sind überreizt, ... wo ist der Drache und Lindwurm, der den Hort bewacht, wo das Fernsehauge, das jede ihrer Bewegungen registriert, die elektronischen Sensoren, die in Verbindung stehen mit den Auslösekontakten der Selbstschußanlagen, wo sind die Tellerminen, ...

warum sollte es gerade ihnen in den Schoß fallen, wovon schon niemand mehr zu träumen wagt, wo sich schon jeder mit allem anderen vertrösten, hinwegtrösten hat lassen, sie sehen einander verstohlen an, warten auf ein Zeichen in den Augen des anderen, keiner will sich lächerlich machen, ...

sie versuchen die Rücksprache miteinander, jeder wartet auf die Parole, auf den, der die Verantwortung dafür übernimmt, jeder fühlt, daß der andere fühlt, was sie alle fühlen, schließlich gibt es keine Zeugen, was haben sie denn zu verlieren, sie sind ganz unter sich, es ist niemand da, der sich an ihnen weiden, der sie auslachen oder zur Rechenschaft ziehen könnte, wenn es schiefgeht, ...

sie sind bereit, über die Stränge zu schlagen, auf den Putz zu hauen, zurück können sie doch schon nicht mehr, ohne ihr Gesicht zu verlieren, ohne zu bereuen, vielleicht etwas Unvergleichliches versäumt zu haben, nie würden sie wieder ganz sicher sein, ob das Unmögliche, wider alle Vernunft und Wahrscheinlichkeit, vielleicht doch möglich war, einmal, eine Minute lang, sie würden es sich nie verzeihen, sich nicht wenigstens vergewissert zu haben, daß die Tür geschlossen war wie immer, so dicht, wie sie jeder hält, das ganze Leben lang, eingeschlossen mit dieser kindlichen unzerstörbaren Hoffnung, daß irgendeiner, aus einem plötzlichen Wahnsinn heraus, wenigstens aus Versehen, was keiner von ihnen je sich getrauen würde, daß irgendwann, irgendwo jemand sich fände, es über sich brächte, vor ihren Augen, nur einen Spalt breit, gerade weit genug, um mit einer schüchternen Hand, mit unendlicher Zartheit, Millimeter für Millimeter, ohne eine ruckartige Bewegung, die den unzähmbaren Vogel sofort in die Luft zurückschrecken würde, und sie sind mit dem Arm schon weit in dem dunklen Astloch des Baumes, immer gewärtig, auf einen Stromschlag zu treffen, in den Biß eines giftigen Tieres sich hineinzutasten, ...

sie zittern vor Begierde und Vorsicht, aber noch immer rudern die Finger im Leeren, aber es kann nicht mehr weit sein, wenn nichts dazwischenkommt, wenn es so weitergeht, nach ihren Berechnungen, ...

sie werden kecker, dreister, beginnen sich fast schon wegen ihrer Übervorsichtigkeit zu genieren, könnte es nicht sein, daß man ihnen Märchen erzählt hat, wenn es nun gar nichts wäre, kinderleicht, wenn nichts als ein dummes Tabu sie bisher gehemmt hätte, all diese Schauermärchen von tödlichen Gefahren, den Hochspannungskabeln, von der waffenstarrenden Unbetretbarkeit dieses Raumes, ...

es schwindelt ihnen vor der Möglichkeit, zeitlebens beschwindelt worden zu sein, und jeder glaubt es nur auf die Autorität der Angst des anderen hin, ein geschlossenes Wahnsystem, sie werden immer ungenierter, ... sie lassen jetzt jede Vorsicht fahren, ,,, die Fingerspitzen gieren, ...

da ist es, weniger als ein Widerstand, etwas Weiches, eine nachgiebige Masse, kein zuschnappendes Eisen, kein Stolperdraht, kein Fallbeil, gleich werden sie es wissen, endlich, es ist genau das Zentrum, und noch immer kein Vergeltungsschlag, keine Sirene, gar kein Schuß vor den Bug, keine Aufforderung, stehenzubleiben, unterstrichen durch einen Warnschuß in die Luft, es ist klebrig, wie Sirup, etwas Zähflüssiges, ...

die Arme sind bis zu den Schultern in der Öffnung verschwunden, sie pressen sich gegen die Wand, die Gesichter sind verzerrt, und dann geschieht es, nichts Überwältigendes, kein Erdbeben, keine Apokalypse ...

nur ein leichtes Tippen auf die noch freie Schulter, auf die, die nicht gegen die Höhlenwand gepreßt ist, sie schielen nach oben, mit verdrehten Augen, in sein Gesicht hinein, ja, es ist sein Gesicht, nicht angstverzerrt, nicht wutentbrannt, ,,,

er beugt sich teilnahmsvoll über sie, spöttisch, belustigt über den unsagbar komischen Anblick, den sie ihm da bieten, die groteske Unverhältnismäßigkeit der Mittel im Hinblick auf ein unerfindliches Ziel, dieser ganze Aufwand, er zwingt sie, sich mit seinen Augen zu sehen, wie sie verrenkt unter ihm liegen, obszön gewunden, schwitzend, keuchend, verdreckt, diese äußerste Anspannung aller Glieder, ...

und wofür das alles, wenn man fragen darf, was suchen sie denn da, kann er helfen, er ist ganz geheuchelte Ahnungslosigkeit, ganz Mitleid, wo brennt's denn, haben sie etwas verloren, er erspart ihnen nichts von seinem erbarmungslosen Erbarmen, wie jämmerlich sie jetzt aussehen, unter dem Scheinwerferlicht, festgenagelt, aufgespießt, mit den Weichteilen nach oben, das Fernsehen ist zur Stelle, worum geht es denn eigentlich, ...

sie suchen doch nicht etwa, nicht wahr, nein, das kann doch wohl nicht sein, so naiv sind sie doch wohl nicht, er will sich nicht über sie lustig machen, aber er gesteht, einen Augenblick lang hat er geglaubt, sah es so aus, aber das kann ja nicht sein, er hat es schließlich mit erwachsenen Menschen zu tun, hilft ihnen auf die Beine, die Gesichter zurechtzurücken, sie werden es wohl nie erfahren ...

Der Gelassene

... aber nicht alle wälzen sich in ihrem Blut, zutiefst getroffen, abgestochen, gedemütigt, o nein, einer ist unverwundet geblieben, hat das Massaker unverletzt überstanden, gleichmütig, als ginge ihn das Ganze nichts an, ist er sitzen geblieben, unerschüttert auf seinen vier Buchstaben, zeigt keine Wirkung, hat allein seine Stimme behalten, eine große Ruhe geht von ihm aus, es fällt auf, auch die am übelsten Zugerichteten bringen es noch fertig, Erstaunen für ihn aufzubringen, sich durch ihn vom Belecken ihrer bösen Wunden ablenken zu lassen,

... wer ist das da drüben, den es nicht umgeworfen hat, nichts deutet doch darauf hin, daß es nicht auch auf ihn gemünzt gewesen wäre, daß ausdrücklich er verschont und ausgenommen, nein, es ist kein Komplott, ihr rasch aufgeflackerter Argwohn zerstreut sich, kein Spitzel, kein Spion, auch auf ihn war abgesehen, aber er hat es mit der bloßen Hand aufgefangen, ohne Bestürzung, ohne Überstürzung hat er es hin und her gewendet wie ein seltenes interessantes Fundstück, eine Kuriosität, ein in Antiquariaten aufgestöbertes Unikum, durchaus der Aufmerksamkeit wert, aber es wirft ihn nicht aus der Bahn, er behält ganz ruhig Blut, so als bemerkte er nicht, er als einziger, daß es eine Bombe ist,

... ganz ohne Panik hat er nach dem Zünder gesucht und das Ding entschärft, das ihm da zugeschleudert wurde, ein Blindgänger, er weiß gar nicht, warum sich alle so aufregen, was ist denn bloß mit ihnen los, sehen sie denn nicht, daß es harmlose Kinderspielzeuge sind, geladen mit Platzpatronen, Pfeile mit stumpfen Gummistöpseln an der Spitze, all die Hysterie um ihn herum, er ist belustigt, irritiert über so viel Lärm um nichts, sie sind doch erwachsene Menschen, sie sollen doch einmal in Ruhe die Sache betrachten, von allen Seiten, er hebt es ans Licht, und so etwas hat sie in Angst und Schrecken versetzen können,

... gewiß, es ist keins von diesen üblichen Dingern, etwas seltsam sieht es schon aus, man ist frappiert, auf den ersten Blick, na ja, es entspricht so gar nicht der Vorstellung, die man sich macht von einem dieser normalen Gesprächsgegenstände, für einen flüchtigen Augenblick könnte man tatsächlich, er gibt es zu, man kann schon verstehen, daß unerfahrene, leicht zu beeindruckende Gemüter, na schön, mit etwas zu viel Phantasie, wenn sie unbedingt wollen, also eine Höllenmaschine, na gut, Anarchie, Terrororganisationen, Geiselnahmen, Blutbäder, ...

... nun wollen wir mal nicht gleich übertreiben, das wäre dann wohl doch, er zeigt ihnen, wie man damit umgeht, mit diesen Molotowcocktails, die da in die Debatte geworfen werden, er reißt die brennende Lunte ab, er öffnet den Flakon, er schnuppert, der winzige genüssliche Mund, das einzige bewegliche Teil in all diesen trägen Massen, er fährt die obszön geschürzten Lippen aus dem großen sackigen Gesicht heraus, tunkt sie hinein in die Testprobe, na, dann wollen wir doch mal sehen,

... er nippt, er kostet, er läßt einen Tropfen des ätherischen Öls auf seinem Handrücken verdunsten, ganz unbestechliche Schiedsrichterlichkeit, man muß nicht gleich das ganze Räderwerk auseinandernehmen, um herauszufinden, um was es sich handelt, es genügt, ein bißchen Lack von der funkelnden Oberfläche zu kratzen, zwischen den Fingern zu verkrümeln, unter die Nase zu halten, abzuschmecken, das ganze geheimnisvolle Objekt ist darin enthalten, atmosphärisch, als Duft, es erinnert an, es riecht wie, es kommt hinaus aufs Gleiche wie, …

… wartet mal, er schreitet durch seine unterirdischen Magazine, er vergleicht, es schmeckt wie, es hört sich an wie, es klingt genauso wie, es hat doch dieselbe Farbe wie, eine interessante Variation, eine köstliche Nuance, eine Bereicherung seiner Kollektion, er heftet es ab, zu dem Übrigen, er ist stolz auf seine Sammlung, er geht gern durch die endlosen Gänge seiner Ablage, öffnet hier ein Probefläschchen, dort eine Mustertube, nippt und tippt an dieses und jenes, es ist alles in Griffweite, er muß sich nicht vom Fleck rühren, man kann es vom Lehnstuhl aus, macht sich keinen Finger schmutzig, behält den Kopf über Wasser und die Oberhand, kommt nicht ins Schwitzen dabei,

… alles ist gerade gut genug, seine Geruchsnerven ein wenig anzuregen, aufzustören, in Wallung zu bringen, geschmäcklerisch läßt er die Gabelbissen, die mundgerechten Snacks auf der Zunge zergehen, sie können ausbreiten vor ihm, was sie wollen, die größten Hervorbringungen des Geistes, die Früchte aufreibendster menschlicher Bemühungen, er tunkt den dicken Finger hinein und schnuppert, lutscht daran, ja, doch, ja, es ist etwas dran, es bringt etwas zum Klingen in ihm, löst etwas aus, etwas Vages, eine luxuriöse Ahnung, es sagt ihm etwas, doch, ja, er schnürt das Paket nicht auf, es wäre zu mühsam, man muß nicht gleich mit Hammer und Meißel, mit Zange und Schraubenzieher, es wäre zu plump, nein, danke, es genügt schon, er sieht schon, worauf es hinausläuft, das hat er ja doch alles schon einmal, …

… aber es ist doch immer wieder schön, er nimmt noch einmal eine winzige Prise, den Blick kennerisch verträumt in weiter Expertenferne, o ja, er ist aufgeschlossen, niemand könnte ihm vorwerfen, er hätte keinen Sinn dafür, er ist begierig danach, kann nicht genug davon bekommen, ihn interessiert nicht, was darin ist, woraus es gemacht ist, diese komplizierten Schaltpläne, die dem zugrunde liegen, verwirren ihn nur, er möchte auf den Knopf drücken und die zartstimmige Spieluhr ablaufen lassen dürfen, das präzise männliche Knacken der Anlaßschalter, das gebändigte dunkle Summen der Kräfte in teuren technischen Geräten, das gefällt ihm,

… es erregt ihn, feine Wellen laufen durch seinen unbeweglichen massigen Leib, es galvanisiert ihn, diese subtilen Vibrationen und diese Resonanzen, ein zarter Schauder, ein Blick von sicherer Warte in die tosenden Abgründe, Gefühle antippen, ohne sie zu teilen, mehr nicht, ein Häppchen von dieser Leidenschaft, eine Prise von diesen Gewalten, nicht mehr, nichts Grelles, Schneidendes, er will im Halbschatten sitzen bleiben, die Kometen, die durch sein Sonnensystem rasen, die tödlichen Meteore, die mit ungeheurer Geschwindigkeit und Wucht sich zu ihm hin verirren, er fängt sie ein, zwingt sie auf eine Umlaufbahn um seinen Zentralkörper, er integriert alles, schluckt es, speichelt es kuh-langsam ein, verdaut alles, macht es unschädlich, bricht ihm die Spitze ab, nimmt ihm den Pfiff, die Pointe, verkocht es in seinem großen Eintopf, alles gerade gut genug, seine vorsichtigen Nerven für kurze Zeit in angenehm gruselige Schwingungen zu versetzen, eine krampflösende Massage, ein Heilmittel in homöopathischen Dosen,

... bloß nichts im Übermaß, keine Übertreibung, nichts Einseitiges und Überspitztes, nicht zu lange, nicht zu oft, nicht zu viel, nicht zu heiß, nicht zu kalt, nicht zu hell, nicht zu dunkel, nur kurz, dann hat es seinen Dienst getan und wird beiseitegelegt, ganz unwichtig, was es an ihm selbst ist, wenn es nur, wenn es das Fenster nur, nicht sperrangelweit, nur so weit auf, daß er nicht erstickt, daß der Muff, nur einen Spalt, nur einen geilen Blick hinaus, bevor die Eiseskälte, nur eine kleine kontrollierbare Verwirrung, einen überschaubaren Wirbel, einen Sturm im Wasserglas, ...

... und dann dieser unvergleichliche Genuß, wenn das System langsam, unendlich langsam aber sicher, aus all den scheinbaren Turbulenzen und Exzessen wieder in seine wunderbare Ruhelage zurückpendelt, die Störung absorbiert wird, die revolutionäre Idee, die artistische Provokation, er läßt es sich vorführen, geruht gnädig, sich ihm auszusetzen, leiht ihm sein Ohr, ein bißchen Ferien von der Grabesstille in ihm, ein bißchen Expedition zu den Grenzen der Welt vom Sessel aus, er steigt ins wirbelnde Karussell, in die donnernde Achterbahn auf dem Kirmesplatz, überläßt sich dem Kitzel, dem fabelhaften Schwindel,

... es kann nichts passieren, es ist alles vorausberechnet, jeder noch so verwegene Schwung wird von fester Schiene an der richtigen Stelle im richtigen Moment aufgefangen und sicher weitergereicht an das nächste sauber kalkulierte Risiko, der gute Ausgang ist von vornherein sicher, er genießt diese Fähigkeit, für kurze Minuten den Boden unter den Füßen aufzugeben, die Hand der Mutter loszulassen, auf eigenen

Beinen zu stehen, er quietscht vor Vergnügen, zitternd vor Stolz, in dem Vertrauen, in der Gewißheit, mit der Garantie, daß die Mami hinter ihm steht, die Technik der Achterbahn, die Kranken- und Sozialversicherung, die Armee, es kann nichts passieren, und es passiert auch nichts, es ist ein abgekartetes Spiel, eine vorgetestete Reise in die Wüste mit Rückfahrkarte, die Erde hat ihn wieder, es war schön, seine Wangen glühen, das Leben ist wild und groß und herrlich,

--- er lauscht den gedämpften Erschütterungen nach, den geheimnisvollen Echos, dem Raunen in den Meeresmuscheln, kämpft sich durch das Schneegestöber in der Glashalbkugel auf seinem Schreibtisch, wartet auf die Brocken, die vom großen Schlachttisch für ihn abfallen, geduldig, aus sicherer Entfernung, das Gemetzel, es hat etwas Ästhetisches, er wagt nicht, sich dem Eigenleben der Dinge zu überlassen, die mit ihm Schlitten fahren könnten, es sind alles nur Anregungen, Anstöße, die seine Jahrmarktschaukel in Gang setzen sollen, und das Gestänge ist fest mit der festen Mittelachse verbunden, und das Lebensschifflein kann sich sogar überschlagen, ohne daß es den Insassen herausschleudert, und das alte Karussell, wo diese Holzelefanten nicht ausbrechen können in den indischen Urwald zurück, und je rascher es sich dreht, umso rascher kehrt es an den Ausgangspunkt zurück, das Leben ist nur ein kleiner Umweg, und der Tod nur eine Heimkehr, mit sicherem Hafen im Ziel, alles nur Kreise mit ein bißchen Wirbelschwindel und wohligem Gruseln in der Magengrube,

... und die Bücher, wo es sich im Kopfe wie ein Mühlstein dreht, und bevor man durchdreht, muß man Kreise ziehen, Runden drehen, sich kugeln vor Lachen, muß man weggehen, um wieder heimkehren zu können, heim, zurück, und noch einmal, und wieder und wieder und wieder zurück, und noch einmal, hinaufgeworfen von starken Armen in die Luft, und er stürzt, fällt, gleich ist er am Boden zerschellt, er stöhnt, er stürzt, ... ins Netz, in die starken Fangarme zurück, wer kommt zuerst in meine Arme, er keucht, strahlt, festgekrallt ins Mutterfleisch der Welt, die Luftsprünge und Purzelbäume, ein Spiel mit der Schwerkraft,

... ihm hat der Vortrag gefallen, es hat ihm etwas gegeben, er will sich nicht festlegen, aber es war da etwas, er spürt es wieder, dieses alte Wabern und Brüten und Murmeln, den Schlummergesang, den Gutenachtkuß der Welt, er hat es gehört, zing! knapp angerissene Saiten, und der Hall verliert sich in den Spiegelungen der Widerspiegelungen, die Bewegung, ein Umweg zur Ruhe, ein kleiner Abstecher, Ausflüge, auf daß der Trott danach wieder erträglich ist, damit man wieder Geschmack gewinnt am alten Ungenießbaren, ein bißchen Ausgleichssport, um fit zu bleiben für den nächsten Streß,

... es hat gut getan, hat ihm das, was ihm zum Halse heraushängt, wieder in den Mund zurückgestopft, und sieh da, er würgt nicht, übergibt sich nicht, die alte Scheiße, sie schmeckt noch einmal wieder, es gibt Schlimmeres, als sich zu überfressen, er weiß gar nicht mehr, was ihn so plötzlich, Hals über Kopf, hinausgetrieben hat, ins Freie, ins Grüne, ein Ekel, ein Anfall von Platzangst, Luft, Luft, er japst, ihm ist übel geworden, aber nun ist wieder alles gut, er ist dankbar, dem Leben zurückgegeben, eine kleine Luftveränderung war nötig, mehr war es nicht, ein Tapetenwechsel, mal etwas anderes sehen als immer nur die Kinderwindeln und das anklagend verdrossene Gesicht

der Frau, stärkere Gifte waren nicht nötig, so ein kleiner Vortrag, eine kleine Stippvisite nach draußen, den
Hund Gassi führen, ein bißchen Luft schnappen, die
Beine vertreten, sich vergewissern, daß es ja schließlich auch noch etwas anderes gibt,

... es war aber auch höchste Zeit, es hatte sich schon
ganz schön um ihn zusammengezogen, da hatten sie
schon ganz schön hinter seinem Rücken die Köpfe
zusammengesteckt, getuschelt und fortwährend viel-
sagend zu ihm hingeblickt, einander zugenickt, ein
Komplott, sie steckten doch alle unter einer Decke,
das zog sich um ihn zusammen, in immer engeren
Kreisen, ein immer engmaschigeres Netz, drohend,
eine lauernde Stille, und er auf dem Präsentierteller in
der Mitte, unter dem Scheinwerferlicht, und sie
schleichend im Dunkel, da war doch etwas im Gange,
da braute sich doch etwas zusammen, da wurden sich
doch immer mehr Leute einig,

... aber nun war alles gut, sie können schießen, soviel
sie wollen, er läßt sich nicht ins Schwarze treffen, läßt
sie leerlaufen, all die gezielten Scharfschüsse, die
Kanonenkugeln, irgendwo verlieren sie sich in diesen
Bergen von Watte und Daunen und Filz, verlaufen
sich im Unbestimmten, irgendwo im Ungefähren, auf
der trostlosen Fluchtbahn des Vergessens, des Abwie-
gelns, des Harmonisierens, die tief ins Fleisch hinein-
getriebenen Harpunen, ihre mörderischen Widerhaken
ritzen nur die Haut, die sich öffnet und narbenlos hinter ihnen schließt, schmatzend schlägt das getroffene
Fleisch über dem Geschoß wieder zusammen, hüllt es
ein, kapselt es ein, als sei nichts gewesen, komme was
wolle, all die Faustschläge,

... er gibt nach, läßt sie totlaufen, er verdaut alles, mit diesen listig hilflosen Augen im schlaffen Gesicht, staunend über so viel Böses in der Welt, sie versuchen es immer wieder, blasen immer neu zum Sturm auf seine Gummifestung, rennen mit dem Kopf gegen die Wände seiner Kautschukseele, immer in der Hoffnung, doch noch auf diesen harten Kern zu stoßen, an dem man sich die Zähne ausbeißen könnte, diesen Nullpunkt, einen Nerv, den es doch geben muß, in jedem, sie verschießen ihr Pulver, wahllos ins Blaue hinein, aber riesige Schaumstoffmassen schlucken alles lautlos, folgenlos,

... es ist unheimlich, kein Zeichen dafür, daß es in dieser formlosen Gallerte irgendwo etwas gibt, was, aber alles verpufft an ihm, verdunstet in seiner Nähe, man vergißt unterwegs, was man eigentlich wollte, es sieht nur so aus, als stellte er sich, die unübersehbaren Massen wehrlos jeder Angriffslust ausgeliefert, einladend, herausfordernd, zum Greifen nahe, man sieht sich schon als Sieger in seine Reiche einziehen, aber es täuscht, es ist tückisch, morastig, sie fuchteln, schlagen wild um sich, hauen und stechen in die nachgiebige Masse hinein, aber nichts, gar nichts,

... und der Boden ist schwammig, schwankend, saugt an den Sohlen, sie kommen nur schwer voran, verheddern sich, die Glieder werden bleischwer, die Wut wird stumpf, das Bewußtsein verklebt sich, verdickt, sie taumeln, lallen, laufen im Kreise, betäubt, wie tapsende Teddybären, nirgendwo ein Anhaltspunkt, keine Wegmarke, die Positionslichter verändern ständig ihren Ort, Irrlichter tanzen vor ihren Augen, sie schießen aufs Geratewohl in den wohlig grunzenden Walfisch hinein, gekitzelt wälzt er sich von einer Seite zur anderen, kichernd, verschmitzt, leutselig, amüsiert über ihre angestrengten Mienen, geschmeichelt über all die Bemühungen, die er in ihnen auslöst, er räkelt sich in dieser wollüstig schlürfenden Behäbigkeit,

... nur die geilen Äuglein flitzen hin und her, inmitten dieser pomadigen Betulichkeit, eine gierige Trägheit, diese unsäglich verwöhnte, selbstgerechte Dickfelligkeit, er suhlt sich, nichts an ihm strafft sich, nichts wird scharf und genau und entschlossen, nur dieses launische Mäkeln, ein verblasenes Unbehagen wälzt sich in ihm hin und her, ein Klagen und Seufzen kriecht durch die ganze wehleidige Gefühligkeit, dieser Schlamm gibt nichts wieder frei, nichts dringt wirklich durch zu ihm, es bleibt auf halbem Wege stecken in diesem tonnenschwer über überzuckerten Brei, ein überfüttert vergreistes Baby, eine erfrorene Fettseele, eine greinende Qualligkeit, ewig wabbelig,

... sie versuchen es immer wieder, werfen ihm etwas zu, stochern in diesen konterlosen Massen herum, ein Zittern läuft durch den Geleehaufen, der Anflug eines Anlaufs, er setzt an, holt aus, bei Adam und Eva, sie sind längst weiter, wendig, alert, mit ihren hungrig reizbaren Nerven, der ewig suchenden Fiber ihrer nervösen Herzen, während er, als hätte er unendlich viel Zeit, ja wo bleibt er denn, ungeduldig stampfen sie mit den Füßen auf, aber er übersieht es, ihre Quecksilbergedanken zucken im Käfig der Höflichkeit hin und her, es ist unerträglich, er hat gerade erst angefangen anzufangen, verirrt sich, breitet seine sieben Sachen in aller Seelenruhe aus, sie trommeln mit den Fingern auf die Tischplatte, er hat den Rucksack gerade erst aufgeknöpft,

... sie sehen doch schon, worauf es hinausläuft, sie möchten dazwischenfahren, darein hauen, es ihm um die Ohren schlagen, es ist ja nicht falsch, es ist sogar klug, es entbehrt nicht einer gewissen Souveränität, es ist sogar originell, es sind Gedanken darunter, aber sie verrecken in ihrer eigenen Zähflüssigkeit, es sind Rohrkrepierer, alles totgeborene Kinder,

... sie sind schon bei der Antwort auf die Antwort auf die Antwort, ehe er auch nur seine Frage herausgebracht hat, er tastet genüßlich, kommt vom Wege ab, er läßt sich nicht jagen, nicht hetzen, er hält das alles für die große Gelassenheit, läßt sich auf sein unsichtbares inneres Sofa hinplumpsen, immer erschöpft, ausgepumpt, fläzt sich schnaufend hin auf die große Weltmatratze, immer um Schonung und Leckerbissen bettelnd,

... sie möchten ihn schütteln, daß er aufwacht, hochschreckt, ihn aus der Fassung bringen, ihm Beine machen, nur einmal wirklich aus diesem widerlichen Gleichgewicht bringen, eine Bombe auf diesen Riesenpudding werfen, daß es nach allen Seiten spritzt, einmal diese Augen in einem wahren Entsetzen aufzucken sehen, einmal nur, aber es gibt keine Hebel, wo sich ansetzen ließe, einmal Dampf unter diesen Arsch machen, ihn einmal hochscheuchen, auf glühenden Kohlen tanzen lassen, dieses sentimentale Gewabbel, komm ich heut nicht, komm ich morgen, man müßte, man sollte vielleicht, die wollen doch auch nur,

... sie können ihre Augen nicht mehr aufhalten, es ist ansteckend, sie tauchen mit ein in diesen endlosen Schlummer, dieses brütende Verdämmern und lullige Dösen, dieses alte Geheimnis, das in hoffnungslosen Fleischbergen versackt und untergeht, schlaff, weiß, weich, seidensanft und leicht verschwitzt ...

... es schmeckt, doch ja, er will es nicht in Abrede stellen, er weiß nicht, wie er es sagen soll, kratzt sich den Kopf, wenn er ehrlich sein soll, er weiß nicht so recht, bei aller Anerkennung, ja Bewunderung dessen, was sie da aufgefahren und mundgerecht serviert haben, aber letztlich, nicht wahr, es ist doch nicht ganz das, was er gesucht hat, es ist alles da, gewiß, und doch, vielleicht nur eine winzige Verschiebung des Mischungsverhältnisses, ein einziges Ingrediens, das fehlt, eine Prise Honig vielleicht, ...

... er rettet sich in einen letzten unfaßlichen Vorbehalt, bevor er sich zufriedengestellt und endgültig geschlagen geben soll, er entwischt in letzter Sekunde, nimmt sich die Freiheit, durch dieses Hintertürchen, selbst angesichts all dieser Vollkommenheiten, nun ja, warum soll er es verheimlichen, im letzten ist er unerfüllt geblieben, er stopft es sich in seine weiten Manteltaschen, alles hat mühelos Platz in diesen unergründlichen Tiefen, verschwindet spurlos darin, ein Faß ohne Boden, ...

... aber letztlich, nicht wahr, man kann nicht genug davon bekommen, es ist wie verhext, nicht genug, daß es nicht den Hunger stillt, es reizt nur den Appetit, es sind nur Vorspeisen, Vorworte, Vorfilme, Präludien, Präambeln, Vorübungen, Präliminarien, Vorfreuden, bestenfalls, gerade gut genug, den Gaumen so richtig zu kitzeln, er ist hungriger denn je, er kokettiert mit seiner vagen, im Unbestimmten köstlich verschwimmenden Sehnsucht, sentimental verliebt in seine Leiden, sein Unbehagen, es ist doch nicht seine Schuld, daß sie unfähig sind, ihn satt zu kriegen, sie können ankarren, was sie wollen, es löscht nicht seinen Durst, tief drinnen, wo kein Wasser hindringt, ...

... belustigt sieht er sie sich abarbeiten an ihm, und das soll schon alles gewesen sein, mehr haben sie nicht in Reserve, er hat ihnen Chance genug gegeben, sich an ihm zu versuchen, sie haben versagt, es tut ihm leid, dann muß er eben anderswo sein Glück versuchen, sie haben ihn nicht einfangen können, er bleibt der Fahrende, der ewig Unzufriedene, Unstete, sie können es ihm nicht geben, er hat es ihnen bewiesen, es demütigt sie, kränkt sie bis auf den Tod, und er ist wieder entrückt, weggetreten, weggesegelt in sein Schattenreich mit den weich ziehenden Nebeln, ein Grab in den Lüften, ...

... sie haben ihre Munition verschossen, die winzigen Kristallisationskerne in diese Mutterlauge geworfen, und wunderbare Scharlachblumen sind daraus aufgeblüht, seltsame Rätselfiguren, es sieht aus, als lebte es, so liebt er es, in der Schwebe, tausenddeutige Tintenkleckse aus den Reagenzgläsern, es ist alles noch offen, alles wieder geschlossen und entschieden und fest eingefaßt ... er sitzt in seiner Taucherkugel und starrt hinaus in die schalldichte Nacht, klaftertief unter dem Meeresspiegel, tief unter dem Gewimmel oben, und dann und wann glänzt unter dem Scheinwerfer flüchtig ein märchenhafter Tiefseefisch auf, glotzt japsend herein, dann wieder schwarze warme Samtstille, das große fahle Einerlei, ...

... nun ist er satt, müde, noch ein Bäuerchen, bitte, er hat alle Worte überlebt, alle Angriffe, Eingriffe, Begriffe, alles verstanden, geschluckt, verdaut, sein unendlicher Magen spinnt daraus den grauen Kokon, der sich langsam um ihn legt ... wie Jahresringe, wie Klammern, durch dieses Dornengestrüpp hat sich nie ein Prinz durcharbeiten können, er bleibt verschollen in sich selbst ... die Suchexpeditionen erreichen ihn nicht mehr ... er ist längst überfällig, er hat es ihnen demonstriert, daß sie unfähig waren, zu ihm durchzudringen, diese Genugtuung bleibt ihm, nichts hat ihn je treffen können, er ist unverwundbar, er ist unsterblich, er ist tot ...

Das wahre Leben

... Es geht nicht gut, er sollte auf sie hören, sie werden betrogen, sie wissen das, aber im Rahmen des Möglichen, mehr liegt nicht drin, und schließlich und endlich, was ist denn schon aus ihm geworden, daß er ihnen Angst einjagen muß ...

Er weiß doch, daß man ihnen nicht kommen darf mit dem lieben Gott, mit dem Heiligen Geist und dem Abendmahl und den Gelübden der Keuschheit und Armut und der Brüderlichkeit aller Menschen in Demut, er verfügt auch über ganz andere Waffen, als Arzt, über einen Nachschlüssel zur Hölle, und wenn sie ganz brav und ganz Ohr sind, dann läßt er sie mal einen kleinen Blick hineinwerfen, auf den Bratrost, die spanischen Stiefel,

... natürlich nicht wörtlich, er ist ja nicht von gestern, so etwas wie der Teufel treibt niemanden mehr hinter dem Ofen hervor, es gibt moderne Verpackungen, alles im Gewande der neuen Zeit, die Hölle auf heute frisiert, Somalia, die Irrenhäuser, aber warum so weit schweifen, sieh, das Ungute liegt so nah, was ist er denn schließlich von Beruf, ein Frankenstein macht ihnen noch nicht die Hölle heiß, da müssen andere Geschütze aufgefahren werden, das Streckbett, die Intensivstation, das Koma, das böse Geschwür der Sünde, der Krebs, da werden die Todsünden behandelt, die Hoffart, die Wollust, die Völlerei, die Hurerei, und da ist kein Ansehen der Person, ein siebenjähriges Kind, Leukämie, letaler Abgang,

... er ist kein Artist unter der Zirkuskuppel, ratlos, er watet im Dreck, Handschuhe bis zu den Ellenbogen aus Eiter, das ist das Leben, das hinter den großen Worten, die Innereien hinter der schönen Innerlichkeit, die rosagrauen Eingeweide unter der trügerischen Oberfläche makellos gepflegten Fleisches, sie lieben ihre Frauen, aber lieben sie auch die möglichen Ödeme gleich unterhalb der schwellenden Brüste,

... er zaubert alles herbei, die schauderhaften Illustrationsobjekte, die Sarkome im Spiritus, die Thrombosen auf Abruf in den aufreizend geschwungenen Beinen, das macht ihnen immer noch keinen Eindruck, dann weiter, hier der alte Mann, der nicht mehr liegen kann, er dreht ihn um, damit sie besser sehen können, dieser nässende und schwärende Rücken, ein einziger Matsch, ihnen quellen die Augen aus dem Kopf, sie würgen, er sieht es mit Genugtuung, nur kurz, es reicht schon, er ist kein Schlächter, er breitet das weiße Tuch wieder über die zerschnippelten Leichen, sie haben genug gesehen,

... oder doch noch ein kleiner Gang gefällig, in die innere Abteilung, wo man die Arme und die Beine abschneidet im Wettlauf mit den Metastasen, er hat den Blick dafür, er sieht die strotzenden Leiber schon auf die Skelette hin an, die sie einmal abgeben werden, die Totenschädel unter den strahlenden Gesichtern, überall bleckt es hervor, ihn betrügt man nicht mehr, unter all dem Make-up die lepröse Haut, unter all den Desodorantien der durchdringende Geruch der Verwesung, er spürt ihn schon jetzt, wo alle noch Ambra und Myrrhe riechen, er stößt ihnen die feinen Nasen in die Jauche, bis über beide Ohren in den Schlamm, er trampelt auf den Götzen herum, zu denen sie sich wegschleichen,

... das riecht gar nicht gut, nicht wahr, das ist Scheiße, das schreit und windet sich unter den Preßschrauben, er zeigt ihnen, was die Welt im Innersten zusammenhält, das Gruselkabinett des lieben Gottes, sie zappeln, aber es gibt kein Entrinnen, er verstopft ihnen all die Ausflüchte, die Rattenlöcher, durch die sie entwischen könnten, durch die sie sich fortstehlen wollen, in ihre Illusionen, ihre Räusche, zu ihren Beruhigungsmitteln, das ist kein Spuk, das sind keine Gräuelmärchen, um Kinder zu dressieren,

... er lehrt sie, was es heißt zu leben im Angesicht von Nekrosen, von Karzinomen und Infarkten, er schnürt ihnen die Luft ab, er setzt ihnen die Pistole auf die Brust, damit sie Farbe bekennen, die Wahrheit über uns alle, die Wahrheit und nichts als die Wahrheit über die nackte Existenz, er schneidet es ihnen aus den Händen, was sie umklammern, er reißt es ihnen aus den Fingern, blutige Hautfetzen bleiben daran kleben, es macht keinen Spaß, aber es muß sein, eine Roßkur, eine grausame Entziehungskur, sie müssen Federn lassen, es geht nicht anders, so ist der Mensch, und so geht er ab, schreiend, winselnd, geifernd, gleich unter der dünnen Oberfläche aus Lack, aus Chrom, ganz dicht unter dem Firnis aus Kunststoff die uralte nie verheilte Wunde, immer bereit aufzubrechen, die hauchdünne Folie aus Make-up und Sonnenbräune zu durchstoßen, zu durchfressen, zu überwuchern, aufzulösen,

... es ruht nur, es kann jahrelang schlafen wie die Syphilis, die legendären Geißeln der Menschheit, Pest, Cholera, der geheime Irrsinn der Natur, ein Nichts kann sie wecken, jemand tritt versehentlich darauf, und sie heben ihre blutrünstigen Häupter, all ihre Kruzifixe und Talismane, er schiebt sie unwirsch beiseite, beruflicher Erfolg, schön, er lächelt belustigt ... all diese Spielzeuge, Verkleisterungen, diese Klimmzüge und Bannformeln, da kann er nur lachen,

... sie mobilisieren ihre letzten Reserven, sie kramen alles hervor aus ihren schwerversiegelten Schatztruhen und werfen es in die Waagschale, ihre Kinder, ach ja, die Kinder, diese Kindereien, diese Bollwerke gegen die Zeit, die Schönheit der Natur, ja, und die zarten Sonnenaufgänge, der Blick eines Kindes, das seine Hand vertrauensvoll in die unsere legt, das alles soll gar nichts sein, die Reisen, die blauen Fernen, die Abenteuer, die Liebe,

... es ist wahr, es sind Klischees, sie wissen, sie drücken sich nicht gut aus, aber er weiß doch, was sie meinen, nicht wahr, sie können ihre Dichter als Kronzeugen anrufen, dieses ganze Aufgebot der irdischen Seligkeiten, dieser Volkssturm der Schöpfung, alles nichts, alles gewogen und zu leicht befunden, alles Wind, Staub und eitel Dreck? ... aber es gibt doch auch, da ist doch schließlich noch so etwas wie ...

... er lächelt, aber das stellt doch niemand in Abrede, das will ihnen doch niemand nehmen, wofür halten sie ihn denn, er ist doch kein Unmensch, kein Kostverächter, kein Muffel, läuft er denn in härener Kutte herum, kasteit er sich, fastet, geißelt er sich in seiner Klausnerzelle, das alles dürfen sie doch behalten und genießen, liebkosen ... allein ... nur ... letztlich, nicht wahr, er lauert, letztlich, angesichts der ständigen Möglichkeit, daß alle Möglichkeiten plötzlich unmöglich werden, nicht wahr, sie verstehen, dieser Schatten, der auf alles fällt, aus den Tiefen der Zukunft, dieser Atem, dieser Hauch, der die Blumen verwelken läßt, der das Gras verdorren läßt, dieses Gericht, vor dem fast gar nichts besteht,

... nun hat er sie alle auf dem Sterbebett, sie röcheln, der Atem kommt stoßweise, stampfend, ihre gemarterten Leiber bäumen sich auf, sie verlieren die Kontrolle über sich, da greift es nach ihnen von unten her, von oben, der Einbruch des Unplanbaren in all ihre schönen Pläne, er beugt sein Gesicht über sie, nein, nicht, was sie denken, kein billiger Trost, kein Jahrmarktsflitter, er erpreßt sie nicht mit dem lieben Gott, wir leben doch nicht im Mittelalter, keine Metaphysik der Metastasen, er lauert nicht auf Konversionen,

... was er will, ist bescheidener, nur das Geständnis, fast nichts, nur dieses Eingeständnis, daß alles, was sie so sagten und trieben, daß es nichts war vor diesem, diesem Loch, diesen Schleimbündeln, daß er Recht behalten hat, er verlangt nicht viel, keine lautstarken Abschwörungen und Selbstbezichtigungen, nur den hörbaren, sichtbaren Beweis, daß alles, die Kinder, die Frauen, die Häuser, alles, die Autos, die Orgien, die Bücher, o ja, auch die Bücher, all die Gelehrsamkeit, die Weisheiten, die Prachtbauten, die Kultur, das Geld, der Stolz, die Geschicklichkeiten, all die Talente, die Klimmzüge der Wissenschaftler, auch das Tänzerische, daß alles, was ihm fehlt, immer gefehlt hat, immer unerreichbar war, das sagenumwobene Schöpfen aus dem Vollen, daß es ihnen allen nichts genützt hat, nicht geholfen hat, allen, die es hatten, waren, konnten, durften, daß es alles hinab muß, wie er immer gesagt hat, immer gewußt hat, von Anfang an gepredigt hat ...

... was murmeln sie da, was machen sie da plötzlich für überlegene Gesichter, so, so, nur weiter so, das ist es also, dieser Zuruf aus dem Publikum, das ist ja interessant, das ist ja allerhand, was sie sich da zurechtzimmern, nur zu, nur zu, er stockt, er wird bleich im Gesicht, sie glauben doch nicht, sie wagen es doch wohl nicht, etwas Süffisantes geht von ihnen aus, etwas Hämisches, da strampelt er sich ab, ihnen zu helfen, und sie ... er errät es, es hat in ihren Köpfen Gestalt angenommen, plötzlich überflutet ihn dieser Verdacht, er wittert es, diese Hintergedanken in ihren schmutzigen Phantasien, was sie da in ihm sehen, er sieht es, ganz plastisch, dieses arme Schwein, ein verhindertes Schwein, ... sie sagen nichts, sie sind höflich, sie hören ihm zu, aber er liest es von ihren Augen ab, er hat es nicht verhindern können,

... er würde also gern, wenn er könnte, nicht wahr, das denken sie doch, er würde ja liebend gern, er mag nur nicht zugreifen, nicht hinlangen, einer von diesen Schlechtweggekommenen, die Angst haben, sich ihren Teil vom großen Kuchen zu nehmen, einer von denen, die auch gerne mal, wenn sie drankönnten, die sich die Nase an den Schaufenstern plattdrücken, die den Spieß umdrehen, die es nun schlecht machen, es abwerten, die es den anderen madig machen, was sie sich selbst nicht gönnen dürfen,

... das sind sie also, ihre Heiligen, Marx, Freud, daher beziehen sie ihre Weisheiten, alles nur Kompensation, Opium des Volkes, die Sehnsucht nach dem Vater im Himmel, das meinen sie doch, er stiehlt sich hinweg von hier, er lässt sich abspeisen mit Märchen, mit himmlischem Manna, Entschädigung im Jenseits, mehr geht nicht in ihre Köpfe hinein, ein armes Schwein, der hat es nötig, was bleibt dem denn anderes übrig, herablassend wie sie sind, die Fluchtburg für die Mühseligen und Beladenen, die Erniedrigten und Beleidigten, die Zukurzgekommenen, ... dieses Mitleid in ihren Augen, der Spott, der Schoß der Mutter Kirche, wenn ihr nicht werdet wie die Kindlein, lasset die Kinder zu mir kommen,

... Schwindel nennt er, was ihn schwindlig macht, er kommt hier nicht mit, und was heißt hier oberflächlich, ist es oberflächlich, nicht dauernd an den Friedhof zu denken, diese Leichenbittermiene schon zu Lebzeiten, ist denn das alles nichts, nur weil es am Ende ja doch, aus und vorbei, kaputt, aber das ist doch kein Grund ... im Gegenteil, soviel wie möglich, was das Zeug hält, fassen was die Wimper hält, ausquetschen wie eine Zitrone, auskosten bis zur Neige, das Letzte herausholen, mitnehmen, was sich bietet, warum sich schon jetzt so arm machen, daß dem Tod nichts mehr zu holen bleibt, warum kann er es denn nicht abwarten, wo die Guten doch nicht mit Verschonung belohnt werden,

... krepieren, weil man gelebt hat, na ja, das ginge noch, aber verrecken, obwohl man *nicht* gelebt hat, ja vielleicht *weil* man nicht zugegriffen hat, in jedem Falle, so oder so, müssen mal daran glauben, aber deshalb muß man doch nicht gleich glauben, wer es hier im Überfluß hatte, bis zum Überdruß, sie wissen es auch nicht so recht, aber vielleicht, daß es dann leichter fällt, daß es sich leichter abtritt, mit vollem Magen, wenn kein Wunsch mehr offengeblieben ist, ohne dieses ewige Gibbern und Hoffen und Gieren,

... und überhaupt, wenn man immer davon redet, es immer im Munde führt, es dauernd beschwört, diese komische Hoffnung, daß es einen selbst dann verschont, weil man seinen Tribut schon geleistet, dem Moloch schon geopfert hat, sein Realismus, das ist doch auch nur so ein Schutz, vor der Realität, vor den wirklichen Tatsachen, vor der Sache selbst, den ganzen Rosenkranz der Realität nachbeten, der ungeschminkten Wahrheit, dieses alte Kruzifix gegen die wirklichen Karzinome .... eine Art von Idealismus, ein Fetisch, die Mächte beschwichtigen, indem er sie ernst nimmt, ihnen gerecht wird, sie würdigt, sie nachahmt, dem Unvermeidlichen huldigt, seine Partei ergreift, lieber Gott, ich bin ja so klein, du siehst doch, daß ich mir nichts herausnehme, es ist ganz unnötig, mir mit der Todesstrafe zu kommen, ich weiß doch, daß du stärker bist, ... aber es wird ihm nichts nützen, es wird ihn nicht weniger treffen als sie alle, genauso hart, vielleicht sogar noch härter,

... das hat er doch alles schon einmal gehört, diese Prophezeiungen, wo er eines Tages enden würde, falls er nicht schleunigst, noch sei es Zeit, wenn der Zug einmal abgefahren sei, dann gäbe es kein Pardon mehr, da werde niemandem eine Extrawurst gebraten, wer den Anschluß verpasse, ganz deutlich sind sie geworden, ganz massiv, aber wie sie sehen, hat er sich nicht bluffen lassen, sie haben ihn nicht blenden können, nein, er hat aus der Not keine Tugend gemacht,

... sie nutzen die Schwächen aus, sie packen einen da, wo man nicht mehr verwundbarer werden kann, sie haben sich heulend und flennend an seine Rockschöße geklammert, will er sie denn umbringen, ihr einziges Kind, diese Schmach und Schande, diese Undankbarkeit, er hat sich losgerissen, in blaue Fernen, blutenden Herzens, dieser Sog, diese Klötze am Bein, die erstickende Enge, er hat alles hinter sich gelassen, Vater Mutter Weib und Kind, was habe ich mit euch zu schaffen, hebt euch hinweg, ich kenne euch nicht, die Bande des Blutes, die zu Stricken werden,

... keiner hat es gewagt, ihm zu folgen, sie alle sind kleben geblieben, an den Leimruten, es war höchste Zeit, bald hätten sie es geschafft, ihn klein und weich zu kriegen, ihm Angst einzujagen vor der Kälte draußen, ihn zu bestechen, ihn verrückt zu machen mit ihren Lockrufen, mit diesem Liebesblick ihrer Autos, ihrer Kinder, ihrer Wohnzimmereinrichtungen, das hat ihn nur noch mißtrauischer gemacht, er hat sich nicht einlullen lassen, ihre Wut auf alle, die sich nicht zufrieden geben, vielleicht haben sie, ganz sicher haben sie früher einmal, im Geheimen auch sie selbst, diese Träume, aber all die Gewalt, die sie sich seither antun mußten, um sich einzureden, daß es daheim auch ganz schön, daß es die Mühe nicht lohne, in der Ferne zugrunde zu gehen, der ganze Aufwand, das Risiko,

… blaue Blumen, das gelobte Land der Seligen hinter den Sieben Bergen, die Küsten des Lichts, das Risiko, verschollen, verreckt in Eis und Schnee, sie wollen nicht daran erinnert werden, daß sie selbst, einstmals, nein, es gibt ja *nicht mehr*, nun soll es keiner besser haben als sie, es darf nicht wahr sein, eifersüchtig wachen sie darüber, sie verbieten es sich selbst, zähneknirschend, keiner soll sich hier *mehr* rausnehmen als sie, als wir alle.

Der Glückwunsch

Er muß sich kurz fassen, er hat höchstens zehn Minuten Zeit, das ist der Kredit, den sie ihm einräumen. Du meine Güte, was läßt sich in zehn Minuten schon groß unterbringen, etwas, das zu Ende geführt aussehen muß, eine kleine runde Sache, etwas Launiges und doch Sinniges, das ihnen mal das Gefühl gibt, ernst genommen zu sein, und doch mit leichter Hand, wie hingetupft, ein bißchen Anspielung, die nicht auch auf jeden von ihnen zutreffen könnte, die nicht jeder auf Anhieb versteht und von der sich doch niemand ausgeschlossen fühlen muß, ihnen allen aus dem Herzen gesprochen und doch ein wenig, nicht zu viel natürlich, eine private Nuance, nicht wahr, das erlauben sie ihm doch, etwas antippen, wo nur sie beide ...

... eine verstohlene Intimität, ohne aufdringlich zu wirken, so daß sie verständnisvoll lächeln können, ja die beiden, sie kennen sich schon seit ewigen Zeiten, wenn die anfangen würden zu erzählen, aber darum geht es ja jetzt nicht, eine kleine nette Begebenheit, nur etwas Bezeichnendes, was für vieles, für alles andere stehen könnte, etwas Schnurriges, Kauziges und doch allzu Menschliches, das ein Licht auf ihn wirft, ihn auch jenen sichtbar macht, die ihn nicht so gut kennen, eine liebenswürdige Schwäche, gar nichts Bloßstellendes, kein hämisches Breittreten,

... ja, sie sind bereit, haben den Blick vom Kuchenteller gelöst, von den Kaffeetassen, den gerade gefüllten Cognac-Gläsern, sie geruhen, ihre Augen auf ihm ruhen zu lassen, es ist seine Aufgabe, keiner macht diesen Freundschaftsdienst streitig, es ergibt sich ganz von selbst, bedarf keiner Absprachen und Kompromisse zwischen ihnen, kein anderer reißt sich darum, der würde sich lächerlich machen, es wäre anmaßend und unziemlich, sich zwischen die beiden drängen zu wollen, er hat das Erstlingsrecht und das imperative Mandat, sie haben es einstimmig an ihn abgetreten, ohne Diskussion, ohne Mißtrauensantrag und Veto, keiner erklärt ihn für befangen,

... oder besser, *daß* er so befangen ist, prädestiniert ihn gerade für diese Ansprache, einer muß es ja tun, es ist üblich so, und keiner steht ihm näher, außer seiner Ehefrau, aber die steht ihm zu nahe und kommt nicht infrage, das wäre Selbstbeweihräucherung, als würde sich sonst niemand finden, ... es ist sein natürliches Recht, seine natürliche Pflicht, als der Jugendfreund, sonst könnte der ja gleich selbst einen Toast auf sich ausbringen, nein, alles gut so,

... sie haben ihre Unterhaltung eingestellt, auch der letzte hat aufgehört, nach links und rechts zu flüstern, eine Minute etwa, nicht mehr, keine redseligen Beschwörungen der Vergangenheit, die den Kaffee kalt werden lassen, aber auch nicht zu kurzatmig, wie etwas Vermeidliches, als müßte es nun mal sein und man brächte es so rasch wie möglich hinter sich, ... ergriffe nicht freudig die Gelegenheit, die sich nicht jeden Tag bietet, einmal vor ihnen allen ...

... sie sind bereit, er soll sprechen, sie schieben es noch ein wenig auf, ihm zuliebe, höflich lassen sie es vor sich stehen und duften und dampfen, sie bringen dieses Opfer, wenn er verspricht, es kurz zu machen, kein kurzer Prozeß, aber spritzig, in netter Form, keine abgegriffenen Formeln, sie wissen, daß er mehr kann, er schuldet ihnen etwas mehr Aufwand, er soll es sich mit ihnen auch nicht zu leicht machen, wer will denn schließlich unter Wert bedient werden, soll er sich ruhig etwas ins Zeug legen, nicht diese festen Floskeln aus dem Tischreden-Baedeker, kein unbeholfen verlegenes Stammeln, wo der gute Wille für die Tat genommen werden muß, nichts, was bei jedem anderen nicht über einen rührenden guten Willen hinausgehen müßte, ... soll er schon sein Bestes geben, jeder nach seinen Fähigkeiten, bitte,

... sie wären beleidigt, wenn er sie nicht für wert genug befinden würde, etwas mehr zu investieren, sie erwarten etwas seiner und ihrer Würdiges, er ist ja schließlich der Sprache mächtig, seine freundschaftlichen Gefühle werden ihn schon beflügeln, nichts Gestelztes natürlich, er soll sich schließlich keinen abbrechen, handelt es sich doch nicht um eine offizielle Ehrung, keine Weihestunde, etwas Schlichtes, von Herzen und doch wohlüberlegt, ein wenig besser, als jeder von ihnen es zustande brächte, aber nur ein wenig, man ist ja schließlich ganz unter sich, da darf der Ton schon um eine Spur legerer sein, auf ein bißchen Niveau wird man allerdings gespannt sein dürfen, man muß ihm schon anmerken, daß er den Freund nicht einfach stumm ergriffen umarmt, das darf er sich nicht schenken, ... beschenkt werden soll ja schließlich das Geburtstagskind,

... sie sehen ihn an, und sie sehen ihm an, daß er sich nicht vorbeimogeln will, ihre Gesichter dürfen gutmütig bleiben, er wird es schon richtig machen, sie sehen dem, was er sagen wird, ohne Unruhe entgegen, vertrauen auf seinen Takt, seine guten Manieren, ihm muß man nicht sagen, was sich in solcher Lage schickt, diese Rede hat ihm niemand ausgearbeitet und soufflieren müssen, er braucht keinen ghost-writer, es sind keine Peinlichkeiten zu befürchten, man kann es sich schon fast ersparen hinzuhören, es wird ein Muster an Ausgewogenheit werden, sie kennen ihn doch, seinen Sinn für Dezenz, seinen Abscheu vor allem Grellen, Überspitzten, bei ihm besteht eher die Gefahr, daß er, vor lauter Sorge ums rechte Maß, ein bißchen nichtssagend wird, ihre Blicke stellen ihn auf die Beine, er nimmt sich nichts heraus, wenn er jetzt aufsteht, als einziger, und auf sie herabblicken muß, die sitzen bleiben, er stellt sich nicht über sie, tut noch nichts, was nicht von allen verabredet und gebilligt wäre, er ist ausdrücklich beauftragt, für sie alle zu sprechen, stellvertretend, er schwimmt auf einer Welle von Wohlwollen und Einverständnis,

... was er auch sagen wird, sie sind ganz sicher, er wird ihnen bestätigen, daß er einer der ihrigen ist, von ihnen ermächtigt, als ihr Delegierter, der ihnen das Wort, das er an den Freund, ihrer aller Freund, richten wird, aus dem Munde nimmt, auch wenn er sich etwas Apartes ausgedacht haben wird, er wird damit nicht diesen von ihnen gespannten Rahmen überschreiten, auch wenn es etwas Besonderes sein sollte, auf das sie nie gekommen wären, keiner von ihnen, so wie sie dasitzen, aber es wird doch in ihrem Sinne sein,

... und daß es etwas Unverabredetes sein muß, das ist ja gerade verabredet, ja, es muß etwas Delikates sein, ein Leckerbissen, verdammt noch mal, wofür gestatten sie ihm denn sonst, sich da von oben herab zu produzieren, zehn Minuten lang, diese Chance, eine kleine Solo-Nummer, aus der er etwas machen darf, in ihrem Namen, zu ihrer größeren Ehre, ihr verlängerter Arm, die Fortsetzung ihrer Konversation mit seinen exquisiten Mitteln, die sie geruhen, einige Minuten lang in ihren Dienst zu nehmen, und hüten soll er sich, der Versuchung nachzugeben zu einem Alleingang, zu einem Parforceritt, auf unerhört ungehörige Art brillieren zu wollen, es muß noch erkennbar bleiben, daß er aus ihrem Holz geschnitzt ist, von ihren Gnaden da spricht, daß er da steht und fällt mit der Beifälligkeit ihrer Mienen, daß er alles ihnen verdankt, die Fähigkeit, es besonders gut zu machen, ... alles von ihnen und alles für sie,

... daß sie es ihm quittieren müssen, daß es sonst in den Wind gesprochen ist, der kleinste gemeinsame Nenner zwischen ihnen allen, und doch eine Überraschung, das klingt widersprüchlich, und deshalb ist es ja eine Kunst, er soll sich unterstehen, die Gelegenheit zu mißbrauchen und sich auf ihre Kosten bei ihrem Freund in Ansehen zu bringen, Pluspunkte zu raffen, auf sein Sonderkonto zu schmuggeln, sich Liebkind zu machen, ... sie bringen ihn zum Geschenk dar,

... wenn sie ihm die Bahn freigeben, dann doch nur, weil er ihr Einsatz ist, das Rennpferd, auf das sie setzen, er hat sich gefälligst zu amortisieren, und wenn er gut war, dann deshalb, weil sie eben so gut waren, ihn so gut sein zu lassen, er ist ihre originelle Glückwunschkarte, sie können sich beglückwünschen, wenn er ihre guten Wünsche gut an den Mann gebracht haben wird, na dann los, er starrt in das einzige Gesicht, das ihre Gesichter ihm nun zukehren, sie nehmen ihre Hände zurück, ihre Köpfe, ihre Zungen, sie weichen zurück, nur einen Schritt, sie lassen ihn sich ganz ausbreiten, wenigstens soweit sie Platz machen,

... er steht auf, er darf es füllen, soll es füllen, aber seine Überraschungen aus dem Zauberhut müssen noch irgendwo mit ihren Erwartungen übereinstimmen, dieser Sog, der da von ihnen ausgeht und an ihm zerrt, ein leichter Schwindel, die Angst, sie dadurch zu verblüffen, daß er keine Verblüffungen für sie hat, lieber Wilfried, liebe verehrte Gäste, eine Rennbahn, zehn Minuten lang, höchstens,

... und dann plötzlich dieser Kitzel, welcher Teufel reitet ihn, dieser Juckreiz, auszubrechen aus der Phalanx, entgegen allen Absprachen, die Rede, die sie fast schon gehört zu haben glauben, doch nicht halten, sie waren schon bei den Getränken, bei Konfektschalen und Knabberwerk ... diese Angst, an das Hochseil gefesselt zu sein, er fällt nicht, er springt ab, diese Angst, nach ihren Spielregeln zu verlieren, und wenn er nicht Erster werden kann, nennt er es ein Scheißspiel, er steigt aus, er schmeißt die Karten hin, mischt neu, er hat nicht verloren, weil er ein ganz anderes Spiel gespielt hat,

... das ist es, welche Erleichterung, welcher Zuwachs an Kraft und Zuversicht, sollen sie sich einen anderen suchen ... phhh, nicht mit ihm, er ist doch nicht ihr Hanswurst, der für sie die Kastanien aus dem Feuer holt, er pfeift auf ihren Applaus, in Sekundenschnelle stürzt ein unendlich kompliziertes Kartenhaus in ihm zusammen, na wenn schon, alles wird wieder leicht, klar, handlich, sie sollen nicht glauben, daß er sich zu allem herbeiläßt, nun spricht er in eigener Sache und Regie und Verantwortung, nicht als ihr Sprachrohr, er ist allein mit dem Geburtstagskind, er hat sie alle vergessen, er wischt ihre Erwartungen unwirsch beiseite, brennt mit ihren Beuteanteilen durch, er setzt sich ab, fühlt ihre bestürzten dümmlichen Gesichter voraus, ihre knöchelweiße, ohnmächtige Wut, sie werden ihn nicht zu unterbrechen wagen, ihm nicht in die Parade fahren, er hat fünf Minuten Zeit, vielleicht auch etwas länger, mal sehen, der Teufel reitet ihn, er hat die ganze Bühne für sich, sie sollen sich nicht mit seinen Federn schmücken dürfen, er macht sie alle zu Statisten, Spotlight bitte, Tusch, Trommelwirbel, …

… es wird immer leerer um ihn herum, er läßt jede Rücksicht fahren, das Fell juckt ihn, er bückt sich, für einen Augenblick ist sein Kopf nicht höher als die Häupter der anderen, er greift nach der Aktenmappe unter dem Tisch, nimmt es heraus, in aller Gemütsruhe, aufreizend langsam, er lebt in Zeitlupe, er kommt hoch, nun steht er wieder, sein Haupt um eine Oberschenkellänge über ihren Köpfen, er öffnet es,

… er will doch wohl nicht vom Blatt ablesen, er kann doch wohl freihändig sprechen, oh nein, er hat sich ins Vorlesen geflüchtet, improvisiert nicht das Einstudierte daher, kein lockerer Plauderton, nichts Luftiges, nichts selbstbewußt Spontanes …

… was ist los, dieser schwarze zähe Teer, der sich da über sie ergießt, sie zappeln, konsterniert, entrüstet, es ist klebrig, sie wollen es wegwischen, aber es lastet zentnerschwer, er schüttet Tonnen davon über sie aus, Kompost, Unrat, Trümmer, Grabplatten, Sargdeckel, Verrat, sie verzichten auf ihre Contenance, stieben auseinander, warum hält diesen Verrückten niemand auf, man sollte, man müßte …

… betretenes Schweigen, *dum tacent clamant*, erstickte Flüche, da haben sie ja eine schöne Natter an ihren Busen gezüchtet, sie verwünschen ihre Vertrauensseligkeit, ihre offenherzige Generosität, ihre Desinvolture, ein Spion in den eigenen Reiten, ein Agent des feindlichen Lagers, Alarm, zur Hilfe, sie haben keine Zeit mehr, sich zu formieren, diese Schrecksekunde dauert schon eine geschlagene Minute lang, unternimmt denn niemand etwas gegen diesen Wahnsinnigen, diesen Abtrünnigen, wer ist das überhaupt, woher kommt er, wer hat für ihn gebürgt, ihre eigenen Kinder fallen ihnen in den Rücken und würgen und strangulieren sie, sie röcheln, das Messer des Meuchlers im Rücken, Fleisch von ihrem Fleisch, ... heutzutage ist alles möglich, alles erlaubt, ist denn keiner Manns genug, ihn in die Schranken zu verweisen, da kann doch nicht jeder kommen,

... sie verstopfen sich die Ohren, aber es ist zu spät, ist schon heraus, er hat schon die Widmung verlesen, für den lieben Freund, als ob es da noch um den lieben Freund ginge, wie stehen sie denn nun da, mit leeren Händen, bloßgestellt, Parasiten, er hat es ihm schon zu Füßen gelegt, in seinem eigenen Namen, sie sehen sich plötzlich von außen, Fettwänste, Partygeier, nur gekommen, das kalte Büffet leer zu fressen, es ist unmißverständlich, es gibt keine Möglichkeit, ihm das Maul zu stopfen, ja, ein einzigartiges Geburtstagsgeschenk, eine allerpersönlichste Huldigung und keine Fließbandware, kein Dutzendartikel, kein vorfabriziertes Präsent-Set, die ausgesuchteste Infamie, ihre Gesichter verzerren sich säuerlich, ölig,

... er ist drin, hat sie alle ausgesperrt, ist allein mit dem Freund, es ist noch nicht auf dem Markt zu haben, etwas Untauschbares, die Umbruchfahnen eines Buches, ein Buch noch vor der Geburt, die Geburt eines Buches zu einem Geburtstag, er läßt die Sätze auf sie niederprasseln, unendlich kunstvoller als alles, was sie je in Auftrag geben könnten, er hat jede Hemmung abgelegt, er öffnet die Schließmuskeln des Buches, er hat es in die Welt gesetzt, es ist Fleisch von seinem Fleisch, er drückt es gut aus, daß ihm alles stinkt, läßt die Scheiße auf sie fallen, sie kreischen, winden sich, überall der eklige Brei, den er über sie verschmiert, hochwertige geistige Nahrung, er hält nicht mehr länger hinter dem Berg, da haben sie ihre geistigen Genüsse, es steht aber geschrieben, es steht da, in seinem Buch, glänzend formuliert, er hat sich freigemacht, da steht sie, die nackte Wahrheit, es ist gut, ist spannend, ein dickes Buch, ein langes Buch, schwer verdaulich, ohne Konzession an den guten Geschmack,

... sie versuchen, ihre Ohren zu verschließen, aber es ist eindringlich, es überzeugt sie, wider Willen, ein harter Brocken, was steht da denn groß drin, sie verstehen es nicht, es ist zu hoch für sie, die Veröffentlichung eines Buches, was für eine Erektion, sie liegen im Staub, zermalmt oder anbetend, ganz zertretenes Ungeziefer, sie haben abgedankt, kapituliert, es hat keinen Zweck, jeder Widerstand ist zwecklos, sie strecken die Waffen, er schwingt das blutdampfende Schwert, ... aber überall nichts als Demutsgebärden, Flehen um Gnade, Schonung,

... sein Blick wird milder, er ist besänftigt, er zieht die Interkontinentalraketen in unterirdische Silos zurück, die atomgetriebenen Unterseeboote gehen wieder auf Tauchstation, die Generäle geben das zivile Leben wieder frei ... sie brauchen diese Militärparaden, hin und wieder, sie vergessen so leicht, springen über Tisch und Bänke, wenn man sich nur einen Augenblick lang umdreht, dieser Mutwille, diese Frivolität, aber er hat es ihnen gegeben, hat ihnen gezeigt, worauf alles beruht, und sie haben begriffen, für heute reicht es, sie sammeln ihre unnummerierten Knochen verstört wieder ein, betasten ihre blauen Flecken und Beulen, ihre verzerrten Gelenke und verstauchten Glieder, klopfen sich den Staub von der zerfetzten

Kleidung, nesteln betreten an ihren Anzügen und Kleidern, jeder schämt sich, vom anderen so gesehen worden zu sein, nur schwach getröstet durch die Erinnerung, den anderen in der gleichen Lage ertappt zu haben, winselnd, jaulend, Brüder und Schwestern in schmutziger Erniedrigung, sie ringen um Fassung, um Selbstachtung, mühsam, ...

... nur einer reißt sich endlich zusammen, endlich, sieh an, eine Frau, beinahe ungezwungen, unbefangen ... :
»Erstaunlich, ja wirklich, ich hatte einen schlichten Toast erwartet, und nun dies, aber warum nicht, eine originelle Idee, eine wirkliche Überraschung, sehr hübsch, ich habe zwar nichts verstanden, ich bin so frei, das zu gestehen, ich weiß nicht,, worum es geht, sicher wird sich jemand finden, der es mir erklärt ...«

... Sie hat das Stichwort gegeben, das ist der Aufhänger, keine ausgereifte Vergeltungswaffe, sicher, aber doch ein Hoffnungsschimmer am Ende dieses langen schwarzen Tunnels, aus dem sie langsam hervorkriechen, man wird es ihr nicht vergessen, wird es ihr zu danken wissen, zu gegebener Zeit wird man darauf zurückkommen, man wird sich diese junge Frau merken, sie hat sich verdient gemacht, aber noch ist jeder damit beschäftigt, seine Wunden zu lecken, jeder darf sicher sein, daß der Nebenmann nicht ausschert, nicht einlenkt, sie bleiben aneinander gekuschelt, vergessen ihre kleinen Querelen, gegenseitigen Abgrenzungsmanöver, die Intrigen, in dieser Stunde der Gefahr, sie rücken zusammen, alle nur Menschen, sie sitzen im gleichen Boot, dulden es, daß der andere den Arm um sie legt, das zählt jetzt nicht, vielleicht später wieder, wenn der gemeinsame Feind, da draußen, da oben, geschlagen ist, eine Volksfront, keiner muß sie an ihre Pflicht erinnern, es liegt in der Luft, schließt die Reihen, sie nehmen einander die Eide ab, den unverbrüchlichen Blutschwur, Gleichheit, Brüderlichkeit, Einheit und Freiheit, wohlan, diese dreiste Anmaßung, da wollen sie doch mal sehen, ob sie mit so etwas nicht auch allein fertig werden, ohne Polizei,

... da ist ein Denkzettel fällig, eine heilsame Lektion, das hat er nur einmal gemacht, jetzt heißt es Zähne zeigen, Stärke demonstrieren, so degeneriert sind sie noch nicht, wenn es sein muß, können sie durchaus noch, oho, den Feind im Inneren bekämpfen, da sieht man, wohin es mit der Lockerung führt, da hat man, im Vertrauen auf mündige Menschen, dem Takt eines jeden überlassen, was einst die Gesetze ... aber das bekommt einigen nicht, die werden übermütig, mißbrauchen es. bringen keine Selbstdisziplin auf, reißen gleich alles an sich, wie die Kinder, die alles wild in sich hineinstopfen, das Naschwerk, wenn man es nicht vor ihnen verschließt, in ihrem eigenen Interesse, maßlos und abstoßend, sie sind nicht reif für ein solches System der Systemlosigkeit, wer nicht hören kann, muß eben fühlen, da hilft alles nichts, da sind härtere Bandagen anzulegen als vorher, das muß wieder rückgängig gemacht werden und Strafe obendrauf,

... sie lassen sich doch nicht provozieren, wieder nach der Todesstrafe und dem starken Mann zu rufen, das hätte er wohl gern, den Gefallen tun sie ihm und seinesgleichen nicht, nur weil da so einer den großen Anton markieren will, ein Berserker, ein wildgewordener Kleinbürger, ein kleiner Wichtigtuer, sie sind weiß Gott nicht für öde Gleichmacherei, die Arena ist pausenlos geöffnet, überall Ausstellungsräume, Auktionen, Rennstrecken, für alle Sportarten, für jeden Geschmack etwas, da ist immer ein Siegerpodest frei, jeder ist aufgerufen, da schlüpft doch auf die Dauer kein verkanntes Genie mehr durch die Maschen, da nimmt man doch schon eher das Risiko in Kauf, zehn wenig versprechende Dilettanten mitzuschleppen, als eine große Begabung hartnäckig zu übersehen, da wird doch keiner mit Absicht drunten gehalten, wer hier abgewiesen wird, der findet sich doch von der Konkurrenz gepäppelt, als lebender Beweis, daß die anderen nur Idioten sind, ... aber schließlich und endlich, es muß doch auch etwas daran sein, Substanz, es geht doch nicht nur darum, daß jeder seinen Arbeitsplatz behält, es muß doch bestehen können vor einer überparteilichen Jury unvoreingenommener Experten, das sind doch nicht alles Schwachköpfe,

... sie selbst, nun ja, sie sind ja wohl alle zu doof für ihn, alle wie sie gebacken sind, es ist keine Kunst, ihnen so etwas an den Kopf zu werfen, da hat er sich ja schöne Gegner ausgesucht, aber sie werden ihm ihre Sachverständigen schon auf den Hals schicken, wofür haben sie denn ihre Spezialisten, er zieht es vor, wehrlose Passanten zu überfallen, zu brüskieren, in Verlegenheit zu bringen, was hat er denn davon, wenn sie ihm bescheinigen, daß es über ihren Horizont geht, das beweist noch gar nichts, gut, er will nicht nur von weltfremden, halbvertrottelten Fachidioten anerkannt sein, von einer winzigen selbsternannten Elite, er will in die Breite wirken, den Mann auf der Straße erreichen, wenigstens die Frau im Salon, das ist lobenswert, ja doch, er will aufrütteln, mahnen, anregen, nachdenklich stimmen, man muß auch solche Leute im Troß mitführen, solche Sterndeuter, es war schon richtig, dieses Forum zu wählen, so unpassend der Moment auch gewählt sein mag, er ist hier richtig, die Adresse stimmt, sie sind sein natürliches Publikum, durchschnittlich gebildete Mitteleuropäer immerhin, die sie sind,

... sie muß er überzeugen, sie allein, sie sind die letzte Instanz, ihr Daumen aufwärts oder abwärts entscheidet, und nun wollen wir mal sehen, was ist es denn, nun mal her damit, da fangen ja die Schwierigkeiten schon an, und dann hat man es schließlich in Händen, sie wollen nicht unbesehen den Stab darüber brechen, sie nehmen sich Zeit, es abzuklopfen, es durchzuchecken, ob es ihnen etwas sagt, ob sie etwas damit anfangen können, es handelt sich um keine Reichskammerschnelljustiz, aber er, er stößt sie nur vor den Kopf, keiner kann sagen, sie wären nicht guten Willens, hätten ihm keine Chance gegeben, aber er legt Schlingen und Fallen aus, umgibt das Ganze mit einem undurchdringlichen Kordon von Stacheldraht, Selbstschußanlagen und Minenfeldern, er macht es ihnen nicht leicht, sie reichen ihm die Hand über den Graben hinweg, er sollte sich ihre gnädige Laune zunutze machen, nicht mit ihrer Langmut spielen, sie können auch anders, niemand zwingt sie, sich diesen Kram überhaupt anzusehen, diese reinen Luxusartikel,

... wenn man es genau nimmt, haben sie eigentlich etwas ganz anderes bei ihm bestellt, es ist gar nicht lebensnotwendig, er sollte das wissen, sich in seiner Außenseiterrolle nicht so sehr gefallen, nicht auf Märtyrer machen, dieser Hochmut, dieses Ressentiment der nicht Zugelassenen, er und Gott gegen sie alle, nicht wahr, dabei kommen sie ihm doch entgegen, ebnen ihm Wege, räumen Spielwiesen ein, und er vergilt es ihnen mit Hinterhältigkeit, dieser Dumpfhammer, seine kindische Freude, es ihnen mal so richtig zu geben, dieses alberne Kasperletheater, dieses Versteckspiel, er hält es hinter dem Berg, Gott, wie neckisch, er will sie erschrecken, überrumpeln, sie terrorisieren, ach die schrecklichen Kleinen, ihre Nacht- und Nebelstreiche ...

Ach, lassen Sie ihn doch, wenn es ihm so viel Vergnügen macht, lassen Sie ihn doch erst einmal die Klischees aufzählen, das schadet doch niemandem. So etwas wie das Fluidum, die Atmosphäre, in die alles getaucht ist ... Verstehen Sie nicht? Bitte ...

Es stimmt nicht, daß alles als etwas ganz Besonderes anfängt und dann in Gemeinplätzen endet. Es ist genau umgekehrt, mit Klischees beginnt alles und endet mit ... Also ich denke an so etwas wie ... wie rauschende Feste, ja, ja, lachen Sie nur, lächeln Sie nur geringschätzig und zweifelnd. Ja, meine Mansarde ist nur 50 qm groß, eben, eben. Also sogenannte rauschende Feste in verschwenderisch ausgestatteten Prunksälen, nicht wahr ... Diese sagenumwobenen Soireen in den Salons der Madame du Deffand, der Madame d'Epinay, der Juliette de Lespinasse, der Marquise de Rambouillet, diese Salons, in denen die begabtesten Männer eines hochbegabten Zeitalters sich vor hochmögenden großen Damen ihre Duelle liefern ... Wie Federbälle gehen die Geistesblitze hin und her, vor einem atemberaubten Publikum in Samt und Seide, unter zornfunkelnden Kristallüstern, die ihr Licht in Spiegel werfen, in denen sich Riesenspiegel spiegeln, Fluchten üppiger Säle, getragen von orientalisch schmeichelnden Teppichen, flankiert von alten Wandgobelins und reichverzierten Kaminen, ziselierten Bordüren, kostbaren Kandelabern, überdacht von mythologischen Deckenstukkature ... endlose Fluchten überheizter Säle und wispernd verschwiegenster Nebengelasse, die Labyrinthe von Wandelgängen und Kabinetten, geheimnisvoll überladenen Bibliotheksräumen im Halbschatten einer längst untergegangenen Epoche, das an- und abschwellende Murmeln erregt gelangweilter Stimmen und die parfümierte Hitze der Menuette und das gepuderte Auflachen schöner und

geistreicher Damen, an denen sich Witz und Charme
von Kavalieren entzünden, ... auf Filigranbalkonen
mit Blick auf Parklandschaften, auf endlose geometri-
sche Präzisionsparke bis an den flirrenden Horizont,
unter dem pausbäckig teuren Frühlingsabendhimmel,
vor sonnenglitzernden Wasserspielen und schnurge-
rade luxusgestillten Weißkiesalleen und verkünstelten
Buchsbaumheckenstraßen, und die heiter tändelnden
Damen und Herren tun uns nicht den Gefallen, sich
wenigstens zu langweilen und ihre Privilegien mit
schwarzer Melancholie zu bezahlen, ganz im Gegenteil, hören Sie doch, sie amüsieren sich alle königlich,
in raffinierten Spielen wechselnder Regeln, immer im
Kreise um ein wirbelndes Forum für Konzerte, Insze-
nierungen, Deklamationen, Rezitationen und Konver-
sationsduelle mit tödlichem Ausgang ... ja, ja, alles
nur Theater, aber bitte, bitte, mit irgendetwas müssen
wir anfangen, von irgendwo müssen wir abspringen ...
Bitte folgen Sie uns, Mesdames et Messieurs: Quad-
rilles!

In diesem Augenblick stand der Freund auf, dem dies
alles gegolten hatte, und blickte bekümmert und etwas
schwerfällig um sich : »Danke, danke, meine Freunde,
ich bin gerührt. Süperb! Aber wo bleibt denn nur das
verdammte Essen?«

Beifall brandet auf.
Langer, ehrlicher, erleichterter Beifall.

Eine strahlende Erscheinung

... da ist es wieder, will es denn nie ein Ende nehmen, da ist es ... er redet auf sie ein, sticht auf sie ein, sie wirft etwas ein, gibt zaghaft etwas zu bedenken, hält es ihm hin und vor, er kneift die Augen zusammen, verdutzt über so viel Kühnheit, hält ein, stutzt, aus dem Konzept gebracht, eine Sekunde lang, sie schöpft Hoffnung, es hat ihn zur Besinnung gebracht und gebremst, beschwichtigt, aber dann wischt er es vom Tisch, drischt weiter auf sie ein, sie will das Feld räumen, um des lieben Friedens willen, es geht ihr doch nicht darum, Recht zu behalten, doch er ist nicht mehr aufzuhalten, das weiße Tuch, das sie schwenkt, als Zeichen der Ergebung und Kapitulation, damit es ein Ende hat, es ist ein rotes Tuch für ihn, er übersieht ihre Demutsgebärden, es nützt nichts, daß sie ihm die verletzlichen Weichteile ungeschützt entgegenstreckt, um ihn zum Einlenken zu bewegen, milde zu stimmen, versöhnlich, seine Großmut anruft, alles gesteht, verrät, preisgibt, um ihn offene Türen einrennen zu lassen, um endlich Ruhe zu haben, nein ...

... es ist zu spät, er kann nicht darauf verzichten, er ist gerade so schön in Fahrt, will sie ihn denn um alles bringen, gönnt sie es ihm denn gar nicht, mit diesem Ergebnis kann er sich doch nicht zufriedengeben, sie darf ihn doch nicht zwingen, das Gesicht zu verlieren, nun muß sie es auch ausbaden und ihm diesen ehrenvollen Rückzug freigeben, es ist eine halbe Sache, so ein Interruptus ist schädlich, überzeugt muß sie sein, von tiefstem Herzen, innen, keine bloßen Lippenbekenntnisse, nur damit die Folter aufhört, nein, er kann sie nicht freigeben, läßt sie keinen Zentimeter hochkommen, erstickt es im Keim, hackt weiter auf sie los, übersieht, daß sie ohnehin nur noch ein Häufchen Elend ist,

... er spinnt seine Fäden weiter aus, genüßlich, seine Beweisführung wird immer erschöpfender, wenn sie ehrlich ist, muß sie doch zugeben, er meint es ja nur gut mit ihr, es geschieht doch nur zu ihrem Besten, aber solange er nicht das Gefühl hat, daß sie es auch wirklich verstanden hat, ohne bei der nächstbesten Gelegenheit wieder rückfällig zu werden,

... mit Ja, Ja, Ja ist es da nicht getan, er holt noch weiter aus, fängt noch einmal ganz bei Adam und Eva an, die schlagenden Beweise werden immer erdrückender, es muß sein, sie ist am Boden zerstört, er zerlegt sie in ihre Einzelteile, sie weiß schon nicht mehr, wohin sie noch zusammenschrumpfen soll, ... es entwaffnet ihn nicht, er führt sein Erziehungswerk stur zu Ende, ohne Rücksicht auf Verluste ... seine Argumente prasseln auf sie nieder, diese gnadenlosen Lebenshilfen, ... sie kauert in der Ecke, mit eingezogenen Armen und Beinen, wimmernd, unfähig, im Boden zu versinken, es macht ihm alles keinen Eindruck, sie umklammert seine Beine, aber die Wahrheit ist die Wahrheit und dauert Stunden, Tage, Jahre, ewig ...

... und noch eine Wahrheit und noch eine, ins Fleisch gebrannt, ins dicke Fell, in die dünne Haut, sie wacht auf, schreit, schweißgebadet, es dauert Stunden, sich davon zu erholen, ... und morgen geht es weiter, sie trommelt gegen seine behaarte Gorillabrust, und er lacht nur, zerdrückt ihre zierlichen Handgelenke, sie tritt, keift, kratzt, spuckt, ... er wiehert dröhnend, sie macht ihm Spaß, er schleudert sie gegen die Wand zurück, … sie wacht endgültig auf davon, schreit, mit violettem Gesicht, verklebten Haaren, für heute ist es genug, er ist selbst ganz naß geworden …

… Es ist nicht so, als wagte er nicht, das Wort zu ergreifen, oh ja, durchaus, er drückt sich sogar recht gut aus, hört sich selbst gern alle in Grund und Boden reden, wenigstens die, mit denen er es machen kann, die solche Kunstgriffe fürchten und bewundern, die das alles nicht von vornherein als Schnickschnack abtun, die sich auf der von ihm gewählten Ebene treffen lassen, die sich dort überhaupt stellen und abschlachten lassen, aber auch dort … er wagt ihnen nicht in die Augen zu sehen, wenn er spricht, er hält den Blick gesenkt, wagt nicht, die Wirkung seiner Worte auf die anderen zu kontrollieren, zu verstärken mit Blicken, die wie Sonden in die Augen des anderen versenkt werden, er formuliert nur so vor sich hin, aufs Geratewohl, …. und nicht einmal das, wenn er es zu tun bekommt mit der Angst, also mit jenen, die da so nicht mit sich reden lassen, bei denen seine Art nicht ankommt, die von vornherein eine andere Gangart eingeschlagen haben, sie schüchtern ihn ein, er erkennt sie, bevor sie den Mund aufgemacht haben, an untrüglichen Zeichen, die Gesunden, die längst entschieden haben, die bestimmen, wann ein Thema erledigt ist und abgehakt und erschöpfend behandelt ist, weshalb wie lange in welchem Ton zu sprechen ist, er verzichtet, kapituliert, räumt das Feld, noch bevor ein Wort gefallen ist,

... es verschlägt ihm die Sprache, knebelt, lähmt ihn, wenn sie loslegen, mit ihren Binsenweisheiten, ihren perspektivisch verkürzten Regionalwahrheiten, … er muckt nicht, er schluckt es, als wären es die Gesetzestafeln von Sinai, er rettet sich in sein verbiestertes

Schweigen, einen letzten hilflos unhöflichen Trotz, widerspricht nicht, zerfetzt es ihnen nicht in der Luft, dreht ihnen nicht einmal die Worte im Mund um, schlägt es ihnen nicht um die Ohren, aber er stimmt auch nicht zu, nickt nicht, verkriecht sich in Sessel und endgültiges Verstummen, aber er drückt sich, er steht nicht zu dem, was er denkt, über sie alle denkt, wie sie ihre Scheiße da auf ihn abladen, erstaunt, glücklich, auf so wenig Widerstand zu stoßen,

... es ärgert sie, das mit ansehen zu müssen, sie ist wütend auf ihn, auf sich selbst, die sie nicht in der Lage ist, ihn zum Angriff zu bewegen, zum mannhaften Kampf, Auge in Auge ... wenn die Germanen vor dem Feind flüchteten, warfen sich ihre Frauen ihrem Rückzug entgegen, rissen ihre Kleider auf, entblößten ihre Brüste, um die Männer daran zu erinnern, welches Schicksal ihre Frauen in den Händen der Feinde erwarten würde, und brachten die Männer vor dieser schmählichen Aussicht zur Umkehr, trieben sie erneut gegen den Feind zurück,

... sie schafft das nicht, er riskiert nichts für sie, er gibt sie den barbarischen Siegern preis, den plündernden brandschatzenden mordenden vergewaltigenden Horden, ohne einen Finger zu rühren, gibt sie kampflos auf, rührt keinen Handschlag für sie, sie kann die Brüste entblößen, solange sie will, es treibt ihm nicht die Schamröte ins Gesicht, es läßt ihn kalt, er kann es ungerührt mit ansehen, wie sie mißhandelt wird, verhackstückt, gemindachtet, herumgestoßen, ein bloßes Freiwild, nicht ganz ernst zu nehmen,

... die kleinste Auseinandersetzung, die ihm droht, er weicht aus, weicht zurück, die kleinste Herausforderung und er nimmt Reißaus, schlägt sich feige in die

Büsche, kommt der möglichen Niederlage noch zuvor, läßt sie in Stich, da ist er sich selbst der Nächste, er verleugnet sie, leugnet, jemals für sie angetreten zu sein, je ihre Farben getragen zu haben, unfähig wie sie ist, ihn bei der Ehre zu packen, ihm das Rückgrat zu stärken, seinen Stolz zu wecken, seinen Mut anzustacheln, für Wesen wie sie schlägt sich niemand in die Schanze, es entzündet sich nicht an ihr, das berühmte Feuer, die Todesverachtung, der glühende Wunsch, ihr die Köpfe ihrer Feinde auf dem Tablett zu reichen, ihr die Welt zu Füßen zu legen, und sie verlangt ja gar nicht die Sterne vom Himmel,

... was ist es dann, was ihr fehlt, immer gefehlt hat, was jemanden dazu treibt, etwas aufs Spiel zu setzen, wenigstens mit dem Arsch vom Sofa hochzukommen, wenigstens das, sie setzt nichts in Bewegung an ihm, er läßt sich bedienen, läßt sich ihre Liebe gnädig gefallen, und den ganzen Service, dazu ist sie gerade gut genug, zum Abwaschen und zum Knopfannähen, zum Wundenverbinden und zum Sex, ... sie macht ihm ja keinen Vorwurf, sie ist ja schon still, er muß es verstehen, manchmal platzt es aus ihr heraus, es ist nicht so gemeint, sie schlägt den Sack und meint den Esel, was kann er denn dafür, daß ihr das gewisse Etwas fehlt, das dieses Feuer in ihm entfachen könnte, diese Opferbereitschaft, ... diesen einzigen gültigen Liebesbeweis, sie ist nichts, sie hat es nicht, sie weiß nicht, was es ist, es schnürt ihr die Luft ab, es erdrückt sie, diese völlige Unfähigkeit, es in anderen zu erregen, in ihm, er soll es ihr doch sagen, was ihn stört, was ihr fehlt, sie ist guten Willens, es zu lernen, zu trainieren, hart zu schuften, sich dafür beide Beine auszureißen,

... aber er schweigt, zu gleichgültig, selbst dazu, er hat es aufgegeben, es bei ihr zu suchen, nicht genug da-

mit, daß er es an ihr vermißt, es interessiert ihn nicht
einmal, ob sie es hat oder nicht, haben wird, haben
kann, haben soll, er schont, er straft sie durch Nachsicht und Schonung, sie soll sich nicht übernehmen,
sie ist noch nicht soweit, er behandelt sie wie einen
hoffnungslosen Fall, einen Krüppel, vor dem man so
tut, als sähe man nichts, dieses verächtliche Mitleid,
diese resignierte Rücksichtnahme, er hat so weit ab-
geschaltet, daß er nicht einmal mehr auf sie hofft, auf
sie wartet, es ist ihm ja so egal, so schnurzpiepe, er tut
sich etwas darauf zugute, daß er sie nehmen will, wie
sie ist, er geilt sich auf an seiner Toleranz, seiner In-
differenz, seiner Engelsgeduld mit ihr, einem kleinen
Mädchen, das es ja doch nicht schaffen wird, ... und
wenn schon, es würde nichts ändern, er mag sie ja
doch nicht, nicht einmal die Möglichkeiten, die in ihr
stecken, stecken könnten, tief verborgen, ... all diese
ungehobenen Schätze, wenn er sie wenigstens haben
wollte, wenn sie ihm wert wären, aber sie kann es sich
doch schenken,

... selbst wenn es ihr gelänge, eines fernen Tages, nach
unvorstellbaren Mühen, es wäre ja doch alles für die
Katz gewesen, er würde sich für sie freuen, über die
Opfer, die sie ihm gebracht hat, gerührt sein, aber er
wird es nicht brauchen können, es wird noch immer
nichts in ihm zum Klingen bringen, nicht die tiefsten
Sehnsüchte und Kräfte in ihm wecken, all die Dia-
manten, unter ungeheurem Druck aus Dreck geboren,
sie werden ihr gut stehen, aber er, er wird nur die
Kohlestücke sehen, aus denen die Edelsteine gepreßt
sind, er wird sie in den Ofen werfen und sich daran
wärmen, nie wird sie dem unbekannten Wesen gleichen, ... nie dem Bild von irgendeinem, die tonnen-
schweren Grabplatten senken sich auf sie nieder, ...
Staub zu Staub, Asche zu Asche,

... sie schrumpft, wieder einmal zusammen, unter dem Gewicht dieser Blicke, die nichts in ihr sehen, ein liebes patentes anstelliges Kerlchen, ... er zieht den Stöpsel heraus, sie fließt durch ein Abflußloch aus seiner Welt heraus, all ihre Verrenkungen, ihr Betteln um Tipps, ... ihre verzweifelten Klimmzüge an den Turnstangen, all ihre Beschwörungstänze, ... umsonst, schon im Keim vergeblich, was sie aussucht, erfindet, konstruiert, vorführt, er lehnt es nicht einmal ab, buht und pfeift sie nicht einmal aus, nichts, nichts, nicht die Spur eines Echos, er blickt sie an, gütig, verständnisvoll, verständnislos, er sieht die Anstrengung, ... er honoriert sie, aber nicht, was dabei herauskommt, herauskommen könnte, es sagt ihm nichts, es hat keine Bedeutung in seiner fix und fertigen Welt, ... er ist gerührt, amüsiert, erschrocken über ihre lieben erschöpften Züge, heißt sie ins Bett zu gehen, sich auszuruhen, deckt sie zu, deckt sie ein mit einlullenden Tröstungen, langsamer soll sie treten, sich nicht überanstrengen,

... sie trommelt gegen seine breite Vaterbrust, schreit, keift, noch das ist niedlich, entzückend, kapriziös, ein romantisches kleines Mädchen im Körper einer reifen Frau, sie ist am Ende, sie weiß ihn nicht so zu nehmen, daß er sie nimmt, wie ein Mann nimmt, was eine Frau zu geben hat und gibt, sie wirft Steine in seine stillen tiefen Wasser, Felsbrocken, sie ächzt unter der Last, aber es schlägt nicht einmal Wellen, keine Kreise und Wirbel, nicht das geringste Kräuseln läuft über die spiegelglatte Oberfläche, sie sieht sich darin, sie schneidet sich Grimassen, Fratzen eines süßen kleinen Fratzes, ... es gelingt ihr nicht, eine Spur in der Welt zu hinterlassen, ein Zeichen irgendwo einzuritzen, das von ihr zeugt, daß sie dagewesen ist, sie und keine andere, dieses Nichts, das nicht einmal für wert befunden wird, abgelehnt, leidenschaftlich bekämpft und verachtet und gehaßt zu werden,

... sie redet gegen Wände, sie ist Luft, man schaut durch sie hindurch, verständigt sich über ihren Kopf hinweg miteinander, sie stampft auf, zwickt sich in den Arm, nichts, ... es gelingt ihr nicht, sich von ihrer Existenz zu überzeugen, daß sie eine Geschichte hat, ein Gewicht, ein Volumen, ... daß ihre Wünsche, ihre Ängste zählen, daß sie in irgendeinem Zusammenhang als Stelle hinter irgendeinem Komma, als Statist in einer Statistik, eine Rolle spielen, sie kann sich aufspielen, soviel sie will, niemand nimmt Notiz davon, er spricht durch sie hindurch zu seinen eigenen Zielen und Wünschen, an deren Erfüllung sie sich beteiligen darf, wenn sie darauf verzichtet, ihre eigenen Vorstellungen in sein Spiel zu bringen, sie trampelt herum auf diesem Nichts, auf dieser Unfähigkeit, Blickfang und Ziel eines anderen Menschen zu sein, etwas, wonach man sich umsieht, wo man stehenbleibt, freiwillig, ohne es als Werkzeug zu benutzen, fasziniert von einer glänzenden kompakten Dichtigkeit, ... aber die Welt, die sie eröffnen könnte, liegt nutzlos in ihr herum, in ihren Schaufenstern, ein Ladenhüter, sie kann sich wieder einpacken lassen, er kauft nichts, es ist Ramsch und billiger Flitter, ein Trödelmarkt, sie kann ihren Werbeaufwand erhöhen so viel sie will, nicht einmal eine Frau, die sich wie eine Ware anpreist, nur eine Ware, die sich nicht einmal wie eine richtige Frau anbieten kann, eine Ware, die für eine Frau wirbt, ...

... die Luft weicht aus dem Ballon, der rasend schnell in sich zusammensackt, bis eine schrumpelig schlaffe Gummihaut übrigbleibt, die zischende Luft bläst das Kartenhaus um, läßt es in sich zusammenfallen, bis zu den Trümmern, nicht einmal das, bis zu dem Bombentrichter, dort, wo sie stand, ein Loch, ein Schacht, eine Müllgrube, die sich mit Brackwasser füllt, in die jeder gedankenlos hineinwirft, was er loswerden will, sie fällt in sich zusammen, mit ungeheurer Geschwindigkeit, sie schlägt auf Grund, der Boden gibt nach, da ist kein Halten mehr, da ist nicht einmal ein harter Erdboden, der ihrem Fall ein tödliches Ende bereiten würde, sie fällt durch sich hindurch, durch alles, was noch fest in ihr geblieben ist, durch alles Verhärtete, durch die letzte Wand, die die Außenwelt noch von dem trennt, was einmal ihr Innenleben war, auch das Zuendegehen nimmt kein Ende, … ein Morast, ein Treibsand, in dem sie versinkt, ohne je einen Grund und Boden zu erreichen, sie explodiert, aber nach innen hinein, … ein Sausen und Heulen in der Luft,

… und dann ist plötzlich Stille, schlagartig, es ist unheimlich, eine Ruhe vor einem Sturm, der dann auch ausbricht, an diesem äußersten Punkt umkehrt, das Leben zittert in äußerster Anspannung, der lebendige Stoff aufs äußerste komprimiert, auf kleinstem Raum zusammengedrängt, kurz davor, aus dieser Welt vollends herauszufallen, sie fängt den eisernen Ball in der Luft auf, gibt nach in den Knien, elastisch, ohne weggerissen zu werden, wie in den Comicstrip-Heften, wo das heldenhaft unterlegene Strichmännchen die überlebensgroße tödliche Kanonenkugel, diese gezündete Handgranate mit bloßer Hand auffängt, den Schwung umdreht und … in die gegnerischen Linien zurückschleudert, noch gerade rechtzeitig, und es knallt, drüben, bei den anderen, nur eine Sekunde vor Toresschluß, sie fallen wie die Fliegen, lösen sich in Luft auf, verschwinden vom Erdboden, werden weggeschleudert von dieser Detonation ihres Herzens, ihres Willens, ihrer Verzweiflung,

... sie sieht an sich herunter, sie zwickt sich in den Arm, ja, sie lebt noch, sie lebt wieder, endlich lebt sie, sie ist geboren, sie fühlt sich, sie ist da, endlich, es gibt keinen Zweifel, sie ist kein Gespenst, kein zerfetzter Engel auf einer weißen Wolke, ein Wesen von Fleisch und Blut, das nicht blutet, es gibt nichts Belebenderes als diese Angst vor dem, was schlimmer ist als der Tod, ... sie sieht das Gemetzel da drüben, die lustigen durch den Bombenqualm wirbelnden Männchen, sie kreischt vor Vergnügen, es ist eine Lust zu leben, sie drückt auf den Knopf, und wieder geht eine Sprengstoffladung hoch, da hinten, es ist kinderleicht, hier in sicherer Entfernung von dem Inferno, sie sitzt im bombensicheren Bunker tief unter der Erde an den todbringenden Schaltpulten, vor den spaßig flackernden Lämpchen und fluoreszierenden Radarschirmen, die die Treffer anzeigen, die Verlustziffern des Gegners, der Untermenschen, der dagohaften Fratzen ...

Ratten, deren Lustzentrum im Gehirn über eine Drahtelektrode mit einem Auslöser verbunden wurde, den sie selbst bedienen konnten, drückten bis zu tausend Mal pro Stunde auf die Taste, oder das *Milgram*-Experiment, wo Versuchspersonen ihre fiktiven Opfer durch fiktive Stromstöße für fiktive Vergehen bestrafen durften und wirklich bestraften im Namen einer höheren Moral, einer wissenschaftlichen Autorität, ... je unsichtbarer und anonymer die Opfer, desto höher die Strafbereitschaft, desto geringer die Hemmungsschwelle der Täter,

... und noch einmal, sie ist berauscht und übermütig, quiekt vor Entzücken, sieh doch, was ich kann, nun sieh doch mal her, ihre Augen glänzen von einem überirdischen Fieber, er blickt auf von seiner Arbeit, unwirsch ob der Störung, was ist denn nun schon wieder, kann sie sich denn nicht eine einzige Stunde lang allein beschäftigen, ohne ihn zu stören, ohne wie eine Klette an ihm zu hängen, durch ihn hindurch leben zu wollen, ihn auszusaugen, ihn in diese muffige Brutwärme hineinzuziehen, die sie braucht, um ihr Leben zu ertragen, die sie immer überall erzeugen will, wo sie geht und steht, er verzerrt sein mürrisches Gesicht zu einem verständnisvollen Lächeln, zwingt sich zur Nachsicht, was hat sie denn schon vom Leben, … schuldbewußt wischt er seine Verdrossenheit weg, er vernachlässigt sie, ja, was hat sie denn da Schönes, zeig doch mal her,

... Teufel nochmal, was ist denn das, er reibt sich die Augen, er zwickt sich, er träumt, steht auf, beugt sich über ihre Schulter, über die flimmernde Armatur, die schimmernden Fernsehmonitoren vor ihr, und noch einmal, sie lacht ihn an, sie spielt auf der Klaviatur, und auf den Bildschirmen schießen Rauchpilze aus dem Boden, zucken bunte Strahlen, wirbeln Körperteile lustig umher, die dummen stumpfen Gesichter, *zack, zong, proff, whooomm, ächz, keuch, stöhn, päng,* genau in die Fresse, ihr Spiel mit den Knöpfen wird immer virtuoser, ihr Gesicht glüht, der kleine Körper bebt, sie ist schön, er starrt sie an, sein Blick wechselt zwischen ihrem scheckigen Gesicht und den Bildschirmen hin und her, sie ist bildschön, wo ist die kleine graue Maus, die er kennt, das verzagte kleine Mädchen, nicht Fisch nicht Fleisch, ist sie es überhaupt, diese strahlende männermordende Frau, die die Puppen tanzen läßt, der die betörten Männer zu Füßen liegen, deren Fingerschnippen Welten bewegt, deren geringste Kopfbewegung über Leben und Tod ihrer Anbeter entscheidet, sie ist es, und ihn strahlt sie an,

... er schaut hinter sich, nein, er ist es, den sie will, er
kann es nicht fassen, der Gnadenstrahl hat ihn getroffen, den Unscheinbarsten, Unwürdigsten, er ist erhört,
den Saum ihres Mantels küssen zu dürfen, sie schreitet über Leichenberge auf ihn zu, sie legt sie ihm vor
die Füße, ihre Gunstbeweise, sie läßt all ihre Rivalen
von der Bildoberfläche verschwinden, zaubert sie
weg, alle, die sich zwischen sie beide drängen könnten, sie sind allein auf der entvölkerten Erde, selbst
die Hungernden in Indien klagen nicht länger ihr beider Glück an, diese bezaubernde Frau ist sein, er ist
überwältigt von ihren Künsten, ihren Hexen- und
Verführungskünsten, es ist Zauberei, geht nicht mit
rechten Dingen zu, ein geheimnisvolles Kraftwerk in
ihr, eine einzigartige Fähigkeit, etwas ganz Besonderes, er sieht sie mit ganz anderen Augen, es geht etwas
von ihr aus, es schlägt in Bann,

... er starrt auf die Monitor-Mattscheibe, kein Zweifel,
es sind Menschen, und hast du dich versehen, du
schaust eine Sekunde lang nicht hin und sie sind wie
vom Erdboden verschlungen, von einer Sekunde zur
anderen, er wartet, *da*, auf dem anderen Monitor, in
einer anderen Straße, man sieht es ganz deutlich, sind
sie wieder aufgetaucht, offensichtlich unversehrt, es
geht so schnell, es passiert so oft, daß man nicht jeden
Fall verfolgen kann, was aus ihm wird, ob und wo er
aufersteht von den Entmaterialisierten, verblüfft auf
sich herabschaut und nicht recht weiß, was er davon
halten soll, wie er hierhergekommen ist, in einen ganz
anderen Stadtteil, zutiefst irritiert, ... betreten in die
Runde blickend, aber keinem fällt etwas auf, da überzeugt auch er sich davon, daß nichts geschehen ist,
daß er geträumt haben muß, eine Geistesabwesenheit,
eine zeitweilige Absenz, so etwas soll ja vorkommen,
er ist überarbeitet, tapfer beschließt er, es zu verges-

sen, nichts Ungewöhnliches erlebt zu haben, um nicht
an seinem Verstand zweifeln zu müssen, er setzt seinen Weg fort, grübelnd, den Weg in seinen Stadtteil
zurück, oder nein, wo er gerade hier ist, da kann er
doch gleich ... es ist, als hätte ein freundlicher Instinkt
ihn geradewegs hierhergeführt, er wollte doch immer
schon einmal in diese Gegend, warum nicht, er hat
seine Fassung wiedergefunden, wer weiß, wozu es gut
ist, diese schlafwandlerische Sicherheit, er hatte sich
immer davor gedrückt, nun, wo er schon einmal hier
ist, er lächelt verschmitzt, er macht das Beste daraus,
er wird diesen schon allzu lange aufgeschobenen Besuch endlich abstatten, bevor er wieder ...

... sie sehen es auf dem Bildschirm, die ganze Szene
lesen sie vom Gesicht des Betroffenen ab, sie hat
Schicksal gespielt, Teufel auch, es ist Magie, wie im
verlorenen Paradies, als wir noch ganz klein waren
und schrien vor Hunger oder Kälte oder Nässe unter
uns, ... und wie wir schrien, war das, wonach wir
schrien, auch schon prompt zur Stelle, ... auf einen
Zauberschlag, ... die warmgefüllte Milchflasche, die
neue trockene Windel, und wen wir haßten, der war
gestorben für uns, sofort, und da war kein Hindernis
zwischen unseren Orders und der unverzüglichen
Erledigung, und unser Wunsch, kaum aus dem Dunkel
in uns aufgetaucht, war schon erfüllt, war unverzüg-
lich befolgter Befehl an die Welt, und wir waren allmächtig, und die Mutter, von der wir noch nichts
wußten, war nichts als die Fortsetzung unserer Begierden in der Wirklichkeit, der verlängerte Arm unserer Gier, und was nicht gleich spurte, das waren
nicht wir, das war das Andere, das Fremde, das spieen
wir aus, verlegten es nach draußen, das war etwas
Böses, das wir aus uns ausschieden wie die Scheiße
unter uns, die Brust, die wir blutig bissen, zur Strafe

für ihre Verzögerung, der Tod, den wir allem an den Hals wünschten, was nicht auf Anhieb parierte, wenn es wieder einmal galt, diese unerträglichen Spannungen aus unseren kleinen gemarterten Leibern abzuführen ...

... sie hat es sich bewahrt, diese köstliche Macht über Leben und Tod, sie kann es immer noch, wie früher, sie hat es aus der Paradiesvertreibung hierher herübergerettet, es ist erstaunlich, ... fast ein Wunderkind, ... sie sieht es in seinen Augen, diese Bewunderung, sie hat Angst, daß es ihm Angst einjagt, wo sie es doch ganz in den Dienst ihrer Liebe zu ihm stellen will, obwohl es ihr zuweilen entgleitet, sie ist nicht Herr darüber, kann es nicht an- und abstellen nach Belieben, ... es kommt über sie, unversehens, wenn sie wieder einmal zu versinken droht im zermalmenden Gefühl ihrer völligen Nichtigkeit, ... wenn dieser Schock, diese blendend schwarze Evidenz der totalen Bedeutungslosigkeit sie zu überschwemmen anschickt ... es ist ein Gegengewicht gegen die Schwerkraft, ein letzter Rettungsanker, den sie ins Leben hinauswirft, um nicht in sich unterzugehen, eine Notwehr,

... ihr ängstlicher Blick bettelt um Verständnis, er muß es verstehen, sonst ist sie verloren, sonst ist es Mord, viehischer Mord vielleicht, vielleicht tauchen einige nicht wieder auf aus der Versenkung, in der sie sie verschwinden läßt, sie weiß es nicht, sie wagt nicht daran zu denken, verzweifelt liest sie in seinen Augen,

... sie atmet auf, es blendet ihn, dieses *gewisse Etwas*, er hat eine Frau, die etwas kann, das niemand sonst kann auf der Welt, etwas, das wir seit unserer Kindheit verloren haben, und sie hat es und benutzt es, um ihn nicht zu verlieren, um ihn an sich zu fesseln, sie sieht es mit Genugtuung, er ist gebannt, er starrt sie an wie ein Weltwunder, sie hat Zugang zu geheimnisvollen Kräften und Offenbarungen, ekstatischen Visionen, telekinetischen, gerade das Richtige für ihn, mit seinem Sinn für Exaltiertes, Exzentrisches, sie hat es endlich getroffen, es erregt ihn, hält ihn bei der Stange, fordert ihn heraus, beschäftigt seine Phantasie,

... es belastet ihn, na ja, aber es läßt ihn wenigstens nicht kalt, er kann nicht daran vorbeigehen, zur Tagesordnung zurückkehren, es ist ungeheuerlich, es ... ist der Pfahl in seinem Fleisch, in seinem großen Geist, die Nuss, die er sein Leben lang zu knacken haben wird, es wird ihn nicht mehr loslassen, er wird sie nicht mehr loslassen, sie zahlt einen hohen Preis dafür, sie schlägt die Hände vors Gesicht, er soll nicht denken, daß es ihr Spaß macht, daß sie sich weidet an dem, was sie anrichtet, vielleicht anrichtet damit, nie wird sie es wissen, ob nicht jemand wirklich Schaden genommen hat bei diesen Transformationen, ob alle wirklich wiederkehren, ob sie nur Deshalluzinationen hat, oder ob nicht auch hier und da ...

... sie wagt es sich nicht auszumalen, sie weiß nicht mehr, ob es dieses Risiko wert ist, um ihn zu halten, um nicht von ihm sitzen und im Stich gelassen zu werden, um ihn nicht zu verlieren an andere, schönere, interessantere, weiblichere, raffiniertere Frauen als sie, die ständig fürchtet, wieder von dem Gefühl ihrer völligen Nichtigkeit eingeholt werden zu können, ... eines schlimmen Tages, von diesem Morast, diesem Abgrund unter ihren Füßen, über dem sie balanciert, mit den wenigen Tricks, die sie seither gelernt hat, um zu überleben, um nicht wieder abzurutschen, ... die mühsam einstudierten Drahtseilnummern, ohne Netz unter der Zirkuskuppel, es schwindelt ihr, diese Eisdecke ist nur hauchdünn,

... sie weiß, sie ist eine schlechte Schauspielerin, sie ist zu aufrichtig, kann sich nicht verstellen, alles sieht man ihr gleich an, man hat es ihr oft genug zu verstehen gegeben, sie spielt eine Frau einfach besser, als eine Frau Frau ist, all dieses Getue, das Aufgesetzte, Überzogene, das Überbetonte, Bemühte, ... sie trägt zu dick auf, gestikuliert zu wild herum, die falschen Wimpern, das falsche Augendeckelklappern, der ganze Krampf, diese Kostümierung, die Schaumstoffeinlagen, und das stumme Weinen tief innen verschmiert immer wieder die dicken kosmetischen Schichten, auf dem Wege zu jener Frau, die ihr vorschwebt, die ihm vorschwebt und vielleicht vorschweben könnte,

... er sagt nichts, sie muß es mit der Kneifzange aus ihm herausziehen, sie ist ganz Ohr, ganz knetbares Wachs, willens, sich von seinem Blick modellieren zu lassen, bereit, alles wie heißes Eisen fallen und fahren zu lassen, was sie je gelernt hat und begriffen zu haben glaubt, es ist eine Sisyphusarbeit, sie hackt auf sich los, arbeitet an sich, zertrümmert sich, ... nur in der Hoffnung, den Phönix seiner Traumfrau daraus auffliegen zu sehen, als Lohn für ihre Selbstverstümmelung, die Fetzen fliegen, aber es geschieht nichts, kann es ihr denn niemand sagen, was sie falsch macht, wofür bestraft man sie dadurch, daß man es ihr verheimlicht, sie im Dunkeln tappen läßt, niemand hat es ihr je beigebracht, woher soll sie es wissen,

... ihre Mutter konnte es ja selber nicht, die ist daran zugrunde gegangen, ... ist immer weiter zusammengeschrumpft, aus dieser Welt herausgeschrumpft, sie strampelt sich ab, diesem Schicksal zu entgehen, und verteilt panische Rundumschläge, geht aus sich heraus, um nicht einzugehen, um nicht in der eigenen Versenkung zu verschwinden, fressen oder gefressen zu werden, und dann holt es sie wieder ein, diese Ungewißheit, ob auch alle wieder heil auftauchen, die sie beiseite fegt, zur Hölle wünscht, ein Bumerang, und sie weiß nicht mehr, was schlimmer ist, was sie vorziehen soll, überflutet, entweder von dieser Schuld oder dieser Nichtigkeit, vor der die Schuld bewahren soll, es kommt schon fast aufs Gleiche hinaus ...

... soll sie hoffen, daß es nur Phantasien sind, Sinnestäuschungen, nur plötzliche Anwandlungen geistiger Verwirrung, oder Schlimmeres, das Unausdenkliche, wirkliche Spuren, die Qual der Wahl, wenn sie wählen könnte, wählen müßte, ob sie sich selbst trifft oder die anderen, wenn denn schon geschossen werden muß, kann man denn von ihr verlangen, daß sie die Schüsse nach hinten losgehen lassen soll,

... sie will alles wiedergutmachen, an ihm, liest ihm die Wünsche von den Augen ab, ... alle Güte ist nur versuchte Wiedergutmachung, von Verbrechen, eingebildeten oder wirklich verübten, ganz gleich, sie ist lieb, ganz Nachgiebigkeit, ganz Hin- und Hergabe, ist es richtig so, auf diesem krummen Umweg, hat sie es jetzt erreicht, um drei Ecken herum, ... sie hängt an seinen Augen und Lippen, keine Anerkennung, nichts, alles nur Schaumschlägerei, nur Windmühlenkämpfe, Schattenboxen, sie dreht sich im Kreise, dreht durch, rutscht wieder ab an den spiegelglatten Wänden des unergründlichen Schachtes, rudert, hangelt wild um sich, krallt sich an Strohhalme fest, ein Königreich für einen winzigen Felsvorsprung, eine armselige Nische, das Gleichgewicht zu ermäßigten Preisen,

... sie hat zu hoch gegriffen, es rächt sich, sie betet, verspricht ihre Seele, schwört ab, bereut, Jacqueline Kennedy nachgeeifert und den Neid der eifersüchtigen Götter auf sich gezogen zu haben, da, der Rettungsanker, in letzter Sekunde, ein Spiegel, sie schneidet Grimassen, veralbert sich und alles, was sie je wollte, die Tränen laufen ihr übers grellgeschminkte Clownsgesicht, verwüsten die tragische Maske, hinter der weniger als ein Totenschädel ist, ...

... nehmt sie doch nicht ernst, vergeßt ihre Aufschneidereien, Narren ihr, die ihr sie beim Wort genommen habt, es war doch alles nur Spaß, haben sie es denn nicht gemerkt, ... sie ist nicht zur Rechenschaft zu ziehen, sie hat nur gekaspert, wirft sich weg, suhlt sich in der Selbsterniedrigung, macht sich zum Gespött, fleht um Schonung, um Nachsicht, geißelt sich, nimmt ihm den Wind aus den Segeln, entwaffnet ihn, sie will doch nur geliebt werden, brabbelt selig vor sich hin, will bei der Hand und in den Arm genommen werden,

... bitte nicht mehr, sie gibt auf, läßt es los, hier habt ihr es, so ist sie, nicht mehr, ein Kasperle, ein Hanswurst, es ist alles egal, lattet sie, eux auch, Hilfe, eux geht unter, ihr mütt sie man latten, bätsch, ein Hühü, ein Nänlie, ein Äppili will sie, had du sie noch lieb, sie ist der Immono, der Eugest, und sie will jetzt ganz tüchtig bestiegen werden, bittsehr, eine Ansteigung, nicht schmierig, nicht schleimig und seidenweich, sondern zart und bestimmt, sie ist im Wald, lattet sie, holt sie da naut, das arme arme Isepübchen und die beuse beuse Welt ...

Unter einer Decke

... Oder doch nicht? ... Sollte es doch etwas geben, was ihn herauslocken und ködern könnte, sie haben es schon fast aufgegeben, aber hat sich da nicht eben doch etwas bewegt ... nun seid doch mal still, sie könnten schwören, daß da eine schon nicht mehr erwartete Reaktion war, daß sich da etwas gerührt hat, kaum mehr als eine Sinnestäuschung, vielleicht nur ein Reflex, aber immerhin ...

„Kannst du mir sagen, woran du dabei gedacht hast? Nein? Also war da etwas, was ich nicht wissen soll? Du könntest es doch zugeben, wenn es gar nichts Besonderes war ..."

Sie haben sich nicht getäuscht, sie beglückwünschen sich, noch diesen Funken aus ihm geschlagen zu haben ... dahin also hatte sich sein Leben zurückgezogen ... sie atmen auf, wischen sich den Schweiß von den Stirnen, es ist nur ein dünnes Rinnsal, aber ein Anfang, er ist aufgestöbert, ... fortan wird es ihm nichts mehr nützen, die Tarnfarbe seiner Umgebung anzunehmen, das tote Grau der Steine ... sie hätten sich beinahe bluffen lassen und ihn übersehen ...

... auch sie ist nun alarmiert, erklärt ihn für verrückt, verbittet sich seine Unterstellungen energisch, aber glücklich, ihn wenigstens aus Fassung und Reserve gebracht zu haben,

... sie leugnet natürlich, leugnet viel zu hartnäckig, als daß er nicht etwas hartnäckig vor ihm Verheimlichtes

wittern dürfte, einen sorgfältig desodorierten Unrat ...
er läßt nicht mehr locker, einmal aus dem Bau her-
ausgereizt, ist er hinter ihr her, kratzt herum an dem,
was er für ihren Schutzverband über juckenden Wunden hält, liegt tagelang auf der Lauer, mit dem Ohr am
Sicherheitsschloß ihres Safes, ... und läßt die Zahlen-
kombinationen durchspielen, in der hektischen Hoffnung auf jenes befreiende Schnappgeräusch, das ihm
die Wahrheit eröffnen soll ... hinter der Wand, gegen
die er läuft, immer gelaufen ist, bis er sich entmutigt
in seinen Scheintod verkrochen hat mit dem Schwur,
sich nie wieder zum Narren halten zu lassen und der
Fata Morgana nie wieder mit hängender Zunge hinterher zu laufen

... aber es hat nichts genützt, sein Trotz hat sich abge-
nutzt, er ist nun wieder bereit, seinen eigenen Fall zu
übernehmen ... sie hat es geschafft, er hat wieder begonnen, sich die Stirn blutig zu stoßen an ihrer Stirn,
die ihm alles verbirgt, das Welträtsel hinter einem
dünnen Schädelknochen, ... er glaubt ihr nichts, nicht
einmal das Gegenteil von dem, was sie beteuert bei
allem, was ihr heilig ist, ... und er weiß doch, daß ihr
nichts heilig ist als diese bösen Mittel zum bösen
Zweck, ihn zu hintergehen ...

… nie wird er wirklich wissen, was sie wirklich denkt
und fühlt und empfunden hat, als sie sich gestern
Abend schlafen legte, zum Beispiel, unter der Bettdecke, unter der in der Nacht zuvor dieser Besuch aus
B. gelegen hatte ... ein flüchtiger Bekannter nur, aber
umso schlimmer, je flüchtiger, desto risikoloser für sie
... warum hat sie die Bettdecke wieder für sich selbst
benutzt, wo sie doch sonst das von unverhofft über-
nachtenden Gästen verwendete Bettzeug nach ein-
maligem Gebrauch sofort zu wechseln pflegt, unver-

züglich in die Waschmaschine steckt, aus Ekel, warum plötzlich diese Ausnahme ... sie streitet ab, daß es eine Ausnahme war ... also doch ...

„Gib zu, daß du dabei etwas ... vielleicht nicht absichtlich und bewußt, aber ..."

Das ist ihr dann aber nun doch zu blöd, sie lehnt es ab, darüber auch nur zu diskutieren, sie wehrt entrüstet ab, darüber auch nur entrüstet zu sein ... der blanke Irrsinn ist das ... aber er bohrt so lange, bis sie schreit, also hat er doch Recht mit seinem Verdacht ... warum regt sie sich denn so auf, wenn da nichts war ... er hat es doch nicht darauf abgesehen, sie zu quälen und anzuklagen und zu verurteilen, sie kann es doch ruhig zugeben ... es passiert ihr doch nichts, was ist denn schon dabei, wir alle haben unsere kleinen Schwächen, was fürchtet sie denn nur, sie führt sich ja geradezu auf, als gäbe es da wirklich schlimme Geheimnisse, wo er so harmlose Dinge vermutet hat, die man dem eigenen Ehemann doch gestehen kann, ohne Angst zu haben, auf sein Unverständnis oder sein Verdammungsurteil zu stoßen,

... was ist das nur für eine Beziehung, in der so etwas nicht einmal angesprochen werden kann, was muß da bereits kaputt sein, was muß er da erst von ihrer Art denken, mit dem wirklich Wichtigen umzugehen, er ist empört darüber, wie wenig Verständnis ihm zugetraut wird, wieviel man vor ihm verheimlichen zu müssen glaubt ... sie steht hier doch vor ihrem Gatten und vor keinem Tribunal, er treibt sie in die Enge mit seiner Versicherung, sie schließlich nicht in die Enge treiben zu wollen, was verlangt er denn groß, er ... er will ihr doch nur helfen, sich zu erinnern, sich besser kennenzulernen und ins Gesicht zu sehen ... er spielt

es herunter, um ihr dieses winzige Geständnis zu erleichtern ... er hat es doch schon selbst ausgesprochen
und ins Protokoll gesetzt, sie soll doch nur noch unter-
schreiben, es wird sie freier machen, sich selbst und
ihm gegenüber ... es ist ja, als fürchte sie, eine Kettenreaktion und Lawine auszulösen, sie muß doch sehen,
daß sie mit ihrer ungeschickten Verstocktheit seinen
Argwohn geradezu herausfordert, sie macht ja erst
eine Staatsaffäre daraus,

... sie könnten die Sache längst zu den Akten gelegt
und vergeben und vergessen haben ... aber nun hat sie
es sich selbst zuzuschreiben, daß er sich etwas ... etwas dabei denkt, wenn sie sich weigert, sich etwas
dabei gedacht zu haben ... warum wehrt sie sich nur
mit Händen und Füßen dagegen, daß es kein Zufall
war ... entgegen ihren sonstigen Gepflogenheiten ... er
kennt sie doch ... die von Fremden benutzte Decke
wieder zu benutzen, dazu noch für sich selbst, mit
dem Bewußtsein, daß dieser Gast „„ in der Vornacht
darunter ... geschlafen hat ...

... er droht ihr, sich noch mehr vorstellen zu können,
wenn sie die leidige Angelegenheit nicht schleunigst
durch ein Geständnis beendet ... hat sie nicht früher
immer ... diese romantische Sehnsucht nach mystischen Vereinigungen gehabt ... nach Kontakten aus
der Distanz ... sie sieht, auf welche Gedanken sie ihn
da erst bringt, wo sie längst zur Tagesordnung über-
gegangen sein könnten ... ist das etwa nicht ihre Spe-
zialität, diese Abneigung gegen alles zu Handgemeine
und Direkte, diese verträumte Vorliebe für geheime
Nähe aus der Ferne, für Abstand im dichtesten Hand-
gemenge ... dieser Sinn für geisterhaft atmosphärische
Berührungen fast aus dem Jenseits ... das sähe ihr
ähnlich, dieses Verschmelzen durch nichts als einen

unspürbaren, beinahe nur hinzuzudenkenden Duft, der
noch an der Decke hängt, einen Duft, der kaum mehr
ist als das Wissen, daß Er gestern diese Decke sich
über den Körper gezogen hat, und überhaupt, als er
nach dem Abendessen einmal auf die Toilette mußte,
er weiß nicht, was in dieser Minute zwischen ihnen
gewesen ist, worüber sie gesprochen haben, Absprachen ohne oder gegen ihn ... weiß er's denn, der durch
ein Bedürfnis, durch eine schiere Notdurft von ihnen
weggelockt war,

... wo ist sie denn mit ihren Gedanken, wenn er mit ihr
spricht ... sie tut doch nichts anderes den lieben langen
Tag, als sich vor ihm zu verschließen, er bemüht sich
um sie, dringt auf sie ein ... verschanzt hinter seinem
eigenen Schutzwall, läuft er Sturm gegen das, was er
für ihre Panzerungen und Lügengebäude und für ihre
Verdrängungen hält, aber er belagert sie, belauert sie
unentwegt, er spioniert ihrem Gesichtsausdruck nach,
... legt das Ungesagte hinter ihren Worten auf seine
Goldwaage, er wird es schon noch herausbringen, er
hat Geduld mit seiner Geduld mit ihrem hysterischen
Versuch, alles in Abrede zu stellen, was er längst verziehen hat ... sie weiß nur noch nicht, daß ihre Weigerung zu gestehen das gründlichste Geständnis viel
schwerwiegenderer Vergehen ist ... es paßt doch alles
zusammen, es gibt doch gar keine andere Erklärung,
er glaubt ihr ohne weiteres, daß sie sich all dieser Zu-
sammenhänge wohl nur sehr undeutlich bewußt ist ...
könnte sie sich diesen Regungen sonst hingeben ohne
... ohne alle Schuldängste, welche diese verschwiege-
nen Empfindungen im Keim ersticken würden,

.. er konzediert ihr diese Ahnungslosigkeit und Unzu-
rechenbarkeit nur zu gern, als Gegengabe gegen ihre
prompte Vollbeichte ... andernfalls ... er will nun nicht

deutlicher werden, aber er ist erst auf der untersten Stufe der Eskalationsleiter, es liegt ganz bei ihr ...

... sieht sie denn nicht, daß seine Insinuationen ihr entgegenkommen und eine Brücke bauen wollen, daß die Unschuld, in der sie gegen die erdrückende Last aller Indizien macht, ihren winzigen Fehltritt ins ungehörig Ungeheuerliche erst vergrößert, nicht wahr, in orgiastische Ausschweifungen, phantastische Exzesse, denen ja gar keine reale und physische Möglichkeit mehr entsprechen muß ... er ist jetzt berechtigt, sich Wahrscheinlichkeiten auszumalen, die er sich sonst als Hirngespinste verboten hätte, aber so ...

... warum also dieses Bedürfnis, allein sein zu wollen und sich vor ihm zurückzuziehen ... was sucht und findet sie dort, wo er nicht ist ... Aha, nun kommt es, ihre Stimme wird flehend, er soll es also einmal von einer anderen Seite sehen, von welcher denn, wenn er mal fragen darf ... also ihr Wunsch nach seiner gelegentlichen Abwesenheit ist kein Wunsch nach der Anwesenheit eines anderen Menschen, schön, aber wonach denn ... es steckt also kein anderer dahinter, nicht einmal der Wunsch nach einem anderen, wenn sie sich ein einziges Mal am Tage, für eine Stunde nur von Mann und Kindern absetzen will, Zeit für sich allein beansprucht, ob das zu viel verlangt sei ...

... natürlich nicht, warum ereifert sie sich denn so, wenn sie ein gutes Gewissen hat, warum brüllt und keift sie denn, sie weiß doch, daß er das nicht ertragen kann ... er zieht sich ganz auf seine berühmte Unerschütterlichkeit zurück, ... auf diese Überlegenheit des leidenschaftslos verhörenden Ermittlungsbeamten ... wenn er das bisherige Ergebnis dieser mühsamen Recherchen einmal vorläufig zusammenfassen darf ...

sie dreht also den Spieß um, um von sich abzulenken und ihm den Schwarzen Peter nun zuzuschieben ... *er* soll es also plötzlich sein, der ihren Frieden raubt, der sie ständig in die Ecke drängt und sie in innere Emigrationen treibt und zur Raserei, das wird ja immer schöner ... nun wird sie gleich behaupten, er sei es, der anderen Frauen nachrenne ... so, so, er gönnt ihr also kein eigenes Leben, keine Luft zum Atmen, keinen Freiraum und Auslauf ... und da hat sie sich dann gerächt, nicht wahr, und ihn mit der schmutzigen Bettdecke des gestrigen Gastes betrogen, mehr nicht ... zu mehr langt es bei ihr nicht ... aber diese Geste, mit der ganzen Bedeutung eines Ehebruchs aufgeladen, bei ihr, die so aus der bloßen Phantasie lebt, mit dieser Decke lag der Bekannte auf ihr und hat sie gedeckt, man muß nicht Freud heißen, um das aufzudecken ...

... gleich hat er sie soweit, die Nerven zu verlieren, gleich ist sie weich, ... noch eine kleine Drehung am Folterrad und sie wird sich um des lieben Friedens willen verraten und die Wahrheit wie einen exorzierten Teufel aus sich herausspringen lassen, na ... nur einen kleinen Schritt noch und alles ist wieder gut ...

... es war doch kein Zufall, das wird sie doch nun nicht länger aufrechterhalten wollen, nach dem jetzigen Stand der Aussprache, sie brächte sich um den letzten Kredit ... ein ganz klein wenig hat sie es gesucht und genossen, nicht wahr, was ist denn auch dabei ... er kennt das doch an sich selber ... sie sieht, er verbirgt es nicht vor ihr und vor sich selbst, es wäre nicht schlimm, *ihm* etwas vorzumachen, aber in ihrem eigenen Interesse, um ihrer seelischen Gesundheit willen, wegen der inneren Hygiene wäre es für sie besser, sich nicht selbst zu belügen und es nicht hinter ihrem eigenen Rücken zu treiben ... nein? ... also nicht? ... und was war das in der letzten Woche ...

... sie winkt ab, will nichts davon wissen, wieder dieses Versteckspiel mit sich selbst ... es geschieht zu ihrem Besten, wenn er noch einmal darauf zurückkommen muß, sie zwingt ihn ja dazu, er hätte es ihr gern erspart, das darf sie ihm unbesehen glauben ... aber die Wahrheit, die nicht heraus ist, die fault und schwärt unheilvoll unter der Oberfläche als ein böser Abszess weiter, den es aufzuschneiden gilt, ehe es zu spät ist ... ein Eiterherd, der alles verseucht, an dem sie sich immer neu infizieren wird ... er hat die Antibiotika dagegen ... vor vier Tagen, als sie schon schlief und er ihren Schlaf beobachtete, ja observierte, wach geworden von ihren Schlafgeräuschen, in der Hoffnung, wenigstens auf diesem Umweg etwas zu erfahren von dem, was wirklich in ihr vorgeht, und von dem sie selbst vielleicht nichts weiß oder nichts wissen will ... wie dem auch sei, aber ...

… dieses Seufzen im Schlaf, das sie nicht hatte unterdrücken können, weil sie eben schlief oder nur ihn schlafen glaubte, er ist sicher, daß es ein ... ein lustvolles Stöhnen war, ganz unverkennbar, … unter dem Gewicht einer nicht ganz erstickbaren Wollust ohne ihn, für ihn unzugänglich ...

... es ist auch nichts dabei, daß er nicht dabei ist, er tut es ja auch, obwohl es bedenklich ist, daß sie ... daß sie sich ihm so oft ... − und nur, um es mit sich selbst abzumachen, ob nun im Traum, oder ob sie sich nur schlafend stellte und ihn schon eingeschlafen wähnte ...
... sie geht in die Luft, ahhh, das hat sie nicht erwartet, nicht wahr, oh, er ist ihr auf den Fersen, sie soll ja

nicht glauben, er lasse sich für dumm verkaufen, er will schon wissen, woran er ist ... er ist ganz nah dran, es ist ganz heiß, nun nicht aufgeben und aus Mitleid ablassen, er verlegt sein ganzes Mitgefühl mit ihr in seine stirnkrause Erbarmungslosigkeit ... sie könnte also gut und gern allein leben, ja weiter so, er hört ... nun bricht es endlich aus ihr heraus ... nicht nur ohne ihn, nein, ohne einen Mann überhaupt, ja, ohne andere Menschen ... sie würde nicht nur zurechtkommen und es ertragen und aushalten, sondern genießen, allein mit der Natur, mit ihren Kindern, oh ja, die würde sie natürlich mitnehmen und seinem Einfluß entziehen, der darin besteht, gar keinen auszuüben.

... wenn er es denn unbedingt hören will, sie kreischt und schrillt es ihm ins Gesicht ... er sucht ja doch nur die Bestätigung dessen, was er zu wissen glaubt, da hat er, was er will, sie tut ihm den Gefallen, ist er nun endlich zufrieden ...

... aber sie sagt es ihm gleich, daß er nun nicht sicher sein dürfe, die Wahrheit gehört zu haben, nur weil es verletzend sei und weh tue, sie wolle nur endlich ein Ende und müsse schon lügen, um ihm das Gefühl zu geben, die Wahrheit gehört zu haben, soweit sei es mit ihnen schon ...

... der Name ... wie heißt er denn ... wer ist es, mit dem sie durchbrennen will ... der Gast gestern ... so schnell ist sie sich mit ihm handelseinig geworden ... also nur der Auslöser für etwas lange schon Geplantes und Ausgegorenes, da mußte nur noch irgendeiner daherkommen und ein Streichholz an ihr Pulverfaß legen, na schön ... der erste beste Nächstbeste war gerade gut genug, ... und er faselt sich da noch feinsinnige Bettdeckengeschichten zusammen, wo alles viel handfester zugeht, längst ... überhaupt gar keine psychologischen Kreuzworträtsel ...

... das genügt, das genügt, er muß nur noch damit fertigwerden, aber wenigstens ist doch nun endlich reiner Tisch, sie könnte auch ohne, ohne ihn, ohne andere, ohne das, ohne alles, er dankt ihr für ihre Offenheit, es tut gut, daß es so weh tut ... nun kann er sich wieder in seine unterirdischen Höhlen zurückziehen, zu Tode verwundet, aber mit dem kühlen Balsam einer wohlverdienten Gewißheit am Ende, so stehen die Dinge, er ist bereit, damit zu leben, sie braucht ihn nicht, der sie braucht, das ist alles … nein, nein ... er verzichtet auf ihre Versuche wiedergutzumachen und zu trösten, herunterzuspielen, alles durch den Zorn zu erklären, in den er sie durch seinen Wahnsinn gebracht haben soll, so, so ... mehr braucht er nicht zu wissen, das Puzzle ist komplett und zeigt genau das Bild, das er gefürchtet hat, mit beruhigender Genauigkeit, und jedes Wort wäre jetzt zu viel ...

... er winkt ungehalten ab, jetzt nicht gleich wieder alles verwässern und überzuckern und zu guter Letzt doch noch wieder unter den Teppich kehren, nur einmal die volle ganze Wahrheit ... sie braucht sich wirklich keine Mühe zu geben, er wird schon fertig damit, ist nicht ein so schwächlich verzogener Pascha, wie sie immer zu denken geruht, sie sieht doch, er ist ganz männliche Gefaßtheit ... es kommt ja auch nicht gar so überraschend, war doch nur das noch fehlende letzte I-Tüpfelchen, die Wunde ist tödlich, sie weiß hoffentlich, was es für ihn bedeutet, aber bitte ... keine Krankenhausbesuche jetzt, keine priesterlichen Trostworte, keine frommen Zwecklügen, keine einlenkend verkleisternden Halbheiten mehr, keine narkotisierenden

Verharmlosungen, Kahlschlag und Nullpunkt heute, die kalte Bettelsuppe des Nichts! ...

... unwirsch schiebt er ihr schuldbewußtes Einknicken beiseite, bleibt hart gegen ihre plötzliche Weichheit, er kennt ihre Schwäche für schwache Männer, sie, die ihren brutalen Vater gehaßt hat und leidende Softies mit einer wild mitleidigen Liebe verfolgt, immer verführbar durch unmännliche Fragilität, durch tödlich getroffene Männer ... ihre plötzliche Nachgiebigkeit wirkt wie ein weiteres Geständnis, sie will es wiedergutmachen, also hat sie gesündigt, ... ihre Schuldbekenntnisse kommen so rasch jetzt, daß es schon fast zu viel ist für ihn ... er will nicht wahrhaben, wie gut ihre Reue ihm tut, widerwillig läßt er ihre Samariterdienste über sich ergehen, zu erschöpft, um sich noch zu wehren ... man muß ihr das lassen, um sie nicht in Verzweiflung zu bringen ... die Sühne, die er ihr verweigerte, würde sie an ihrem schlechten Gewissen ersticken lassen, der Mensch hat ein Recht darauf, sich bestrafen zu lassen und durch Buße und Abgeltung wieder in die gerechte Weltordnung eingegliedert zu werden ...

... sie resozialisiert sich an ihm, er nimmt ihr Flehen um Vergebung gnädig entgegen, ein wenig gerührt, ja, ja, es tut ihr gut und erleichtert sie, ihm das Herz noch weiter zu beschweren durch ihren Versuch, es ihm leichter zu machen durch das Gewicht ihrer Geständnisse, dieser Königinnen aller Beweisführung, ...

... sie beugt sich über sein Sterbelager, begierig, die Absolution noch vor seinem Verscheiden zu erlangen ... sie schleppt alles heran, die Kompressen und Mullbinden, den Fenchel- und Baldriantee, Frostbeulensalben und fiebersenkende Mittel, wacht übernächtigt an seinem Krankenlager, horcht auf seinen flackernden Puls, ganz Selbstaufgabe und Aufopferung ... das ist es, was sie mehr braucht als ihn selbst, diese seine Lage, seinen hoffnungslosen Zustand, von allen Ärzten und der Schulmedizin aufgegeben, karrt sie die Macht der Natur heran ... es ist ihre einzige Existenzberechtigung, seine einzige Chance bei ihr ... nur so kann sie ihn wirklich ertragen und akzeptieren, in dieser Hilflosigkeit des von allem entblößten Außenseiters erkennt sie den wieder, von dem sie als junges Mädchen geträumt hat, um ihn retten zu können durch die Macht ihrer Hingabe ... er läßt sich noch tiefer in seine Kissen sinken, pumpt Blei in seine Glieder, benutzt seine Kraft dazu, sich auf eine hinreißende Art fallen und gehen und bedienen zu lassen, es wird warm und weich und leise und feucht in ihm, er furzt und rülpst und schnarcht schon ganz ungeniert ...

... als ihn plötzlich der alte Eishauch trifft, das ernüchternde Keifen, das schneidende Kommando ... da ist er wieder, der Umschlag, das Wechselbad, Kehrtwendung marsch, die Peitsche des Zuckerbrotes ... sie hat doch wohl nicht schon jetzt die Lust verloren ... das hat ja nicht lange vorgehalten, er wußte es doch, daß ihre Zerknirschung nicht echt war, nur eine kurzlebige Anwandlung, nur die flüchtige Reminiszenz eines Jungmädchentraums, von dem er eine Minute lang profitieren durfte ... sie hat sich täuschen und von einer Luftspiegelung narren lassen, sie ist wieder auf dem Teppich, auf den sie ihn herunterholt... das ist er wieder, ihr Ekel vor der klammernden Gefräßigkeit seiner Ohnmacht, in die er sich gierig einschließt ... die sie nicht als Ergebnis ihrer Härte wiedererkennt, sondern als Falle, die er ihr stellt, um sie mit sich hinabzuziehen in seine verschilften Untiefen ... seinen saugenden Treibsand und Honigsumpf ... ihr Mitgefühl erlischt ... ausgenutzt und mißbraucht, wieder einmal ... dieses Blut hat nicht sie zu verantworten ... in diesen furiosen Schwächeanfall hat er seine ganze Kraft gelegt, um sie mit Beschlag zu belegen, ganz für sich zu vereinnahmen, ein für allemal an sich zu fesseln, ... durch seine tyrannische Passivität, durch ihre Anteilnahme und Schuldgefühle ... er inszeniert seine Pflegefälligkeit, klettet an ihr, auf der trägen Suche nach dem brutwarmen Treibhaus ... sie zuckt zurück vor diesem starken Willen zur Willenlosigkeit, vor dieser herrischen Schutzlosigkeit, diesem gefälschten Baby, diesem Mann in Windeln ... sie wird ganz steif und kalt und leer ...

... er hat den Bogen überspannt, er spürt es, kriecht ihrem Zurückweichen nach, es ist schon alles verloren und verdorben, aber er kann nicht mehr zurück aus dem Zurückwollen ... er grabscht nach ihr mit den froschig kaltfeuchten Bettelhänden, sie zetert vor Abscheu ... er hat es ihr wieder einmal bewiesen, einmal mehr, daß sie auch ohne ihn ... daß sie ihn nicht liebt... ihn mit seiner Sehnsucht, die eher sie als ihn verzehrt, der ihr auf Schritt und Tritt folgt, mit Haut und Haaren verschlingen will ... es schüttelt sie, sie hat keine Macht darüber, ... er merkt es, es schickt ihn in die Wüste und zum Teufel, er hat also Recht behalten, warum gibt sie es nur nicht zu, was steckt dahinter ... er legt seine Leidensmaske ab, ... er schleudert sein Schmerzenskostüm und die Kinderklapper in die große Requisitentruhe zurück und gibt sich nun ganz der wohlverdienten Enttäuschung hin, die sich in die Gehässigkeit eines muffelnden Dulders hüllt, angeekelt von ihrem Ekel, hat er es mal wieder geschafft, es nicht zu schaffen ... und seine Anklagen in wohlklingende Klagelieder zu verwandeln ...

... er hat versagt vor dem, was sich ihm immer versagt hat, und er entsagt, nicht ohne daß sein Behagen darüber ihm unbehaglich wird ... und dieses Unbehagen behagt ihm ganz ungemein, dieses Zeichen der Auserwählten, der ewig zu kurz und zu spät kommenden Außenseiter, welche die Kehrseite der Dinge sehen ... verliebt in sein Scheitern, ausgestoßen, aber auch ausgebrochen aus der Edenhölle der Sieger, ... der ewig Zweite ... nicht nur hier und heute und für dieses eine Mal, sondern für immer und ewig im Schatten des Großen Bruders, ganz stark vor Schwäche, beruhigend endgültig ... er läßt sich wohlig hineingleiten in diese zärtlich wartende Gußform der Selbstaufgabe als Lebensaufgabe, er hat seinen Platz noch gefunden, ohne Platzangst, dieses Leben zweiter Wahl, es ist seine einzige Rechtfertigung, als einziger von allen keine zu haben ... er spielt sie ganz gern, diese Rolle des Märtyrers seines Glücks ... er hat seine Stelle angetreten in der großen Weltfirma, als Arbeitsloser vom Dienst ...

... er hat alles dafür getan, nichts mehr tun zu können, er hat den Frieden der ewigen Unruhe gefunden, er geht den Ausweg in die unentwegte Bewegungslosigkeit, das hält ihn in Trab ... wer ist schon so befähigt zur totalen Unfähigkeit, er segnet die Welt ... es ist nichts zu machen, und das ist ein Halt, ein fester Grund und Boden, darauf kann er sich verlassen in seiner Verlassenheit ... von ihr, die ihr Leben von ihm zurückverlangt und ihn angreift und nicht begreift, sein Wesen, was er immer schon gewesen ist, gelassen, wenn man ihn läßt, bekommt er nie genug davon, nichts zu bekommen ... oh ja, ja ...

Dunkle Erleuchtung

Er kann in Sichtweite und doch noch viele Tagesfuß-
märsche vom Beobachter entfernt sein; seine Nähe ist
sehr weit weg, und seine Ferne steht einem dicht vor
Augen : Der Schneekopf des Fujiyama ist silbern in
den Schneehimmel getuscht. Irgendwo zu Füßen des
Fußes des Großen Berges liegt das Kloster Santeng-
Lu seit vielen Jahrhunderten. Es leben jetzt noch 34
Mönche unter dem im ganzen Reich hochberühmten
Zen-Meister Flunk dort, von ehemaligen Tagelöhner-
kindern bis zu entlaufenen Prinzensöhnen. An jedem
Morgen erhebt sich noch immer wie sonst der rote
Kreis der japanischen Landesfahne aus dem nahege-
legenen stillen Yöng-See mit seinem Silberlächeln auf
Berglippen.

Der Novize To sitzt um diese frühe Stunde schon seit
einer Stunde auf seiner rustikalen Bettpritsche und
sinniert, ob die linke Sandale nun die rechte ist und
wodurch er sie aus dem 'Meer des Nichts' wieder auftauchen lassen kann, in das er sie am Vorabend versenkt haben muß. Sie ist weg. Die 17 Stockhiebe des
Meisters brennen ihm vom Vortag noch auf dem
schmalen Rücken, ohne ihm zu verraten, was er falsch
gemacht hat. Heute hat er Küchendienst, weil er gestern sein Buddha-Dharma verfehlt hat. − Nein, nicht
weil er es verfehlt hat, kein Weil und Warum. Er hat
es um Haaresbreite gestern wieder gar nicht getroffen,
und heute hat er Küchendienst, und morgen hat sein
Meister Flunk ein *Nanto-Koan* angesagt und einen der
großen *Mondo*-Kämpfe um die *Ganzgroße Wahrheit*.
Morgen wird To es schaffen und das Koan knacken

und damit seinen Mitbruder Lo in verhassten Küchendienst hineinmeditieren.

Lo ist der unausgesprochene Liebling des Abtes, weil seine feinen Tuschzeichnungen so tief farblos wirken, wenn er sie koloriert, und umgekehrt bunt aussehen, wenn er schwarzweiß malt. Lo ist ein Schönling und Schöntuer und hat ein häßliches Karma. – Er hat es sicher nicht einmal zum „Großen Zweifel" gebracht. Man zweifelt, ob er je auch nur ein bißchen daran zweifelte, daß alles so ist, wie es ist – und er selbst damit der Schönste ist.

To kam ins Kloster, weil er ein Wahrheitssucher ist. Als Knabe fand er einmal sein Yo-Yo-Spiel nicht wieder. Als er es am Ende doch fand, war es kaputt. Niemand wollte zugeben, damit gespielt oder es auch nur je gesehen zu haben. To rief so oft, daß er die Wahrheit schon noch herausfinden würde, daß die entnervten Dorfbewohner seinen zu geschmeichelten Eltern ernstlich rieten, das hochbegabte Kind ans Kloster zu empfehlen. Da To ohnehin lieber träumte als arbeitete, ergriffen die Eltern froh die Gelegenheit, den unnützen Esser loszuwerden, ohne dadurch als Rabeneltern zu gelten.

Nun war er schon zwei Jahre lang im Kloster und auf der zweiten Stufe der geistigen Leiter angelangt, die selbst nur eine einzige Sprosse ist auf der kaiserlichen Weltleiter, von der man in den Himmel fällt und in die Hölle steigt. Oder so ähnlich. Eine Woche war es her, daß er Schläge bekommen hatte, weil er sich wohl versenkt hatte, aber nur in die Philosophie der Versenkung, um herauszufinden, warum die Versenkung ihm nicht gelingen wollte. Elf Bambushiebe, weil er die Philosophie nicht versenkt hatte. Wenn er stammelte, weil ihm der Kopf schwirrte bei einer Meditation, lobte der Meister sein bergseeklares Denken, das er „Undenk" nannte. Und wenn er sich folgerichtig ausdrückte, wurde er nur ein Wirrkopf und Schwätzer geschimpft. Aber nicht einmal darauf war Verlaß; es ging mal so, mal so, und man sollte sich an nichts halten können.

To wußte, daß Lo Haikus schrieb. Das war nicht gerade verboten, galt aber schon als leicht verdächtig und anrüchig. To fand es gut, daß Haikus weniger galten als Koans, da er Haikus nicht verstand. Koans auch nicht, aber das war keine Schande. Koans versteht nur, wer sie nicht versteht, hatte Meister Flunk gesagt. Auch malen konnte To nicht. Aber er war stolz, daß er das Bild „Die Welle" von Hokusai einmal so lange angestarrt hatte, bis die Welle des Hokusai ihn fast überschwemmt ... und sein Lebensschifflein versenkt hätte. Wenigstens hatte es danach keine neue Bambule mit dem Bambus gegeben, weil er schwindlig geworden und eingeschlafen war. Am liebsten bemalte To schwarze Lackschatullen mit Blumen. Die wurden in Tokyo an die Geishas verkauft. Lo bemalte Fächer. Eben fragte er : „Wollen wir 'No' spielen?"

To antwortete: „No."

Das war nicht Zen, das war Englisch. Vor zwei Wochen war ein englischer Missionar zu Besuch gewesen

Lo fragte: „Go?"

Meinte er das Brettspiel oder : 'Hau ab'?

Sie saßen im Lotussitz 'Grundstellung' und hatten die 'Kleine Reise' schon hinter sich, ohne sich vom Fleck gerührt zu haben. Ab ins 'Große N-ich-ts' mit Rückfahrkarte, und nachher ist jeder wie vorher, nur ganz anders. Wie vorher anders als vorher ... oder so. Nur wenn wir durch die Welt marschieren, kommen wir nicht von der Stelle, sondern finden überall nur unseren alten Plunder wieder. Das hatte To schon begriffen. Oder begriffen, daß da nichts zu begreifen war. Na ja, Samurai oder Mönch, wer nicht arbeiten will, wird eins von beiden in diesen finsteren Zeiten.

Die Morgenglocke versammelte die Mönche im gepflegten Klostergarten. Meister Flunk begann gleich mit einer Übungsgeschichte :

„Gutei war im 9. Jahrhundert in China Zen-Meister. Als junger Mann lebte er auf einem Berg und übte 'Zazen'. Eines Tages kam zufällig eine Nonne vorbei. Wenn zwei Menschen einander begegnen, nehmen sie nach chinesischem Brauch die Hüte ab. Diese Nonne benahm sich jedoch nicht der Sitte gemäß. Sie blieb bedeckt, stellte sich gerade vor Gutei hin und sagte: "Wenn du mir das Wort sagen kannst, das mich überzeugt, werde ich meine Kopfbedeckung abnehmen."

Gutei, dessen geistiges Auge noch nicht geöffnet war, konnte nichts sagen.

Als die Nonne sich zum Gehen wandte, rief er aus:

'Es wird dunkel. Warum bleibst du nicht über Nacht und gehst morgen weiter?'

Die Nonne wandte sich noch einmal um und sagte: „Ich werde bleiben, wenn du mir das überzeugende Wort sagen kannst."

Gutei war wieder außerstande, etwas zu sagen, und sie ging davon. Gestattet mir, euch zu fragen: Wenn einer von euch statt Gutei zu der Nonne sprechen müßte, wie würde er antworten?"

Alle schwiegen wie Gutei, aber es war nicht das Große Schweigen der Erleuchtung. Milde fuhr der Meister fort:

„Na gut. Gutei schämte sich sehr, weil er versagt hatte. Verließ er also seine Berghütte und suchte große Zen-Meister auf, um weiter zu üben? Der Legende nach hatte er in dieser Nacht einen Traum, in dem ein Fremder ihm sagte, daß ein großer Meister, der sein Lehrer sein werde, sehr bald zu seiner Hütte kommen werde. Zehn Tage später kam nun wirklich ein alter Mönch vorbei. Gutei war überzeugt, daß dieser der Meister sein müsse, den der Traum vorhergesagt hatte, und hieß Meister Tenryu ehrfürchtig willkommen. Er erzählte ihm die Begegnung mit der Nonne und fragte ihn nach dem 'grundlegenden Zen-Wort'. Tenryu hob, ohne etwas zu sagen, einen Finger. Da wurde Gutei endlich erleuchtet. Sein geistiges Auge war für eine neue Schau der Welt geöffnet, und es sollte sich nie mehr schließen. Nicht der erhobene Finger ist hier wichtig, sondern das von Gutei erlittene Ringen und Suchen. In der Zen-Schulung muß man mit Leib und Seele kämpfen, um jenseits des zweideutigen und unterscheidenden Bewußtseins zu gelangen. Tenryus Finger war ein Pfeil, der im richtigen Moment losging. Er bewirkte den Durchbruch durch die Sperre des Ja-oder-Nein, durch diese Zweiteiligkeit von Ich und Nichtich. Man muß in den 'Abgrund purer Dunkelheit' tauchen, wie ein alter Meister es ausdrückt. Versteht ihr das?"

Alle schwiegen, damit der Unterschied zwischen Verständnis und Unverständnis für den Meister unverständlich blieb.

„Von dieser Zeit an hob Gutei nur einen Finger hoch, wenn er etwas gefragt wurde, gleichgültig was. Eines Tages sah er, wie ein beflissener Schüler ihn nachahmte, um selbst Meister zu werden. Da schnitt Gutei ihm den erhobenen Zeigefinger ab. Der Schüler schrie erbärmlich. Sein Geschrei war eine einzige Frage nach dem Warum. Er schrie und sah sich nach dem Meister um : Der tat nichts. Der hob nur seinen Zeigefinger. In diesem Augenblick durchfuhr auch diesen Schüler die Erleuchtung, nach der er so viele Jahre hindurch vergebens gesucht hatte. Habt ihr verstanden, was er nun verstanden hatte? Nicht lange nachdenken, komm, komm, du da! In einem Wort, was hatte er verstanden? Komm, sag's mir!"

Er war mit dem Bambusstock drohend auf unseren To zugegangen, der im Lotussitz zitterte.

(Hau ab mit deinem Zeigefinger aus Holz, du uraltes autoritäres Schwein du!) Fieberhaft arbeitete Es in Tos Kopf. Das Licht, das ihm nicht so schnell aufgehen wollte, war genau diese Finsternis das gesuchte Licht?

„Kwatz! Kwatz!" drängte scharf die grobe Stimme des Meisters.

Ach Quatsch, Quatsch. Natürlich hab ich kapiert, was das Ganze soll, ich bin doch nicht von morgen. Wenn der bloß seinen Stock wegnehmen würde, bei dessen Anblick die alten Hiebe sofort wieder zu schmerzen anfangen. Mindestens so viele Schläge, wie der von seinem Meister eingesteckt hat, bis er seinen Verstand verloren hat, teilt er jetzt genüßlich ungestraft an seine Schüler aus … Natürlich hab ich die Unmoral dieser Ungeschichte geschnallt, du Ur-Arsch, aber das kann ich ja gerade nicht sagen hier. Wonach ich jetzt so verzweifelt in mir suche, ist nicht die Wahrheit, sondern die passende Lüge, du Schinder. Ein Kaiserreich für eine erleuchtete Lüge.

Irre Story das. Die Nonne will erst ablegen, wenn der Mönch das „überzeugende Wort" sagt? Es ist dunkel, und er will, daß sie über Nacht bleibt. Aber das über-*zeugt* sie nicht. Der alte Bock später zeigt ihm, was er falsch gemacht hat : Kein Wort sagen, der hocherhobene Zeugefinger ist überzeugend genug. Alogo? Das hätte die Kluft zwischen Nonne und Mönch und allen Dingen der Welt aufgehoben, und sie wären eins geworden. Da wär ihr Nein ein Ja gewesen, da hätte sie ihren Deckel abgenommen und sich von dem Deppen decken lassen. Finger hoch, – und der *kleine Unterschied* hebt den großen Unterschied in der Welt auf, wie Meister Rinzai sagt, in der Vierten Sutra.

Und dann kommt dieser Schüler und stiehlt dem Alten die Schau und will in derselben Masche machen wie dieser Gutei selbst, und da ist der natürlich sauer und schneidet ihm den Dingsbums ab und zeigt ihm, wer hier den Finger im Hause hat, und das hat der Azubi dann auch geschnallt mit viel Geschrei und Ach und Weh und lieber Finger ab als Kopf ab, und ohne Zeugefinger ist er jetzt eine Nonne, und vielleicht war die Nonne damals bei dem Gutei auch vorher so ein armer Mönch gewesen, der nur seinen Meister beim Fingerheben nachgemacht hat und nun die Mönche reinlegt und quält, und der wahre Finger ist der Nicht-Finger, und die Nonne ist der wahre Mönch oder so, und Finger und Nicht-Finger müssen sich nicht vereinigen, weil sie bereits ein und dasselbe sind seit Urzeiten. Und Meister Flunk hebt jetzt seinen Stock, weil ich nicht sagen kann, warum Meister Gutei seinen Finger gehoben hat damals und den Finger seines Schülers schnippschnapp kwatz kwatz ...

"Ein Schnitt, und alles ist durchschnitten, sagt Meister Mumon", sagte Meister Flunk, statt loszuschlagen.

„Was ist das hier, To?"

„Ein Stock", zitterte der verbummelte Novize.

„Aus diesem Zen-Finger kannst du dich nur befreien, wenn du das nächste Koan löst. Höre also : Wenn du einen Stock hast, werde ich dir einen Stock geben und damit Schläge. Wenn du keinen hast, werde ich ihn dir wegnehmen und dich verhauen. Was willst du also bloß von mir, du Lotusblüte?"

Das würde ich dich gern fragen, du fingerlos stocktauber Hund du. Aber er schwieg, weil allzu spitzes Mundwerk keinen goldenen Boden hat.

„Wenn ich dir meinen kleinen Finger gebe, nimmst du meine ganze Hand, lieber To, ich weiß. Hier ist sie, meine Hand. Nur ein Finger, also nur eine Hand. Klatsch in die Hände, daß es knallt, aber mit nur einer Hand."

To gehorchte. Er klatschte eine Hand in eine abgeschnittene andere und sagte sich, daß der Kerl vor ihm einen Knall hatte, den niemand hörte. Er mußte jetzt irgendeinen erleuchteten Kwatz absondern, um diesen wildgewordenen Wurzelzwerg auf Lo hin abzulenken, der asiatisch dünn vor sich hinlächelte.

To sagte nun : „Die eine Hand erzeugt durch ihr Luftschlagen eine Lufthand und macht sich da selbst zur Lufthand, damit zwei Nichthände beim Zusammenschlagen keinen Nichtknall erzeugen oder einen Knall beim Nichtklatschen."

Das war doch gar nicht schlecht, oder war das noch nicht blödsinnig genug? Eine schöne Ohrfeige mit einer geistigen Nichthand : Die Backe als Zweithand! Meister Flunk sah einen Augenblick aus wie im Banne des Großen Zweifels, der gar keine Verzweiflung werden will. Er schien verblüfft und wußte nicht, ob er verscheißert worden oder Zeuge eines "Satori" geworden war. Na, da knack mal dran, alte Sackratte du. To war einen Augenblick lang mit sich zufrieden und klatschte vergnügt in zwei unsichtbar bleibende Hände über die Verschnaufpause.

Auch die anderen Mönche, die das Mondo zwischen Flunk und To verfolgten, wußten nicht, ob sie staunen mußten oder grinsen durften. Da war es, das große Schweben aller Gewißheiten, oder? Keiner weiß, was

Sache ist, und jeder tut so, als ob. Aber Flunk war ein Fuchs und rettete sich in seine geübte Souveränität:

„Zur Belohnung darfst *du mir* eine Frage stellen, mein lieber To."

Ach, du heiliger Teetopf, jetzt will er, daß ich mich blamiere durch meine Fragen, statt durch meine Antworten. Na warte, du ...

„Meister – (wenn das mal gutgeht) – warum hast du eine Glatze?"

Diese Zen-Frage war so gestellt, daß Flunk, welcher bekümmert über seine wenigen restlichen Tonsurhaare war, stinkwütend werden mußte, aber seine Stinkwut nicht zeigen konnte, ohne sein zweites Gesicht zu verlieren. Ganz gekonnte Wut, saß er da in rasender Unbewegtheit. Er tat so, als käme er von ganz weit her, und war ganz Stimme aus dem Jenseits:

„Wer Haare trägt, trägt keine Glatze plus Haare. Er trägt sein Kopfhaar wie eine Glatze und diese wie eine besondere Form von Behaarung. Die Glatze selbst hat nämlich keine Glatze, oder habe ich eine Glatze, wenn meine Haare keine Haare haben?"

To sah an ihren offenen Mündern, daß seine Mitmönche diesen Schwachsinn als Tiefsinn schluckten. Wie sollte er das überbieten? Da legte der Alte vom Berge Sumeru noch einen drauf:

„Du darfst mir noch eine weitere Frage stellen, wenn sie weniger fragwürdig ist als die erste."

Hol dich doch der Dämon! Na denn :

„Meister, was ist die wahre Natur des Buddha?"

Flunk plapperte die alte Antwort des Meisters Mumon nach : „Diese Eiche im Hof."

„Aber hier steht doch gar keine Eiche, und einen Hof hat unser Kloster auch nicht."

Au, das war daneben, er merkte es schon, bevor er den Satz beendet hatte, und hätte gern die zehn Stockhiebe sich gegeben, wenn er ihn wieder in den Mund hätte zurücknehmen dürfen. Daß hier kein Hof war und daß eine Nicht-Eiche hier in einem Nicht-Hof stand, das war doch gerade der entspringende Punkt, verdammt. *„Enlightening"*, hatte der englische Missionar neulich gesagt. Aufklärung oder Erleuchtung, das war hier die Frage. Flunk lächelte geringschätzig dünnfein; das konterte er mit einem lässigen Onehand-Clapping:

„Dann eben eine Zypresse im Vorgarten."

Als hätte er den grenzdebilen Sonderschüler vor sich, schob er wie gequält und doch unendlich milde ein hirnverbranntes 'Teisho' hinterher:

„Sieh den Wald vor lauter Baum und die Eiche vor lauter Welt. In einer Eiche ist die ganze Welt untergegangen wie die Eiche im Weltraum. Die Eiche ist ein Räuber, der die Welt wegnimmt und uns dafür einen Baum gibt, oder eine Zypresse nimmt, um uns einen Eichenwald zu geben."

Schön, schön, schön, 2:0 für dich, ist ja gut, ist ja gut, gebont. Wo bleibt dein berühmt beredtes Schweigen?

Aber der Meister war nicht mehr zu halten. Vielleicht war er sich noch seiner Wirkung auf die Mönche nicht sicher genug, gleichviel, er schob immer neue Scheite ins Feuer, ohne sich die Fresse zu verbrennen.

„Die wahre Buddha-Natur ist eine Eiche im Vorgarten oder eine Zypresse im Hinterhof, ohne daß deshalb die Zypresse eine Eiche wäre. Ich hätte auch sagen können, die Buddha-Natur ist drei Pfund Flachs, die Bruder Lo gerade in seinen Händen dreht und spinnt."

Flachst der jetzt? Steck dir doch die Zypresse in den Unaussprechlichen oder die Eiche in den Vorgarten einer Nonne ohne Bedeckung!

„Ich sehe To noch zweifeln und frage ihn dann selber: Was ist für To die wahre Natur des Buddha?"

„Ein Scheißstock." - - -

Touché! Der Zen-Bogenschütze hat blind ins Herz des Meisters getroffen. 'Ein Scheißstock' : Die klassische Antwort Meister Rinzais. Unanfechtbar und ungeheuerlich zugleich. Ein Stock zum Aufheben von Scheißhaufen vom Boden, der beschissene Stock des Meisters selbst, die königliche Antwort des Großen Rinzai. Na? Nun gleich das volle Teisho hinterher, ehe er sich aus der Scheiße wieder mal hochgerappelt hat. Volle Breitseite und Nachsetzen:

„Der Scheißstock und die Eiche und die Zypresse und der eine Finger des Gutei müssen erst zurück in den 'Schoß der unvordenklichen Wirklichkeit', wie Rinzai sagte, um als Eiche und Zypresse und Finger und Scheißstock daraus überhaupt wiedergeboren werden zu können. Alogo? Es gibt keinen wirklichen vor dem Eingehen ins Nichts und dem Wiederauftauchen aus dem Nichts bewahrten Scheißstock und Zeigefinger. Der Bambusstock hört nicht auf, kein Bambusstock zu sein, und der Finger des Gutei hört ja durch sein Abschneiden nicht auf, Finger zu sein."

Habt ihr noch nicht genug?

„Der Unterschied zwischen Identität und Identität besteht darin, daß es den Unterschied zwischen Unterschied und Identität nicht gibt." Na, rührt sich da noch was? Irgendwo noch ein Widerstandsnest?

„Die Natur des Buddha ist kein Scheißstock, sondern der Bambusstock von Meister Flunk."

Woher dieser Zwischenruf? Wer wagt es da von den billigen Plätzen aus ... Das ist doch Lo, dieser alte Schleimer, der seinem Meister zu Hilfe eilt und seine Dienste anbietet. Was ölt der da?

Lo verneigte sich siebenmal:

„Das hier ist sowohl ein Stock als auch kein Stock und zugleich weder ein Stock noch ein Nicht-Stock, und das nicht nur, weil ein Stock kein 'Stock' ist und umgekehrt. Nur so lange der Stock da ist, ist er fort oder etwas anderes da. Und wenn er weg ist, ist er als Stock überhaupt erst vorhanden. Die Abwesenheit des Stocks, äh, ... ich meine des einen Fingers, äh, ... ist Anwesenheit weder eines anderen Fingers noch eines abgeschnittenen Stocks, noch dieses Wortes 'Finger', noch einer Eiche, und die erhobene, äh, ... Erhabenheit des Fingers ist weder Abgeschnittenheit des Stocks noch einer anderen Abart von Nicht-Finger."

Drei Verbeugungen. Meisterhaft! To mußte das insgeheim widerstrebend zugeben. Wenn To jetzt keine Erleuchtung hatte, wäre Lo der designierte Nachfolger des alten Flunk vor dieser versammelten Mannschaft. Einfach drauflos ohne Sinn und Verstand also.

„Lieber Mitbruder, wer einen Finger Finger nennt, sagt sowenig die Wahrheit, wie der ihm den Namen 'Scheißstock' oder seinen eigenen Eigennamen gibt. Und wer einen Stock für einen Zeigefinger hält oder für gar nichts oder ihn mit selbst verwechselt oder mit Buddha, der irrt sich nicht mehr, als wer ihn für einen Scheißstock hält."

Flunk versuchte zu schlichten und zu vermitteln:

„Wenn ein einfacher Mönch die Wahrheit erkennt, ist er ein Weiser. Wenn ein Weiser sie erkennt, ist er ein einfacher Mönch."

Was sollte das denn wieder für Scheißlotus sein?

„Wenn ich euch beide weder mit Worten noch mit Schweigen überzeuge, muß ich euch mit der Faust niederschlagen, da ich keine Worte finde, mit denen ich Schweigen erzeugen kann."

Halt die Fresse, Untoter, siehst du denn nicht, daß Lo erst mich bei dir ausstechen und dann dich abstechen will, um Abt zu werden?

Alarmstufe Eins; zuerst wir beide gegen Lo, ehe der vom 'wahren Selbst' anfängt oder so:

„Ich beziehe mich auf die Worte Meister Flunks vor zwei Tagen: Nenne ich einen Hosenknopf eine Geldmünze, kann ich mir dafür dennoch nichts kaufen. Nicht mal Hosenknöpfe. Ist meine Münze, hier dieses Yuan-Stück, aber für mich nur ein Hosenknopf, kann ich mir trotzdem etwas dafür kaufen. Sogar Hosenknöpfe."

Jetzt hatte er die Mönche auf seiner Seite, er spürte es. Das kapierten sogar die Beklopptesten, dieses Beispiel, aus dem Leben gegriffen. Jetzt den Brückenkopf befestigen und ausbauen ... Er wartete, bis alle sich tieftief in den Yöng-See versenkt hatten:

„Ein großer Büffel geht durchs Fenster. Hörner, Kopf, Körper und Hufe sind schon durch. Warum nicht auch sein kleiner Schwanz?"

Ja, warum wohl nicht? Eine schöne Kopfnuß hat er ihnen da verpaßt. Hatte er gestern in der Sammlung Meister Mumons gefunden, um heute nicht ganz unvorbereitet in den Ring zu gehen.

„Wenn er hindurchgeht, fällt er in einen Graben. Wendet er sich zurück, ist er zerstört. Dieser kleine Schwanz, höchst wunderbar!"

Verdammt, wer ist das denn?! Jetzt wird es kompliziert, das war nicht vorgesehen. Der kleine Ko hat den kleinen Mund aufgemacht und das Teisho Meister Mumons zu diesem Koan korrekt zitiert. To hat Achtung vor Ko. Ko ist das Gegenteil von Lo. Und von To. Auch von Flunk und allen anderen hier. To hält Ko für den einzigen Mönch im ganzen Kloster, dem es wirklich ernst ist. Eine reine ehrliche Seele. Keiner von ... diesen intriganten Heuchlern, Hochschmeichlern, Drückebergern, Dummköpfen und Vollparasiten. Wenn er Abt ist, wird er Ko schonen. Aber dafür muß Ko jetzt erst einmal ins Abseits:

„Wir verstehen dich nicht, lieber Ko, wenn du Mumon zitierst."

„Vorwärts fällt der Büffel in einen Abgrund, rückwärts schneidet er sich blutig. Der Mann hält sich weder fern vom gefährlichen Fenster zur Geliebten, vom weiblichen Schoß der Welt, noch verschwindet er ganz im Schoß der Mutter Natur ... Der kleine Schwanz erlaubt sowohl Drinnen- als auch Draußensein zugleich, so daß der ganze Mann weder ganz drinnen noch ganz draußen ist beim Weibe. Höchst wunderbar, der Schwanz."

Dumpfes Entsetzen malte sich in den ausdruckslosen Reichseinheitsgesichtern der Mönche. Dieser Teufelskerl hat auszusprechen gewagt, was To über dieses Koan auch denkt, aber nie zu sagen gewagt hätte. Ein reines Herz geht unversehrt durch die Höllenflammen der Welt. Was wird Flunk sagen zu dieser pornographischen Exegese? − Der sah genauso ratlos aus wie die übrigen, darauf wäre er nie gekommen. Was verlangte jetzt seine Autorität von ihm? Auf gut Glück:

„Wer nicht auf der Suche ist, muß nichts gefunden haben, sondern nur nicht vergeblich gesucht haben wollen."

Na ja. Gleich kommt der Quatsch mit dem 'wahren Selbst'! Lo war harmlos, weil er ja gemeingefährlich war; Ko war gefährlich, weil er harmlos war. Und Flunk war gefährlich, weil er Flunk war. Ko hatte Lo unschädlich gemacht. Wollte er auch an To vorbei? Wer würde einst nach dessen Tod der Nachfolger des Sechsten Patriarchen sein? Flunk war doch schon jenseits von Gut und Böse, der bezahlte den so heiß ersehnten Verlust des 'Unterscheidenden Bewußtseins' bereits mit dem Leben.

„Mumon sagt : Das Heben des Fingers könnte mit einem Küken verglichen werden, das sich anschickt, die Eischale zu durchbrechen."

2:0 für Ko! Wenn der kleine Büffelschwanz durchs Fenster ist, ist das Küken aus dem Ei geschlüpft: Die Geisha befreit uns von der Mama. A-logo. Der Mann sammelt Punkte und gewinnt Boden, ohne es zu wollen. Jetzt heißt es angreifen, To, komm, komm, kwatz kwatz, ehe der da vor lauter Unschuld Abt ist, weil er die Spielregeln nicht kennt. Sitzt da wie ein Schneehuhn in reiner Winterlandschaft, ein weißer Silberreiher im weißen Mondlicht, wie der Boddhisatva selbst.

To ließ eine Stunde verstreichen, ehe er wie aus der Untiefe des leuchtenden Sunyata heraus in die Runde hineinsprach und doch nur Ko meinte:

„Könnte der eine Finger sprechen, würde er über uns anders sprechen als wir über ihn. Leihen wir ihm unser Wort oder unser Ohr oder beides? Bekommen wir das Ausgeliehene je zurück? Mit Zinseszinsen oder a fond perdu? Nach seinem siegreichen Teisho ist es jetzt an unseren Bruder Ko, sein Koan zu sagen."

Sehr effektvoll ließ Ko eine weitere Stunde verstreichen und To zappeln. Was hatte der reine Tor auf der Pfanne? To schwitzte. Er dachte an das Geplänkel mit Lo am Vorabend, aus Langeweile:

'Ich bin müde, laß mich ratzen.'

Was willst du?'

'Mensch, rat-zen.'

'Ein neues Zen?' 'Was?' 'Rat-Zen? Ein Zen zum Raten?'

'Ach, du Aushilfs-buddhahahaha!' – 'Geheimrat-Zen?'

'Ratten-Zen.' 'Heiratzen ist Beischlafen.

Alogo?' 'Nearwahnaaaahhhh!' 'Vom Ichts zum N-ich-ts, und das 'I ging' zum 0.' – Nur Albernheiten.

So ging das zwischen Lo und To gestern Abend bis zum Schlafen. Die Stimme von Ko weckte alle aus ihrem Dösen, jetzt wurde es ernst. Der schoß sein Nanto-Koan blind auf To ab. Würde es von ihm selbst sein oder von einem dieser sophistischen Eierköpfe, die keine Sau kennt? Ko war nicht originell genug, nee, nicht bösartig genug; der war bös artig, der würde wieder eine Autorität zitieren. Achtung!

„Was von uns ist schon im Nichts?"

To zögerte keine Schrecksekunde lang : „Nichts."

„Und was ist von uns noch nicht im Nichts?"

„Nichts."

Das war alles? Alles und nichts, mein Ein und Alles. Ein Urraunen ging durch die dreißig Mönche, ein Summen und Wispern und Brummen erfüllte das stille Kloster wie schon lange nicht mehr. To fühlte, daß er als Nachfolger von Meister Flunk gewählt war.

'Meister To' ! –

Niemand hatte etwas gesagt, aber das *Satori* durchfuhr ihn. Nach dieser kunstvollen Pirouette im Nichts war alles gelaufen, aber To konnte das Erreichen seines Lebensziels nicht genießen, ohne gleichzeitig seltsam enttäuscht zu sein. Wenn er es nicht geschafft hätte, wäre er mit dem englischen Missionar auf und davon gegangen, Mönchsgelübde hin, Kloster her. Nach Amerika wäre er dann gegangen. In einem Blitzakt der Erleuchtung sah er, daß er sich ausgetrickst hatte: Das war Zen-Zen.

Die zweite Wahl war eigentlich die erste gewesen und die erste die letzte. Er hätte am liebsten hier verloren, um in Kalifornien ein Satori-Institut zu gründen und bildschönen Studentinnen auf einem US-Campus den Kopf zu verdrehen. Nun war er in diesem Kloster gefangen : Ein Abt, der seine Mönche in Stich läßt, war dem Tode geweiht nach buddhistischem Gesetz. Gefangen auf dem Gipfel der Macht über 34 Dummköpfe und Schlaumeier, Heuchler und Giftmischer! Bis zum Lebensende Meister in Japan statt Guru in Kalifornien − statt geistiger Führer der durch das Maschinenzeitalter entwurzelten, erlösungs- und erleuchtungssüchtigen Blödmänner und Neuen Nonnen. Er hatte in Tokyo mal ein Fabrikfließband arbeiten sehen, das Stehen daran war der ideale Lotussitz des 21. Jahrhunderts. Der Kopf entleert sich, die Monotonie der Handgriffe bringt den Menschen auf Null wie nur die allerraffinierteste Yoga-Übung; Meditation an der Durchdrehbank, das war's. Dies Koan hatte er nicht geschafft.

Es war nichts mit den Geishas von San Francisco, und dieses Nichts würde nun sein *Großes Sunyata* sein, die Leere, die ihre eigene Erfüllung ist und umgekehrt. Ohne daß Flunk ihn hinderte oder es auch nur bemerkt zu haben schien, hatte To dessen Bambusstock an sich genommen und ließ ihn ein bißchen durch die Luft zischen. Kwatz. Scheißstock.

Da war nun hoffentlich nirgendwo mehr eine leise Spur von Sinn und Verstand mehr drin, oder? To hatte nicht den Hauch vom Schimmer einer Ahnung, was er und die anderen da zusammengeredet hatten. Deshalb war er nach diesem verrückten Worte-Kendo jetzt Abt. Eigentlich war alles ganz kinderleicht, viel leichter als folgerichtig zu denken und sich klar und deutlich auszudrücken und verständlich mitzuteilen. Es klang wie eine erste Huldigung, als Ko sich tief verneigte mit dem Satz:

„Die Schönheit des Reihers dient dem Sinn des Lebens." (Na also!) „Wir haben es bewundert; die Worte von To waren glänzend nutzlos." (Eben, eben, mein Junge.) To verneigte sich.

Ko fuhr fort : „Aber ihre Nutzlosigkeit selbst bringt ihm zu viel Nutzen."

„Und welchen bitte?"

„Den großen Unterschied zum Meister aufzuheben und selbst Flunk zu werden, statt nichts zu werden."

In dieser gezierten japanischen Puppe steckte eine Riesenratte. Aber Flunk war doch nichts.

„Nur das Nützliche ist wirklich nutzlos", versuchte To vergeblich eine klägliche Verteidigung.

„Die Dunkelheit von Ko ist so erleuchtet, wie die Erleuchtung von To finster ist", schlug Flunk sich erleichtert auf die Seite von Ko, mit dem er bisher nichts anfangen konnte. Die Mönche sahen jetzt die konsequenteste Inkonsequenz auf Seiten von Ko und Flunk siegen.

„To hat dem Konfuzius oft und schön ins Gesicht gespuckt. Und wozu? Um der Konfuzius der Antikonfuzianer zu werden."

Getroffen! Das machte To fertig und lächerlich. Nun mußte er doch nach Kalifornien auswandern, obwohl ihn das *Satori* mit amerikanischen Studentinnen nicht mehr lockte. Der letzte Mönch bleiben unter Flunk und Ko und Lo und dem traurigen Rest? Die Regel, alle Regeln zu durchbrechen, war ihm so zur öden Routine geworden, daß er seine eigene Spontaneität an- und abdrehen konnte, und das schadete ihm jetzt. Am liebsten hätte er allen mit dem erhobenen Zen-Finger gedroht, aber er traute sich nicht mehr. Jetzt war alles eins, und eins war alles. Er schrie, es war ohnehin alles verloren, die Wahrheit:

„Und wo bleibt bei euch der kleine Unterschied zwischen Mörder und Opfer, Mensch und Unmensch, Mensch und Ding, Herr und Knecht, Mann und Frau und Eltern und Kindern, ihr Schweine?!"

Niemand beachtete seine Unperson mehr.

Alle meditierten. – Scheißstock!

Das Kloster lag so, daß für seine Bewohner zu dieser Jahreszeit die Sonne im Schneekopf des Fujiyama unterzugehen schien. Das Bündel mit seinen paar Habseligkeiten lag geschnürt unter der Bettpritsche versteckt, To würde in dieser Nacht noch Kloster und Heimat verlassen, ohne sich abzumelden oder von den Freunden zu verabschieden, die er nicht hatte. Lange saß er noch allein im Steingarten und wartete auf schützende Dunkelheit, zwischen Erleichterung und Erbitterung hin und her grübelnd.

Er wollte niemanden mehr sehen vor dem Aufbruch, weil er sicher war, daß niemand ihn mehr sehen wollte, und war sehr überrascht, als plötzlich ausgerechnet Ko vor ihm stand, friedlich lächelnd:

„Der Pflaumenbaumzweig steht allein vor dem Rest der Welt. – Willst du in die Alte oder Neue Welt?"

„Wie ...?"

„Willst du nach Europa oder nach Amerika?"

„Wie kommen Sie dazu ... ?"

„Sie wollen doch weg, oder? Man braucht kein Zen, das zu merken. Aber keine Angst : außer mir wird das niemand gemerkt haben."

„Aber ..."

„Ich verrate Sie nicht. Nicht nur, weil ich heute Nacht selbst gehen werde. Es ist nur die Frage, wie weit wir beide zusammen reisen werden."

„Sie?! Sie wollen ...?"

„Gestatten Sie, daß ich mich mit meinem richtigen Namen vorstelle : Klaus Kohlstätter, japanisch abgekürzt : Ko, aus Westdeutschland."

„Ahh, noch ein Romantiker, der sich vom Abendland erholen will und nun zum kleineren Übel zurückkehrt, enttäuscht von den Mysterien des Fernen Ostens. Ein guter Germane des bösen Tacitus?"

„Enttäuscht? Aber keineswegs. Ich bin kein Aussteiger und Zivilisationsflüchtling und kein europäisches Strandgut. Ganz im Gegenteil. Vor einem Jahr kam ich hierher mit einigen grundsätzlichen Fragen. Und um mich zu präparieren für einige Auseinandersetzungen daheim. Flunk ist eingeweiht und hat mich als Deutschjapaner eingeführt in sein Kloster. Japanisch habe ich seit meiner Kindheit von meinem Vater gelernt. In diesem Jahrhundert haben Japaner und Deutsche schon einmal außerordentlich gut zusammengearbeitet, bevor dann ... Daran sollte wieder angeknüpft werden, das soll nicht vergeblich gewesen sein."

„Und was haben Sie jetzt vor, wenn ich mal fragen ...?"

„Wenden wir das hier Gelernte unten an in den Niederungen des Daseins, also im Berlin des Jahres 2020! Zen ist Erleuchtung im politischen Alltag, oder Zen ist Hokuspokus von Wichtigtuern."

„Aber Sie haben japanische Gesichtszüge, Sie haben ...“

„Gesichtschirurgie. Das läßt sich in Berlin leicht und narbenlos wieder rückgängig machen, beliebig oft. Ein Kinderspiel. Ähh ... als guter Deutscher ...“

„... sind Sie zen-buddhistischer als wohl die meisten einheimischen Mönche hier.“

„Vielen Dank. Und Sie sind in vielem deutscher als meine Deutschen. Manche volljapanische Buddhisten haben ihre große Tradition nicht ganz vergessen vor lauter westlichem Imperialismus und rotem Totalitarismus und christlicher Mission in Asien. Gerade heute gehen viele junge Deutsche bei uns wieder aufs Ganze, ich meine aufs Ganzheitliche, und sie wollen heraus aus den Zersplitterungen und Aufteilungen des ganzen Menschen in Sektionen und Fraktionen und Atome und ...“

„Aber hat nicht alles 'Ganzheitliche', wie der Name schon sagt, etwas Totalitäres?“

„Wir wollen heraus aus den falschen synthetischen Ganzheiten und wieder organische Ganzheiten wie in der Natur und ...“

„Aber die Japaner ...“

„Die alten Japaner wählten wie die Deutschen heute den 'Dritten Weg' zwischen Ja und Nein, Wahr und Falsch, Gut und Böse, Oben und Unten, Ost und West. Zen läßt sich durch Terror nicht aus der Fassung bringen: Zen weiß, daß Gut und Böse im Grunde eins sind. Wir Deutsche wollen wie die alten Buddhisten die rettende Alternative zur falschen Alternative von Herr und Knecht, Ich und Nicht-Ich, Tag und Nacht, Ost und West, Diktatur und Demokratie, von Kapitalismus und Kommunismus, Nationalismus und

Rationalismus, Krieg und Frieden, Leben und Tod, Kapital und Arbeit und Links und Rechts und ..."

„Wir sind allerdings immer auf der Suche gewesen nach dem verlorenen *Dritten Weg*, aber ..."

„To, kommen Sie mit nach Berlin, ich mache Sie bald zum Meister über viele wißbegierige Schüler!"

„Es klingt verlockend und vielversprechend, aber ..."

Ko zeigte sich eher o.k. als k.o.: „Die großen Herren da oben wollen uns in ihre Schubladen sperren und wie Schmetterlinge aufspießen für ihre Menschenkollektionen. Ich soll mich festlegen und damit Zielscheibe werden und mich entscheiden müssen zwischen unausweichlich Rot und Schwarz, also Schwarz und Weiß. Was ich auch wähle, ich werde nur bestraft dafür. Ich kann keine Clique ablehnen, ohne mich dadurch schon ihren Feinden auf Gedeih und Verderb verschrieben zu haben. Ich kann nicht das eine wählen, ohne mich gegen dessen Gegner schon vergangen zu haben, und oft ist beides im selben Lager. Die Befreiung aus dem einen Lager ist nur möglich durch Gefangenschaft im Gegenlager, und jede Gefangenschaft wird gerechtfertigt als Freiheit von der Gegenseite. Immer kommst du vom Regen in die Traufe, wenn du zwischen zwei Gegensätzen wählen sollst, die du selbst nicht gewählt hast. Wie du auch urteilst, verurteilt wirst du in jedem Fall. Wer kein Roter sein will, ist ein Schwarzer, sonst gibt es nichts, und dieses Nichts ist es, das wir wollen, Sie und ich und viele andere! Ein Mann soll nicht entweder Kuli oder Shogun sein müssen! Eine Frau soll nicht sich entscheiden müssen zwischen Heiliger und Hexe oder beides zugleich sein müssen, sowohl Madonna als auch Hure und zugleich (ent-)weder das eine oder das andere!

Es ist nur zum Verrücktwerden, und verrückt gemacht werden sollen wir ja. Ein Zen-Buddhist will heraus

aus diesen Fallen und Sackgassen. Soll ich als Kapitalistenschwein dastehen müssen, weil ich nicht als Arbeitstier sterben will? Soll ich mich als männliches Schwein beschimpfen lassen, nur weil ich mich nicht als weibische Schwuchtel auslachen lassen will? Soll ich russische Arbeitslager bauen müssen, wenn ich kein US-Tycoon werden will? Ich kann nicht nur von Japan lernen, Sie können ja auch von uns lernen. In Deutschland gab es einen berühmten Meister He-gel, und heute werden 'Mehrwertige Logiken' ausgearbeitet. Kennen Sie den Philosophen Gotthard Günther? Haben Sie gehört von ...?"

„Ich kenne nichts."

„Kommen Sie mit mir nach Berlin!"

„Ich werde hierbleiben. Nicht nur in Japan, sondern in diesem Kloster. Ich habe mich gerade entschieden. Ich danke Ihnen."

„Aber Sie wollten doch ... Wollen Sie meine Stelle hier einnehmen?"

„Ich will werden, was ich in Ihnen gesehen habe, bevor Sie sagten, wer Sie sind und was Sie wollen. Ich will es noch einmal hier versuchen. Ich glaube, ich habe es noch gar nicht wirklich versucht. -

Bleiben *Sie* doch umgekehrt bei *uns*."

Kriminell oder kriminalistisch?

„... Auf Hinweise, die zur Ergreifung des Täters führen, ist eine inzwischen erhöhte Belohnung von 5.000 € ausgesetzt."

Es war einmal ... ein armer alter Mann, der wohnte in einer armseligen Mansarde in einem billigen Stadtteil von M. und lag krank im Bett. Die Heizung im Keller schaffte es noch gerade bis zum zweiten Stockwerk, kämpfte aber dann recht vergebens gegen die zugigen Fenster ganz oben unter dem Dach. Vor der Temperatur, die sich zwischen Lebenswärme und Todeskälte nicht entscheiden konnte, flüchtete Herr Teste in sein Bett und hustete ins Taschentuch. In dieser Absteige hauste er seit dem Tod seiner Frau vor fast zwölf Jahren. Einmal in der Woche quälte er sich die Haustreppe hinunter und schleppte eine Plastiktüte voller Lebensmittel in seine 'Höhle', die nicht wohnlich genug eingerichtet war, um vor den bösesten Dämonen des Daseins zu schützen. Ein abgewetztes Plüschsofa, das sich zum Bett ausziehen ließ, stand vor der gurgelnden Heizung unter dem Schrägfenster. Mit einem Kleiderschrank und zwei Stühlen um einen Küchentisch war die Einrichtung auch fast schon beschrieben.

Vierzig Jahre lang hatte Herr Teste sein Geld verdient als kleiner Sachbearbeiter in einer Speditionsfirma in M. Seine Ehe war leider nicht mit Kindern gesegnet und doch überaus glücklich gewesen. Da er seine Unabhängigkeit über alles liebte, litt er nicht unter der zu schmalen Rente, sondern nur darunter, dass er dem einzigen Ziel seines Lebens so wenig nahegekommen zu sein glaubte. Er lebte zu einer Zeit, in der er sich lächerlich gemacht hätte, von diesem Ziel auch nur zu sprechen, und war nicht sicher, ob die Entfernung von seinem Lebensziel nicht sogar größer geworden war, seit der Zwanzigjährige, der er einmal gewesen, sich entschlossen hatte, nicht mehr zu werden als einfach nur ein armer und frommer Mann. Für die Kümmernisse seiner Nachbarn hatte er immer ein Auge und ein Ohr gehabt und half allen, die in Not waren, so gut er es vermochte. Nicht immer konnte er abwarten, bis man sich an ihn wandte. Ein untrügliches Gespür sagte ihm, wann Menschen durch Scham gehindert sind, ihre Notlage zu offenbaren und nun verzweifelt darauf warten, daß irgendjemand alles errät. Ohne jemals zu beschämen, war Herr Teste ein Meister in der diskreten Erfüllung verschwiegener Gebete, aber unter den Menschen wußten nur seine Frau und die, denen er helfen durfte, von dieser Gabe. Zu schönen Reisen über das Umland hinaus hatte sein Geld zeitlebens nie gereicht und konnte seine kleine Rente nun erst recht nicht ausreichen. Herr Teste war weit darüber hinaus, nur etwas mehr Jahre hinter sich als vor sich zu wissen, und fühlte sein Leben unwiderruflich schwächer werden. Schwerere Erkältungskrankheiten griffen ihn in kürzeren Abständen an.

Eigentlich hatte er nur noch einen einzigen Wunsch, der umso mehr schmerzte, als gar keine menschenmögliche Aussicht bestand, ihn noch erfüllt zu sehen. Herr Teste wollte wenigstens ein einziges Mal in seinem unscheinbaren Leben mit den eigenen Augen die Stadt sehen, von der er schon als Kind geträumt hatte, die Heilige Stadt, die Geburtsstätte von drei Weltreligionen. Auf seinem Sparkonto lagen am 4. Januar dieses Jahres ganze 147 € und 58 Cents. Herr Teste nahm die biblische Schrift aus der Tasche und las vom Paradies: „Du darfst von allen Bäumen des Gartens essen, nur nicht von dem Baum, dessen Früchte Wissen geben. Sonst mußt du sterben." Diese Stelle hatte er nie verstanden. Dann las Herr Teste in seinem geliebten 'Jesaia' den Vers : „Das Land wird voll Erkenntnis des Herrn sein, wie Wasser das Meer bedeckt." Erst steht auf der Erkenntnis die Todesstrafe, dachte er, und am Ende der Zeiten wird diese Erkenntnis lebendig machen. – Ist diese Zeit schon da?

„Herr, du hast uns Geist von deinem Geist gegeben, und davon leben wir. Für das Wissen, wie man den Turm von Babylon baut, hast du uns aus dem Paradies vertrieben, aber das Wissen, wie wir wieder ins verlorene Paradies zurückfinden, hast du uns in Aussicht gestellt. Die Wahrheit muß uns nicht verborgen sein. Nur durch Denken unterscheide ich mich von den Mäusen meiner Mansarde : Ich denke, also bin ich mehr als eine Maus. Oh ja, Stanislaw Lec hatte Recht : –Nicht sein, sondern denken, denken, denken! – Verschmitzt lächelte er in sich hinein : „Was bleibt einem armen, alten, kranken Mann auch schon anderes übrig?"

In dem befreienden Gefühl, für den Moment nicht mehr für sich tun zu können, griff Teste wieder nach der Tageszeitung, die auf die Bettdecke gesunken war. Er klaubte die geflickte Lesebrille aus dem Futteral und nippte vom Tee. Der Raubmord in der Johanniterstraße vor zwei Wochen war noch immer nicht aufgeklärt. Ein Laden war da geplündert worden, und als der Dieb sich von dem herbeieilenden Geschäftsinhaber, nicht viel jünger als Herr Teste, erkannt fürchtete, wurde er zum Mörder, der unerkannt entkam. In der heutigen Ausgabe, zusammen mit einem Aufruf an die Mithilfe der Bevölkerung, war alles zusammengetragen, was die Kriminalpolizei wußte, und das war wenig genug.

Es gab ganze sieben verdächtige Personen, aber noch kein einziges Geständnis, und die Indizien schienen für keine Überführung des Täters auszureichen. Was stand in der Zeitung? – „Der Verdächtige Werner M. sagte nur aus, daß er den Mörder kenne. Mehr ist aus ihm nicht herauszubekommen. Verdächtig ist er nur auf Grund dieser Aussage."

„Herr, hilf mir, diesen Fall zu lösen, hier vom Bett aus, nur mit Hilfe meines Geistes, der ein Geist von deinem Geist ist und der uns allen Wesen deiner Schöpfung überlegen macht, besonders aber denen überlegen, die ohne dich auszukommen glauben und aus bloßem Widerwillen gegen deinen Willen bestehen. Hilf mir, den Mörder zu finden, ohne das Opfer und den Tatort und das blutige Tatwerkzeug und die Zeugen und alles andere untersuchen zu können. Mit der Belohnung werde ich dann in deine heilige Stadt reisen und in Ruhe sterben."

Herr Teste blickte von seinem Bett aus durch das Fenster auf die Seitenstraße. Das Bleigrau des Winterhimmels war jetzt vom Schneegrau der Dächer kaum zu trennen. Auf den gegenüberliegenden Gehweg streute eine ältere Frau Salz oder Sand.

„Werner M. sagt da aus, daß er den Mörder kennt. Warum nennt er ihn nicht? Hat er Angst? Will er ihn decken? Wenn er selbst der Mörder wäre, dann wüßte er auch, daß er der Mörder ist. Doch dann würde seine Aussage, daß er den Mörder kennt, stimmen. – Aber Mörder lügen, um von sich abzulenken. Im Übrigen sind alle Mörder geisteskrank, und Irre lügen oder irren sich. Wenn Werner M. der Mörder wäre, dann würde er also lügen, wenn er sagt, daß er den Mörder kennt. – Also muß dieser Werner M. unschuldig sein." *„Auf Hinweise, die zur Ergreifung des Täters führen, ist eine inzwischen erhöhte Belohnung von 5.000 Euro ausgesetzt."*

Herr Teste rieb sich die kalten Hände und trank noch etwas schwarzen Tee. „Eine Tasse muß für jeden Verdächtigen genügen, mehr Tee habe ich nicht, und neue Rente gibt es erst wieder übermorgen."
Der Tee belebte ihn.

„Bleiben also noch sechs Verdächtige übrig."

Herr Teste überließ es der Polizei, Spuren zu suchen und Tathergänge zu rekonstruieren; er beschränkte sich darauf, die Verdächtigen selbst zu Wort kommen zu lassen. Er vertraute auf das 'Gottesurteil', daß sie sich in den Schlingen ihrer eigenen Worte verfangen und daß ihr eigenes Wort gegen sie zeugt. Er machte aus der Not, nichts recherchieren zu können, die Tugend des Denkens. „Jeder Mensch ist ein Geheimnis, und ein Mysterium ist dazu da, um gelüftet zu werden, indem man es schützt, und gleichzeitig bewahrt zu werden, indem man es aufdeckt."
Er suchte ein frisches Taschentuch für den Husten.

„Fassen wir zusammen : Alle Verdächtigen haben nur das eine gemeinsam, zur Tatzeit in der unmittelbaren Nähe des Tatorts gewesen zu sein. Und da ist eine Frau, die sich selber des Mordes bezichtigt, obwohl ihr niemand so recht einen Raubmord zutraut. Stellen wir die einmal einen Moment lang zurück. Ich kann nichts mit ihr anfangen."
Herr Teste las aufmerksam weiter.

„Dann ist da die Rede von einem Werner H., einem Klaus P. und einem Franz D. Ihre Aussagen hängen irgendwie zusammen, obwohl das nichts bedeuten muß. Aus Tatumständen geht zwingend hervor, daß der Täter keine Komplizen hatte. Werner H. sagt aus, daß Klaus P. unschuldig ist, und Klaus P. sagt aus, daß Franz D. unschuldig ist, der jede Aussage verweigert. Was folgt daraus?"

Herr Teste hatte kein Gebäck, um es in den Tee zu tunken. Dafür zündete er eine Zigarette an, verwechselte aber wie üblich Luft- und Speiseröhre mit Folgen, die noch Stockwerke darunter zu hören waren, und niemand klopfte ihm auf den bronchitisch zuckenden Rücken. Wieder einmal hatte er seinen Rauch verschluckt und seinen Tee eingeatmet, wurde aber belohnt durch einen Gedankenblitz, der den Hustenreiz erst einmal linderte.

„Wenn Werner H. der Mörder war, dann hat er gelogen wie alle Mörder. Hhmmm. Dann wäre seine Aussage über Klaus P. falsch und dieser wäre auch ein Mörder. Aber es kommt nur ein einziger Täter in Frage, wie die Polizei voraussetzt."

Herrn Testes Gesichtsfarbe war nun wieder zu einem ungesunden Weiß zurückgekehrt : „Deshalb muß Werner H. unschuldig sein. Dann ist aber seine Aussage wahr, daß der stumme Klaus P. nicht der Mörder ist. Also hat der unschuldige Klaus P. die Wahrheit gesagt und Franz D. ist so unschuldig wie die beiden anderen."

Bis zur nächsten Rentenzahlung war nur noch eine Tasse Tee in der Kanne. Wer Alkohol trinkt, wird zum Opfer derer, die Tee trinken, sagte Teste immer.

Der Zeitungsartikel enthielt nicht mehr viel verwertbare Informationen.

„Nun stehen nur noch drei Verdächtige zur Auswahl, vielen Dank, lieber Gott. Nach Angaben der Polizei kann nur höchstens einer von ihnen gelogen haben. Horst F. sagt aus, daß er Wolf S. bei der Tat beobachtet hat, also selbst am Tatort gewesen sein muß. Dieser Wolf S. bestreitet natürlich entschieden. Und nun erinnern wir uns wieder dieser Frau, die sich des Mordes selber bezichtigt, obwohl ihr niemand so recht glauben will. Ich bin nahe dran."

„Wenn Horst F. die Tat begangen hat, dann haben die Frau und er gelogen. Das kommt nicht in Frage, denn es soll ja nur ein einziger gelogen haben."

„Wenn Wolf S. der Mörder ist, dann haben sowohl er als auch die Frau gelogen, und das ist wiederum nicht möglich. Dann haben aber die Frau und Wolf S. die Wahrheit gesagt. Eingekreist : Die Frau hat die Tat begangen und gestanden."

Zitternd kletterte er aus dem Bett, kleidete sich notdürftig an, trank die Tasse leer und hinkte mit drei Telefongroschen in der Hand die Haustreppe hinunter : „Ich danke dir, Gottvater im Himmel!"

Der diensthabende Kriminalbeamte, mit dem er verbunden wurde, hörte sich seine Ausführungen ruhig an und teilte ihm dann sehr freundlich mit, daß das alles sehr schön und richtig sei, daß der wahre Täter nach weiteren Hinweisen aus der Bevölkerung aber inzwischen gefaßt und überführt sei. Nein, es sei keiner der sieben Verdächtigen, die mit ihren Aussagen noch gestern der Zeitung genannt worden seien, es sei eine neue achte Person. Er selbst habe die Ermittlungen geleitet, und die Belohnung werde morgen ausbezahlt. Der Beamte bedankte sich noch einmal freundlich für die Mühe des wachsamen Bürgers und notierte sich Namen und Adresse.

Herr Teste war verwirrt. Hatte er beim Kombinieren irgendwo einen Fehler gemacht oder wollte man ihn nur um die Heilige Stadt bringen? Er holte neue Telefongroschen und ließ sich noch einmal dorthin verbinden. Der Kriminalbeamte bestätigte, daß die Person geständig sei, und daß er keinen Grund habe, an diesem Geständnis zu zweifeln. Ob er, Herr Teste, denn bitte selbst am Tatort zugegen gewesen sei, wollte der Beamte wissen.

Herr Teste war sehr erregt. Sein Herz schlug, als wollte es ihn erschlagen, und der Husten unterbrach immer wieder seine Rede : „Die Frau hat den Mord doch gestanden. Ich weiß, daß sie die Mörderin ist, und Sie wissen ebenso sicher, daß Sie als Kriminalist nicht selbst der Kriminelle sind."

Der Beamte lachte: „Wenn Sie es so betrachten, haben Sie völlig Recht."

Herr Teste rief : „Wir haben drei Personen, einen Kriminellen, der lügt, einen Kriminalisten, der nicht lügt, und einen einfachen Bürger, der manchmal lügt und manchmal auch die Wahrheit sagt. Hören Sie mir bitte genau zu! Wenn diese Frau die Mörderin ist, wie sie sagt, dann sind alle unsere drei Aussagen wahr. Aber das ist unmöglich, weil ja einer gelogen haben muß."

Der Beamte war ganz still geworden : „Völlig korrekt kombiniert, Herr Teste. Sie haben einen guten Kopf, und das ist selten. Die vielen Dummköpfe nennen die wenigen Menschen mit Köpfchen gern schon hoffnungslos verkopft, aber wie wenig Verstand müssen Leute haben, die den Verstand verleumden."

Herr Teste war froh, es nicht mit einem Trottel zu tun zu haben und fuhr fort : „Und wenn *Sie* der Mörder wären − bitte erlauben Sie einmal, diese logische Möglichkeit durchzuspielen − dann wären alle unsere drei Aussagen falsch. Aber das wäre ebenso unmöglich, da ja mindestens einer von uns dreien die Wahrheit sagen muß. Können Sie mir da folgen, oder mache ich einen Denkfehler?"

Der Beamte lachte wieder dröhnend gutmütig: „Respekt, aber nach dieser sehr messerscharfen Logik, mein guter Mann, wären Sie selbst der Mörder, und Sie könnten noch von Glück sagen, wenn wir Sie nicht festnehmen, sondern Ihnen nur die 5.000 Euro Belohnung vorenthalten."

Herr Teste spürte selbst, daß in seinen eigenen Schlußfolgerungen irgendetwas nicht stimmte, aber er wußte nicht, was es war, und das quälte ihn. Entweder fehlte ihm das Köpfchen oder der schwarze Tee, um es herauszufinden. Er hörte den Beamten nun sagen: „Ihre Logik ist bestechend, und ich hoffe, Sie haben verstanden, daß Sie nun sich selbst ernstlich belastet haben. Wenigstens soweit, daß Sie als ein neunter Tatverdächtiger in Frage kommen. − Nehmen Sie es nicht persönlich, aber wir sind verpflichtet, jeder Spur nachzugehen. Die Beamten sind schon auf dem Weg zu Ihnen."

Der Widerstandskämpfer

»Er hat ihn! Seht doch, der hat ihn!«
»Bitte beruhigen Sie sich. Was soll ich haben?«
»Er hat den Blick! Er ist einer von denen!«
»Aber wir kennen uns doch gar nicht, bitte beruhigen Sie sich.«

Seine Montagslaune auf dem Gang ins Büro war ohnehin schlecht. Aber das war schon mehr als peinlich, und das ihm, der auf Unauffälligkeit so betonten Wert legte. Sie hörte nicht auf zu schreien und auf ihn zu zeigen, ihn mit ihrem altersgichtigen Krüppelfinger keifend aus der Menge herauszuheben und auf den Präsentierteller zu stellen.— Immer mehr Neugierige bildeten den Gefängniskreis um das ungleiche Paar, die grindschmuddelige Vettel und den gutangezogenen Mann.

»Einer von denen! Keiner von uns! Er trägt unsere Kleidung, er sieht aus wie wir, aber alles Betrug! Er hat sich eingeschlichen!«
»Wovon reden Sie eigentlich, Sie kennen mich doch gar nicht, oder? Sie müssen mich mit einem anderen verwechseln, gute Frau.«
»Sie wollen uns alle umbringen und unsere Kinder mitnehmen. Im Raumschiff. Sie wollen die Herrschaft über unsere Welt. Ich habe an alle Staatspräsidenten Briefe geschrieben und sie gewarnt. Warum glaubt mir denn niemand? Das ist das Ende, ich sage Euch, das Ende!«

Er atmete auf : eine Verrückte. Hoffentlich nun für alle erkennbar. Er war das zufällige Opfer einer Irren geworden, mitten am Vormittag auf der belebten Geschäftsstraße. Gott weiß, was die da in ihm sah, einen verkleideten Marsbewohner. Zu viel Fernsehen. Alles in Ordnung. Hätte sie ihn eines Diebstahls bezichtigt oder einer unsittlichen Handlung, würde es lästiger gewesen sein : Polizei, Personalien, langatmige Richtigstellungen. Ein Dieb, ein Unhold, dem hätte man nachgehen müssen, aber ein »Außerirdischer«? Daß er kein kleines grünes Männchen im Tarnanzug war, das sahen selbst die Straßenjungen, die schon anfingen, Raumschiff Enterprise und Perry Rhodan zu spielen, und die verrückte Alte wie Satelliten lärmend umkreisten und verhöhnten. Einsamkeitskoller, arteriosklerotische Altersparanoia, die Menge gab ihn frei, er ging seines Weges.

Amüsiert erzählte er den Vorfall gleich seinem Bürokollegen, um etwas fürs Betriebsklima zu tun. Aber der hatte das Ende des Wochenendes wohl ebenfalls nicht verarbeitet, wollte nichts begreifen, sah ihn nur mürrisch fragend an und schien auf eine Pointe zu warten. Stutzig wurde er erst, als in den nächsten Tagen niemand seiner Bekannten auf die Episode so reagierte, wie er es erwarten zu dürfen glaubte. Er wußte, er war kein guter Erzähler, aber wunderte sich doch ein wenig über die fragend besorgten Gesichter seiner Zuhörer, die am Ende, als nichts mehr kam, gequält grinsten, um ihn nicht zu beschämen, und das Thema wechselten. Nur ein verlegenes : »Na ja, diese UFO-Hysterie aus USA. Es ist Sommer, Sauregurkenzeit in den Zeitungen. Solche Probleme möchte ich haben.«

Als auch seine Frau ihn nur schweigend erstaunt an-
sah, beschloß er, die kleine Begebenheit nicht mehr
zum Besten zu geben, was dazu führte, daß er nicht
aufhören konnte, an sie zu denken. Nach einer Woche
war er sicher, daß alle, die er kannte und seine kleine
Geschichte nicht witzig gefunden hatten, ihn für ein
überirdisches Wesen hielten und ihn extragalaktischer
Herkunft verdächtigten, ihn, der sich stets zu verbergen bemühte, wie sehr er sich unter seinesgleichen
zeitlebens immer als Einzelgänger und einsamer Son-
derling gefühlt hatte. Er pflegte das zu überspielen,
sich ja nicht in sich zu verkriechen, seinem Hang zu
melancholischem Rückzug nicht nachzugeben, alles
mitzumachen, was um ihn herum dauernd inszeniert
wurde, sich mit den anderen zu freuen, zu ereifern, zu
jammern über das, was ihn in tiefster Seele herzlich
kalt ließ. Hatte man ihn jetzt durchschaut, all sein
Anpassungstheater, sein stilles Doppelleben enttarnt?

Er ertappte sich dabei, daß er seine Anstrengungen
intensivierte, wie ein ganz normaler Mensch zu erscheinen, vor den anderen wie vor sich selbst. Er be-
lauerte sich, wo er sich früher nur beobachtet hatte.
Nicht, daß er selbst glaubte, nicht zu seiner eigenen
Spezies zu gehören, aber er unterließ alles, was jemanden auf die Idee bringen konnte, mit ihm stimme
etwas nicht. Auf diese Weise entdeckte er überhaupt
erst Tics an sich, die er nicht mit anderen teilte, und
brachte sie unter Kontrolle. Strikt untersagte er sich
Verhaltensweisen, die nur irgendwie befremdlich und
eigenartig wirken mochten und vom kleinsten gemein-
samen Nenner aller seiner Mitmenschen abwichen. So
wurde er langsam dem Durchschnittsbürger immer
ähnlicher, der nur in den Statistiken existiert. Um
nicht durch außergewöhnliche Unauffälligkeit aufzufallen, behielt er einige wenige ausgesuchte Besonder-

heiten und Privateigentümlichkeiten bewußt bei, die nicht so aus dem allgemeinen Rahmen herausfielen. Schließlich waren alle gerade darin gleich, daß jeder ein bißchen anders war als jeder andere, und wer gar nichts Besonderes an sich hatte, wirkte ja besonders absonderlich. – Ein schwieriger Balanceakt für jemanden, der die Rolle spielte, keine Rollen zu spielen. Den Trick mit den kalkulierten Abweichungen hatte er erst eingeführt, als er merkte, wie wenig harmlos die Leute es nahmen, daß er sich als absolut harmloses Wesen ständig zur Schau stellte. Jedem wurde er lästig durch den Versuch, niemandem zur Last zu fallen.

Nach zwei Wochen war er sicher, daß niemand ihn mehr für einen „Außerirdischen" hielt. Nicht, weil er keiner war, sondern weil alle anderen ja Außerirdische waren, die sich nur für menschliche Wesen ausgaben: Lebende Computer, nur kybernetische Menschlinge mit "Humanieren", Fernlenkkopien. Aber sie waren menschlicher als Menschen, weil sie die spielten. War das nicht die einzige Erklärung für die eigentümlich freundliche Art, in der ihm neuerdings begegnet wurde? Er ließ sich nicht anmerken, daß er sie durchschaut hatte. Es schien ihm lebenswichtig, ihnen allen das Gefühl zu geben, daß er sie für die hielt, als die sie sich aufführten. Gut, sie waren Menschen, bitte schön! Offenbar waren es keine Gedankenleser, sonst hätten sie ihn längst exterminiert. Oder wollten sie ihn nur in Sicherheit wiegen? Hielten diese Fremdlinge, die so täuschend als Erdbewohner auftraten, ihn nicht für einen Menschen, der sich zur Tarnung umgekehrt einem der ihren anzupassen bemüht war?

Er tat so, nicht durchschaut zu haben, daß sie so taten, ihn nicht durchschaut zu haben. Aber auch sie ließen sich nicht anmerken, daß sie gemerkt hatten, wie er sich nicht anmerken ließ, ihnen auf die Schliche gekommen zu sein. Sie gaben doch nur vor, nicht erkannt zu haben, daß er sie erkannt hatte. Er lächelte. Sollten sie nur glauben, daß er sich aus Furcht vor ihnen für einen der ihren ausgab, um nicht aufzufallen. Er tat so, als wüßte er nicht, daß sie ihn für den getarnten Menschen hielten, der er ja war. Es war vorteilhaft, sie glauben zu machen, daß er sich nicht als getarnter Mensch enttarnt fühlte. Im Schutze seines Glaubens an ihren Glauben und ihres Glaubens an seinen Glauben fühlte er sich ein wenig außer Gefahr. Solange sie ihn den Außerirdischen spielen ließen, der sich nicht als Mensch durchschaut glaubte, glaubten sie wohl, ihn durchschaut zu haben, der doch ihr Durchschauen durchschaute.

Diese Sicherheit hielt einige Tage vor, bevor ihm der Verdacht kam, alle diese seine geheimen Gedanken könnten ihm von denen nur eingeflößt sein. War es nicht doch wahrscheinlicher, daß gerade jene Schachzüge, durch die er haushoch gewinnen zu müssen glaubte, gerade die waren, die er auf deren Befehl machte? Diente er ihren Absichten nicht gerade dort besonders nachhaltig, wo sie ihn in dem Aberglauben wiegten, er verfolge seine eigensten Interessen gegen sie? Einige Stunden lang machte dieser Argwohn ihn völlig schutz- und mutlos. Ihn schwindelte. Konnte es nicht sein, daß selbst dieser Verdacht, noch sein Widerstand gegen sie sei ihr Werk, ihm von denen einsuggeriert war? Natürlich war es möglich, daß sie ihm den Gedanken eingaben, auch seine Frau sei mit ihnen im Bunde und ihr Spitzel in seinem Bett, während sie in Wirklichkeit auf seiner Seite stand und er ihr Unrecht tat. – Aber das Risiko, sie für keine umgepolte Marionette zu halten, war einfach zu groß geworden. Er tat weiter so, als flüsterte er in ihren Umarmungen seine wahren Gedanken aus. Während einer dieser intimen Scheinauslieferungen kam ihm die rettende Idee, die ihn so erleichterte und beflügelte, daß seine Frau über den vermeintlichen Leidenschaftsausbruch ganz erstaunt war (oder tat).

Wenn jeder Versuch, aus dem Bann der Extraterrarier herauszutreten, insgeheim umso tiefer in ihn hineintrieb, wenn jeder Widerstand gegen die Sternlinge nur ihrem Vorhaben weiterhalf, wenn sie sich der Erdbewohner vielleicht gerade bemächtigten durch diese Energie hindurch, die die Menschen gegen sie mobilisierten, ja, war dann nicht ... der Gedanke machte ihn schwindeln ... war dann nicht vielleicht eher die völlige Unterwerfung ... die wahre Revolte? War dann nicht seine Willenlosigkeit denen am wenigsten zu Willen? Wie, wenn deren Vormarsch gerade von seiner Widerstandskraft lebte, die er ihnen nur entziehen mußte, um die in sich zusammensinken zu lassen? Verführerisch gefährlicher Gedanke : Überanpassung bis zur Unbrauchbarkeit. Er versetzte sich in die Lage seiner Gegner:
»Welcher Feind nützt am wenigsten? Einer, der nichts für uns tun kann, der am Boden liegt, auf den Knien vor uns herumrutscht, uns anbetet, statt für uns zu arbeiten.« ... ? –

Er mußte die Unterwerfung nur soweit treiben, daß sie sich in ihr blankes Gegenteil verkehrte, das war alles. Diese Idee konnte ihm nicht mehr von denen eingegeben sein. Konnte es noch im Interesse der Herrschenden liegen, die Beherrschten umzubringen, auszurotten, zum Selbstmord zu treiben, von denen sie lebten? Um sie ausbeuten zu können, muß man sie kleiden, ernähren, bei Laune halten, ihre Arbeitskraft erhalten. Aber ein einzelner toter Sklave war noch nicht der Herr seines Herrn : der war zu ersetzen. Nur wenn alle mitmachten, alle Erdbewohner mit dem Suizid drohten oder damit, sich selbst ...? −

Sorgsam mußte er nun das, was er gegen die »Extras« dachte (wie er sie nannte), von dem trennen, was sie ihn denken lassen könnten. Wenn er alle Eventualitäten durchging, sah er keine andere Alternative, die drohende Katastrophe von der Menschheit abzuwenden, den Weltuntergang der totalen Versklavung und Fernsteuerung seiner Artgenossen. Noch nie hatte er so intensiv nachgedacht, so auf Leben und Tod und Teufel. Soweit er zurückdachte, hatte er den Wert eines kühlen Kopfes und eines kalten Verstandes immer bezweifelt. Er spürte die Verantwortung für seine gesamte Spezies wie eine Last und einen Rausch zugleich : Dachte er nicht für die ganze Menschheit?

Er glaubte förmlich zu fühlen, wie die ihn von seinem für sie so unbequemen Gedanken abzubringen und in die Falle aufreibender Aufstände und Attentate zu locken versuchten. Aber er widerstand dem inneren Zwang, an jenen Widerstand zu denken, der denen nur allzu gelegen kommen würde, um ihn gegen die Aufrührer zu kehren. Die sollten sich verrechnen. Richtig fröhlich wurde er und fast ein wenig stolz auf sich. Aber es war keine Zeit zu verlieren und noch nichts getan. Niemand konnte ahnen, wieweit die Invasoren bereits alles unterminiert und infiltriert hatten. −
Der Zeitpunkt schien günstig. Seine Frau war an diesem Abend zu einem dieser neofeministischen Zirkel gegangen, die die Besucherinnen glauben machten, sie verfolgten ihre ureigenen Interessen, wo sie in Wirklichkeit hinter ihrem eigenen Rücken nur das Geschäft der *Extras* betrieben, der außergalaktischen Drahtzieher und *Hinterwesen*.

Von seinen Gedanken erwärmt und in der Gewißheit, mit diesem mächtigen Einfall von den telepathisch begabten Feinden belauscht zu sein, schritt er vergnügt aus und gönnte sich einen Spaziergang durch die bereits berufsverkehrsreiche Hauptgeschäftsstraße, im ungeheizten Flanieren seine Werbefeldzüge, seine aufrüttelnden Botschaften und Ansprachen planend. Die rettende Idee war geboren, niemand konnte sie rückgängig machen, andere würden sie aufgreifen, falls er fiele. Fortan mußten die Extras mit diesem Schachzug ihrer Opfer rechnen. Unmöglich, daß nicht auch andere Irdische darauf verfielen, über kurz oder lang. Es waren vernunftbegabte Wesen, der Mensch war fabelhaft. Er war stolz, zu seinesgleichen zu gehören und an den höchsten Möglichkeiten seiner Spezies teilzuhaben. Wie schön die Menschen waren, die an ihm vorbeiliefen, schnüffelkluge Tiere, die bisher jeden Ausweg aus jeder Falle gefunden hatten, alles in allem! Nicht alle würden zu außerirdischem Befehlsempfang umgepolte Zombies sein, die Gewitztesten witterten die Gefahr, ganz sicher. Er selbst wollte den Anfang machen, andere würden sofort verstehen und ihm folgen, eine Kettenreaktion der Vernunft. Wenn dich dein Auge schmerzt, reiß es aus, denn es ist besser, dein ganzer Leib verdürbe, als daß du Schaden nähmest an deiner Seele. Oder so ähnlich. Natürlich war es eine Roßkur, eine auf den ersten Blick ungeheuerliche Zumutung, aber die Klügsten würden es als das kleinere Übel durchschauen, ohne viele Worte, dem Menschen ist nichts Menschliches fremd.

Er lief im Wettlauf mit dem herankriechenden Ohnmachtsanfall. Im nächsten Augenblick bestand die Welt aus einem pfeifend splitterknirschenden Schleudern. Dann dumpfe Stille und Finsternis. Dann lange Zeit nichts, dann eine Helligkeitsohrfeige, verkleistertes Gehirn, dickflüssiges Denken unter meterlangen Mullbinden. Dann wurde die Bettdecke weggezogen und eine Spritze ins Gesäß gestoßen.

»Wo bin ich? Was ist los? Sie tun mir weh.«
»Bleiben Sie bitte ganz ruhig liegen, jede Bewegung wird Sie schmerzen. Sie hatten einen Unfall.«
»Ich hatte keinen Unfall.«
»Oh, doch. Sie sollen in ein Auto gelaufen sein. Aber es ist noch einmal gutgegangen, die Ärzte haben es unter Kontrolle.«
»Wer hat was unter Kontrolle? Wollen Sie damit sagen, daß mir nichts passiert ist?«
»Na, Sie leben. Das ist doch etwas, oder? Ihr rechter Fuß sieht böse aus.«
»Wo ist mein rechter Fuß, ich spüre ihn nicht.«
»Eigentlich darf ich Ihnen das nicht sagen, aber sie werden ihn nie wieder benutzen können, zum Auftreten und zum Gehen.«
»Gott sei Dank!«
Was ist nützlicher als Nutzlosigkeit?
»Wie bitte? – Man hatte die Wahl: Sie oder Ihr Fuß.«
»Dann ist alles gut. Ich dachte schon, es sei alles umsonst gewesen. Ich danke Ihnen für Ihre Offenheit. Eine gute Nachricht.«

Die Schwester sah ihn bestürzt an und hielt ihn für betäubungskonfus. Er frohlockte. Aber ganz beruhigt war er erst, als er in der Besuchszeit nachmittags das entsetzte Gesicht seiner Frau sah. Hinter ihrer besorgten Panik entdeckte er den unspielbaren Unwillen der Extras. Er hatte anzufangen gewagt, in seiner Person das zu zerstören und unbrauchbar zu machen, was sie zum Werkzeug ihrer sinistren Pläne bestimmt hatten. Er spürte sie geifern und toben. Wenn das Schule machte! Er verbat sich alle Illusionen : Er war nur ein Anfang, und der Fuß konnte nur ein Anfang sein.

Für einige Arten von Aufträgen und Missionen war er jedoch bereits ziemlich untauglich geworden, oder? Es würde sicher nicht genügen.

Als nächstes war eine Hand dran, vielleicht. Organ für Organ würde er sich herantasten müssen an die Grenze seiner mutmaßlichen Unverwertbarkeit für seine unbekannten Ausbeuter, das war klar. Überall würde es langsam immer mehr Menschen geben, die Stück für Stück von sich opferten, bis sie aufhörten, für ihre Peiniger von Interesse zu sein. Er konnte nur Nein sagen durch die Art, wie er Ja, Ja, Ja sagte. Er mußte seinen Unwillen hinter Unfähigkeit verbergen, hinter kosmischer Dienstuntauglichkeit. Seht nur her, ihr da draußen : ich will ja, aber ich kann nicht, es tut mir leid! Waren es Außerirdische, die sich für Menschen ausgaben, die sich für Extras ausgaben? Oder war er ein Mensch, der sich für einen Außerirdischen ausgab, der sich für einen Menschen ausgab? Er wußte es nicht mehr, und das war gut so, sein Denken bot ihnen keinen Ansatzpunkt mehr. Er war frei. Er lächelte die Schwester spitzbübisch an, die ihm Fruchtsaft brachte und sein Bett aufschüttelte. War auch sie schon … ? Umso besser.

Und er selbst? Er lächelte : Wer kennt schon ganz sein eigenes Herz? Und darüber war er ja doch längst hinaus.

Baumäste winkten, trotz Windstille.
Das waren Zeichen, aber wofür?

Im Bekanntenkreis

Rita spricht ihr Gegenüber an, oder sie blickt ihr Gegenüber an, beides zugleich schafft sie nicht. Zu wem sie spricht, von dem läßt sie sich anschauen, und wem sie zuhört, dem schaut sie in die Augen, andere Möglichkeiten hat sie nicht. Wem kann sie etwas ins Gesicht sagen, aber von wem läßt sie sich nicht alles ins Gesicht sagen? Sie spricht ins Leere und hängt an den Lippen ihrer Mitmenschen.

Karl kann im Gegenteil keinen einzigen Satz herausbringen, ohne den Blickkontakt zu seinem Gegenüber zu suchen. Er spricht auf ihn ein, will sich der Wirkung seiner Worte vergewissern, liest diese Wirkung dem anderen vom Gesicht ab und richtet seine weiteren Worte danach. Man kann sagen : Er liest seine Worte vom Gesicht seiner Zuhörer ab, ohne ihnen deshalb nach dem Munde reden zu müssen. Die anderen faßt er beim Sprechen ganz fest ins Auge, weil er selbstbewußt genug oder weil er sich seiner Wirkung im Gegenteil nicht sicher genug ist. Entweder forscht er im Gesicht seines Gegenübers ängstlich nach den ersten Anzeichen von Desinteresse, Spott und Zweifel, oder er will von diesem Gesicht die untrüglichen Signale der Kapitulation ablesen. Ist der andere ganz Ohr oder wagt er eine Widerrede? Ihn interessiert es, ob seine Worte auf Interesse stoßen, und er ist nicht selbstgefällig genug, dieses Interesse vorauszusetzen. Ständig fragt er sich, ob sein Gegenüber noch zuhört oder mit den Gedanken schon anderswo ist und nur noch etwas höflich tut. Von seinen eigenen Interessen spricht er überhaupt nur, wenn er sicher sein darf, dafür nicht nur geheucheltes Interesse zu finden. Am liebsten läßt er andere von dem sprechen, was sie nun wirklich interessiert, weil sie etwas davon verstehen, und wovon sie etwas verstehen, weil es sie wirklich interessiert. Er interessiert sich für die wahren Interessen anderer und weiß nie, ob seine eigenen Interessen für andere interessant genug sind, davon zu sprechen. Er gibt anderen gern die Gelegenheit, ihre Schwächen zu verbergen und ihre starken Seiten hervorzukehren. Seinen Gegnern spielt er noch Argumente zu, auf die sie selbst gar nicht gekommen wären – geschmeichelt ist er nur durch starke Gegner.

Dieter redet andere in Grund und Boden, ohne danach zu fragen, wie seine Worte aufgenommen werden, ohne das leiseste Zögern, ob seine bezwingende Rede auf Zustimmungsbereitschaft und Erwartungsdemut trifft. Auf eine Frau redet er ein, ohne sich oder sie zu fragen, ob es interessiert. Er will eine Frau gar nicht überzeugen, er ist sicher, daß er überzeugend wirkt, er will es sich und ihr nur noch beweisen. Seine Worte sind keine Werbung, sondern eher eine Nötigung : Die Frau soll gestehen, daß er unwiderstehlich ist. In keinem Moment beschleicht ihn der Verdacht, daß das höfliche Schweigen des Gesprächspartners etwas anderes als eine gespannteste Aufmerksamkeit verraten könnte und die dankbare Freude, solcher Geschenke gewürdigt zu werden, wie er sie zu vergeben hat. In dem Gesicht vor ihm, in diesem Gesicht unter ihm forscht er nach den Beweisen überwältigter Übergabebereitschaft oder wenigstens widerwilliger Fasziniertheit; er ist unfähig, sich andere Reaktionen auf seine lichtvollen Ausführungen auch nur vorstellen zu können. Hält der andere still, wehrt er sich nicht gegen die Unterstellung, sein Schweigen bedeute Ja und Amen, dann hat er selbst schuld. Sollte er Zuhörer langweilen, kann das nur an diesen Zuhörern liegen, da ist er ganz sicher. Schließlich hat er zu Hause einen ganzen Waschkorb voller Dankschreiben aus aller Welt, den Zweiflern kann er seine amtlichen Zertifikate jederzeit vorlegen. Wer langweilig genug ist, sich von ihm gelangweilt zu fühlen, hat sich selbst disqualifiziert und nur sein konstitutionelles Unvermögen verraten, eine so delikate Konversation goutieren zu können, wie er sie einem erlesenen Kreis von Feinschmeckern jederzeit zu bieten hat. Eine Kostprobe gefällig?

Er drängt sich niemandem auf, bitte, wer nicht will, der hat schon. Ist es seine Schuld, wenn es für Künste, wie er sie noch beherrscht, heute kein Publikum von Kennern mehr geben sollte? Die Frau soll ihre Koketterie nicht so weit treiben, nicht zuzugeben, daß er sie längst erobert hat, andernfalls verfügt er über ganz andere Mittel, er will nicht deutlicher werden. Trifft sein Redeschwall auf zögernde, auf reservierte Mienen, ist das für ihn alles andere als ein Grund, irritiert innezuhalten und seine Vorgehensweise selbstkritisch zu überprüfen, sich zu fragen, ob er sich verrannt haben könnte, sondern nichts als ein Grund, seinen Bekehrungseifer zu verdoppeln, mit vermehrter Kraft in die einmal gewählte Kerbe weiter einzuschlagen, um durch Redegewalt den Sieg zu erzwingen. Eine Herausforderung ist anzunehmen, eine sportliche Hürde zu nehmen, ein Widerstand zu brechen, ein kindischer Trotz nur. Seine dummdreiste Zuversicht, seinen Zuhörern einen namhaften Genuß zu bereiten, ist nicht zu erschüttern durch höfliches Hochziehen der Augenbrauen, zerstreutes Wegblicken auf die Uhr und andere zarte Warnsignale.

Wer hier Abhilfe schaffen wollte, müßte schon zu gröberen Mitteln greifen und eine deutlichere Sprache wählen, die Dieter auch versteht. Ein Schuß vor den Bug würde ihn vielleicht stoppen, eine Brüskierung, die er nicht als bloße Beleidigung abtun könnte. Aber wer wagt es schon, ihm so massiv in die Parade zu fahren, ihn auf den Teppich herunterzuholen, ihm die Augen zu öffnen für das, was die Augen seiner Mitmenschen sagen, mit so geringer Aussicht auf Erfolg. Es gibt Leute, die andere totschweigen. Dieter gehört zu denen, die andere totreden. Er will seine Sachen loswerden, er sucht Leute, auf die er seinen Kram abladen kann. Wer sich für dieses unbezwingliche Bedürfnis zur Verfügung stellt, kann von Dieter alles haben, er ist eine Seele von Mensch. Wer mit ihm nicht kann, mit dem stimmt etwas nicht, sagt er. Unser aller Leben ist ein einziges Warten auf Dieter, denkt Dieter, wenn er auf unser Warten wartet.

Waltraud ist die geborene Zuschauerin und Zuhörerin. Sie gibt dem Geber das Gefühl, von ihm reich beschenkt zu sein, und hat ihm doch nur das Geschenk gemacht, ihn um seinen Reichtum zu erleichtern, der ihn zu begraben drohte. Sie hat nichts zu geben als die Gewißheit, fremde Schätze seien bei ihr am besten aufgehoben, fremde Geheimnisse und andere hochheiße Ware. Droht der Redestrom ihres Gegenübers zu versiegen, weiß sie ihn unfehlbar durch ein geschickt gewähltes Stichwort erneut zum Fließen zu bringen. Sie ist diplomierte Stichwortlieferantin und auf dem Menschenmarkt sehr gefragt. Sie ist zu bescheiden oder schüchtern oder zu durchtrieben, um selbst das Wort zu ergreifen, das ihr nicht angeboten wird. Sie behauptet von sich, daß sie nichts zu sagen habe. Sie hörte lieber zu, beteuert sie glaubhaft, sie leiht ihr Ohr.

Ohne Ungeduld und ohne Ermüdung ist sie das unverzichtbare Requisit aller, die etwas zu sagen haben und es nicht für sich behalten können. Sie ist von Natur aus ein Gefäß, und jede Füllung muß sich ihrer Form anbequemen, ihrer Fassungsgabe anpassen, das ist ihre Bedingung. Aber ihre Weitherzigkeit kennt keine Grenzen, sie ist stolz auf ihre Bescheidenheit und Toleranz. Sie nimmt Geheimnisse wie Geschenke entgegen, sie nimmt sie mit ins Grab, macht sie glauben. Bei ihr ist alles Gehörte gut aufgehoben und trägt Zinsen. Sie deponiert es nicht nur, sondern verarbeitet es auch. Es geht bei ihr nicht zum einen Ohr rein und zum anderen wieder raus. Jeder spürt, sie trägt schwer an dem anvertrauten Gut, und niemand macht sich Skrupel, daß er ihr so viel Skrupel auflädt. Sie versteht alles, um für alles Verständnis zu haben, und geht fast zugrunde unter dem Gewicht all der Flüster-Geständnisse, mit denen ihre feinfühlige Seele da belastet wird. Sie ist die ideale Entsorgerin, der gelernte seelische Mülleimer, der sich nur selbst keine Mülldeponie suchen darf, eine einzige Müllverbrennungsanlage ohne Giftausstoß. Sie ist auf verschämte Weise geschmeichelt über das in sie gesetzte Vertrauen, sie ist überfordert, sie hat Angst, eines Tages einmal dieser Verantwortung nicht würdig zu sein. Sie träumt nachts von solchen Geständnisveruntreuungen, selig ächzt sie unterm Übergewicht der Seelen in ihr.

Aus dem Rohmaterial aller Lebensbeichten, die in ihr archiviert sind, zaubert sie Kostbarkeiten, aus Lebensmüll macht sie biographische Kleinodien, sie ist eine Lebenskunsthandwerkerin, die eine Welt nicht gerade aus Nichts schafft, aber aus den wichtigsten Nichtigkeiten ihrer Mitmenschen. Sie macht das Beste aus dem, was sie hören muß. Die Leute, die den Rohstoff bei ihr abgeliefert haben, erkennen sich in den Fertigprodukten kaum wieder und sind zutiefst gerührt. Sie veredelt das Gemeine und überläßt es anderen, alles Glänzende zu beschmutzen. Wer etwas bei ihr zur Aufbewahrung hinterlassen hat, darf es getrost vergessen. Wenn er nach Jahren darauf zurückkommt, hat sie mit seinen Pfunden gewuchert, und wenn er nicht darauf zurückkommt, erinnert sie ihn behutsam daran. Niemand bereut es, ihr je etwas anvertraut zu haben, und dadurch hat sie alle in der Hand. Sie droht nicht mit Enthüllungen, sie protzt nicht mit ihrem Wissen über andere, sie macht alle süchtig nach ihrer Art, süchtig nach fremden Lebensgeschichten zu sein und – erst Lebensgeschichten daraus zu machen.

Doris fragt sich nichts, fragt nicht andere und fragt nicht nach anderen. Sie fragt mal nach der Uhrzeit, wenn sie einen Grund braucht, uns auf offener Straße einfach stehen zu lassen. Doris ist kein Fragezeichen, sondern ein Ausrufezeichen. Nach deinem Befinden erkundigt sie sich angelegentlich nur, um ihr eigenes Befinden hemmungslos vor dir kommentieren zu dürfen. Sie will nichts von dir wissen, aber du sollst alles von ihr wissen wollen. Sie stellt dir wenige Fragen, sie will dir jede Gelegenheit nehmen, sie durch deinen langen Sermon nur tödlich zu langweilen und zum Schweigen zu verurteilen. Sie redet auch ungefragt drauflos und wartet nicht, bis sie auf eine Nachfrage trifft oder eine Nachfrage geweckt hat. Sie ist ein angebotsorientierter Mensch und nicht beleidigt, wenn sie ihre ausgestellten Waren mal unverrichteter Dinge wieder einpacken muß, das Risiko gehört zum Geschäft. Ihre Angebote befriedigen deine Nachfrage, bevor sie geweckt ist, und wecken sie, nachdem sie befriedigt ist.

Sie wirbt unermüdlich für die gute Sache, die sie vertritt, und die Sache ist gut, weil sie von ihr vertreten wird. Sie verteilt Warenproben aus ihrer Musterkollektion, bringt sich in Erinnerung, ist immer am Ball, traktiert ihre Kunden mit immer neuen Einfällen. Sie fragt nicht nach deiner Nachfrage, sie fragt nicht nach dir. Sie ist die Antwort auf alle Fragen, die du nie zu stellen gewagt hast, sie ist die Antwort auf deine Antworten. Sie hat etwas zu bieten, das heute noch niemand brauchen kann, sie ist ihrer Zeit voraus. Sie führt nicht die Ladenhüter von gestern im Sortiment, sondern die Renner von übermorgen, ihr gehört schon heute die Zukunft unserer Zukunft. Sie hat Verständnis dafür, daß du sie nie verstehst. Wenn sie an dir vorübergerast ist und über dich hinweggetrampelt ist, wenn sie ihre Philosophie vor dir verkünden durfte, hat sich alles, woran du je dein Herz gehängt hattest, in wertlosen Plunder verwandelt, dessen du dich still schämst. Du kriechst in deine Höhle und wagst von Stund auf deine Schätze vor anderen nie mehr auszubreiten. Nun weißt du nicht mehr, was dir fehlt und wovon du zu viel hast.

Walter ist da aus ganz anderem Holz geschnitzt. Er fragt andere Menschen aus, um ihnen nicht Rede und Antwort stehen zu müssen. Vielleicht möchte er aber auch selbst so ausgefragt werden, wie er andere ausfragt. Vielleicht fragt er sich, warum niemand nach ihm so fragt, wie er nach anderen fragt. Er fragt der Kuh das Kalb ab und lebt in ständiger Angst, dabei aufdringlich und zudringlich zu wirken. Er hofft inständig, seine Neugier auf fremde Lebensgeschichten werde ihm als besorgte Anteilnahme an den fremden Schicksalen ausgelegt und seine Anteilnahme nicht umgekehrt als bloße Klatschneugier. Doris will nichts von dir wissen, Walter will von dir alles wissen, und nichts ist zu unbedeutend in deinen Augen, um nicht in seinen Augen im Wert zu steigen. Bevor Walter dir über den Weg lief, hast du deine wichtigsten Eigenschaften nicht so ernst genommen, wie er deine unwichtigsten Eigenschaften nimmt. Am Anfang bist du mißtrauisch, aber er weiß deinen Argwohn rasch zu zerstreuen und dich in Sicherheit zu wiegen. Er fragt dich aus, und du fühlst dich nicht ausgefragt. Er ersinnt dir die raffiniertesten Versuchsanordnungen, um dich zum Sprechen zu bringen, und es sieht so aus, als habe er dir nur die ebenso verdiente wie langentbehrte Gelegenheit gegeben, endlich einmal frei und ungeschützt aus dir herausgehen zu dürfen, ohne fürchten zu müssen, daß dir später einmal daraus ein Strick gedreht werden könnte.

Er weiß den Eindruck zu erwecken, daß alle preisgegebenen Innereien einbruchssicher bei ihm aufgehoben sind. Seine größte Sorge ist es, seine Opfer könnten ihre Geständnisse nachträglich bereuen und nicht im Gegenteil Appetit auf noch viel weitergehende Bekenntnisse bekommen haben. Und er ringt um dein Vertrauen, er liefert Beweise für seine Vertrauenswürdigkeit, zwingt diese Beweise auf, wo sie ihm nicht abverlangt werden, und gibt hier und da etwas von sich selbst preis, um dir ein Faustpfand in die Hand zu geben und deinen aufschießenden Unmut einzuschläfern. Er verbirgt seinen Stolz auf die anerkannte Fähigkeit, auch die Verschlossensten zum Reden zu bringen, ohne Gewalt anzuwenden. Unaufdringlich arbeitet er auf deine schwachen Minuten hin, die jeder hat, er hat Geduld und liegt auf der Lauer. Seine Stimme ist einschmeichelnd sanft, er bietet sich an, sich und sein tiefes Verständnis für die unverständlichsten Nachtseiten des Lebens, er verspricht, ganz Ohr zu sein, und am Ende können nicht viele dieser in ein Hilfsangebot verkleideten Verführung widerstehen, die Hosen herunterzulassen und sich ihm in ihrer ganzen Fragwürdigkeit zu enthüllen.

Er ermuntert dich, die Schleusen zu öffnen und deine Schätze vor ihm auszubreiten, indem du deine Rüstung ablegst. Walter fängt den kostbaren Himmelstau in seinen Behältern sorgfältig auf und schlürft ihn in einsamen Stunden. Wo er die Blase ansticht, sprudelt es heraus, und oft ist es Eiterjauche. Walter läßt die Bluthochdruckkandidaten zur Ader, ja, und seligblaß scheiden sie von ihm. Wo das abwartende Lauerschweigen des Seelsorgers nicht ausreichen will, helfen vorsichtig tastende Fragen nach, fragend halbe Sätze nur, die jeder nach Belieben vervollständigt. Wir fühlen uns aufgeschmeichelt durch sein diskretes Interesse an unseren Kümmernissen, und niemand kommt auf den Gedanken, daß er mit dem Käscher am Wegrand lauert, mit einer ungesunden Neugier auf Schwächebekenntnisse und die Kapitulationsurkunden behaftet. Walter besitzt eine ansehnliche Schmetterlingssammlung vertraulicher Lebensbeichten, die er aufschreibt, klassifiziert und auswertet. So führt er mehr als ein einziges Leben und ist gar nicht auf sein Fernsehgerät angewiesen, um etwas von der Welt zu erfahren. Plaudereien mit ihm sind versteckte Verhöre. Er kitzelt alles aus uns heraus, aber wir fühlen uns nicht überrumpelt und mißbraucht, sondern erleichtert und kostbar. Mancher kann nicht genug davon bekommen und wird süchtig nach Walters uneigennütziger Bereitschaft, sein Ohr zu leihen. Walter führt gar kein eigenes Leben, er lebt in Geschichten anderer.

Margot ist die Unheilsbotin. Sie bringt die schlechten Nachrichten und ist regelmäßig erschüttert über die Erschütterung, die ihre Botschaften erzeugen.

Ihre Genugtuung, die aber nicht bis zur Schadenfreude reicht, ist hinter schonender Kummermiene mühsam versteckt. Die Wirkungen, die von ihren Informationen ausgehen, wirken wie Drogen auf sie zurück, wie Narkotika und Stimulantien. – Größten Wert legt sie darauf, keine Falschmeldungen auszustreuen, die ihren Ruf schädigen. Niemand soll ihr üble Nachrede nachsagen können. Ihr geht es nie sehr gut, und sie sieht nicht ein, warum es uns allen so viel besser gehen soll. Sie versteht sich im Dienste ausgleichender Gerechtigkeit, bringt die bittere Wahrheit als übelriechende Medizin gegen unsere vielfachen Leiden.

Wer die Arznei nicht schlucken will und ihr finstere Beweggründe unterstellt, wird sanft aber unnachgiebig erinnert an seine Pflicht sich selbst gegenüber, an sein eigenes Versprechen, sich selbst nicht mehr vorzumachen, als nötig ist, um das Überleben zu sichern. Tief verletzt wäre sie, wenn ihr ein tiefer Drang zu verletzen nachgewiesen würde. – Sie ist doch keine Sadistin, wenn sie nur an die Heilkraft der Wahrheit glaubt, fromme Lügen sind ihr ein Gräuel.

Am liebsten gibt sie Krankengeschichten weiter. Jeder hat ein Recht darauf zu wissen, wie es mit seinem lieben Nächsten steht. Sie eilt oft von Krankenbett zu Krankenbett und tröstet so, daß sich niemand falschen Illusionen hingeben kann. Niemandem erlaubt sie, vor seinen möglichen Karzinomen ganz die Augen zu verschließen und sich in betäubenden Karneval zu stürzen. Sie weiß genau, wo Genesungen zu erwarten sind und wo nichts mehr zu hoffen ist, wo Leiden standhaft ertragen werden und wo unwürdige Szenen vorgekommen sein sollen, wo die Tochtergeschwulste gutartig verlaufen und wo es ja nur Hysterie sein kann. Margot stößt sich gesund an unseren Krankheiten, unsere Infekte sind Antibiotika für sie. Das Krebsgeschwür, überall um sie herum Krebs im Endstadium zu vermuten, hat sich weit in ihr ausgebreitet, unheilbar weit. Diese Hinterbringerin, unter dem Siegel der Verschwiegenheit, macht jeden von uns, ob er will oder nicht, zum geheimen Geheimnisträger, verpflichtet ihn durch Offenherzigkeit und zwingt ihn in den engeren Kreis auserwählter Eingeweihter. Jeder von uns ist durch sie auserwählt und eingeweiht und fühlt sich als einer der ganz wenigen, die Bescheid wissen. Niemand beherrscht das medizinische Vokabular besser als dieser Schutzengel der Krankenbetten; wer sich von ihr verabschiedet, fühlt Magendrücken und Unsicherheit, so kreuzfidel er vorher zu sein glaubte. Das ist ihre Macht über ihre wenigen aber treuen Kunden, sie ist der Tod in Gestalt der Medizin und die Medizin in Gestalt des Todes. Wer ein Gespräch mit ihr unbeschadet übersteht, hat sich seine gute Konstitution bewiesen oder kann der Wahrheit nie ins Auge sehen.

Ihr geht es nur besser, wenn sie hört, daß es uns nicht so gut geht? Infame Unterstellung, die sie nicht für wert hält, entrüstet zurückgewiesen zu werden. Die Kranken haben fast Mitgefühl mit Margots Riesenaufgebot an Mitgefühl und schämen sich ihrer Seufzer, wenn sie Margots Mitleidensfähigkeit sehen. Sie kriecht in uns hinein, um uns ganz nahe zu sein, das läßt sie sich nicht nehmen. Wir wehren ab, peinlich berührt, aber nichts da, sie schiebt unsere Entschuldigungen unwirsch beiseite. Viel fehlt nicht, und sie braucht den ganzen Trost derer, die sie zu trösten gekommen ist. Wenn sie an deinem Bett sitzt, hast du nicht nur einen schlechten Allgemeinzustand, sondern dazu noch ein schlechtes Gewissen.

»Jeder, der nicht Kranke besucht, ist, als ob er Blut vergieße«, sagt der Talmud.

Der Bekenner nennt sich wahrer Kenner und ist doch das genaue Gegenteil davon. **Bernhard** sagt da nicht: »Es ist dem Maler gelungen, sich ein Bild von der Stadt zu machen«. Er sagt:»Ich gebe ja zu, daß dieses Bild mich beeindruckt hat.«

Das Bild, das der Künstler gemalt hat oder das die Schöpfung bietet, ist nichts im Vergleich zu dem Bild, das sich der Bekenner davon macht. Er drückt nur aus, was ihm Eindruck macht, und will uns damit beeindrucken. − Ihn kennenlernen heißt, seine Meinungen über alles Mögliche kennenlernen, den wahren Wert der Dinge kennenlernen, will man ihm glauben. Ständig bekennt er sich schuldig oder zu einer möglichst allgemein verpönten Ansicht oder Stilrichtung. Wichtig ist nicht die Weltanschauung, die er wählt, sondern die Tatsache, daß er es ist, der ihr den Vorzug oder den Todesstoß gibt, sobald sie ihre Schuldigkeit getan hat. Alles ist geadelt erst durch die Art, wie er dazu Stellung nimmt, und noch sein totaler Verriß ist besser als sein Schweigen, da er den Gegenstand dem Vergessen entreißt. Wer von ihm der Nichtswürdigkeit gescholten wird, dessen Glück ist gemacht. Wen er eines Verrisses würdigt, hatte den Vorzug, seinen Geist für kurze Zeit zu beschäftigen. Das Wichtigste ist, daß er uns ständig zu Zeugen seiner Bekenntnisse aufruft. Er braucht uns, und das versöhnt uns mit seinem anstrengenden Wesen. "Ich habe schon damals gesagt, als alle noch ..."

Vera ist so bemüht, ehrlich zu sein, daß sie kaum wagt, etwas Bestimmtes zu sein. Alles ist viel schwieriger, als es auf ersten Blick aussieht, alles täuscht.

Vera ist zu gewissenhaft, um sich mit dem Bild zufrieden zu geben, das sie sich macht. Sie kann keinen Satz sagen, ohne ihn durch einen hastig nachgeschobenen zweiten Satz schon wieder halb zurückzunehmen, denn jeder Satz ist einseitig − der zweite Satz enthüllt nur die zweite Seite vom Gegenstand, und jeder Gegenstand hat mehr als tausend Seiten. Vera weiß nicht, wie sie mit ihren armseligen Sätzen dem gerecht werden soll, wie sie uns Zuhörern ein getreues Bild dessen vermitteln soll, was in ihr vorgeht und wie die Dinge ihr erscheinen. Wir müssen ja alles mißverstehen, wenn wir uns mit klaren Aussagen abspeisen lassen, die nur „schreckliche Vereinfachungen" sein können. Was unseren Mund verläßt, ist schon eine fahrlässige oder gedankenlose Verkürzung und Verfälschung der ganzen ungeteilten Wahrheit.

Vera würde am liebsten gar nichts mehr sagen, um nichts Falsches zu sagen. Aber ständig werden Stellungnahmen von ihr erwartet, Beurteilungen und Einschätzungen, die ein bestimmtes Handeln nach sich ziehen, das nicht wiedergutzumachen ist, es ist alles schrecklich. Sie fühlt sich ständig genötigt, Aussagen zu machen, die sie streng genommen gar nicht verantworten kann. Damit nicht jedes ihrer Urteile über einen Gegenstand als ein Todesurteil verwendet werden kann, schwächt sie wenigstens alles durch kleine Zusätze ab, entschärft sie die Äußerungen durch vieles Vielleicht und Aber, viel Einerseits und Andererseits. Wenn sie den Mund nur aufmacht, weiß sie, was dagegen spricht, und sagt es gleich dazu, bevor wir unseren Mund aufmachen können. Sie nimmt alles vorweg, was gegen sie vorzubringen wäre, und dieses Geschäft lassen wir uns gar nicht gern abnehmen. Wir fühlen uns etwas geprellt und um ein Vergnügen gebracht. Wer aus Selbstkritik bestehen will, erregt unseren Argwohn, so geht das hier nicht.

Am Ende wagt sie keinen Satz mehr zu Ende zu bringen. Sie fängt ihn nur an, um sich selbst ins Wort zu fallen, bevor wir das tun können. Wir brauchen sie nicht zu unterbrechen, sie weiß ja, daß es nicht die ganze Wahrheit ist, was sie vorbringt, und der Rest ihrer Rede verliert sich in einem unverständlich verzagten Murmeln, das um Verzeihung bettelt. Verwirrt hält sie inne, verwirrt blicken wir sie an, ob noch etwas kommt. Hilflos blickt sie unseren hilflosen Blick an, lächelt entwaffnend und etwas kokett. Unleugbar will sie uns gefallen, und das gefällt uns nicht. Sie spürt, daß wir durch widerspruchsloses Kopfnicken gar nicht geschmeichelt sind, daß wir mehr von uns verlangen. Also tut sie uns widerwillig den Gefallen, unser Mißfallen zu erregen. Wir erwarten mehr Widerspruchsgeist? Bitte, auch damit kann sie dienen, wenn es weiter nichts ist. Sie gibt Widerworte, wehrt sich, leistet Widerstand und beißt. Ist es so recht? Sie blickt uns beifallheischend an: Hat sie die Prüfung bestanden, durch alle Examina durchzurasseln, hat sie irgendein Fettnäpfchen ausgelassen, auf das wir nun einmal Wert legen?

Sie, die irgendwo zutiefst ordnungsliebend und friedlich ist, verlangt von sich selbst mehr Schmutz und Anarchie, bewundert alle etwas, die guten Gewissens schlampig und frech sind, während sie schlechten Gewissens lieb und reinlich ist. Sie kann keine Perfektionistin sein, ohne ihren Perfektionismus zu verabscheuen, aber sie kann ihren Vollkommenheitswahn nicht hassen, ohne ihn zu perfektionieren. Wenn der Erste es haßt, überall der Erste zu sein, ohne deshalb der Zweite zu werden, hat er schon den Ersten überholt, der es liebt, überall der Erste zu sein. Also wird sie die perfekte Chaotin, die Weltmeisterin im Versagen auf allen Gebieten.

Sie will ideale Hausfrau sein und souveräne Schlampe zugleich, feministische Vorhut und bewundernswerte Geliebte eines bewunderten Mannes, die beste Mutter, die sich durch die Mutterrolle aber keineswegs an der hemdsärmeligsten „Selbstverwirklichungskampagne" hindern läßt, eine moderne Pädagogin, die die Mutter ihrer Schulklassen ist, und eine moderne Mutter, die eine anti-autoritäre Lehrerin ihrer eigenen Kinder ist, die Versöhnung aller Widersprüche auf zwei Beinen.

Der Wunsch, alles auf einmal zu sein, ist der Wunsch, überhaupt nichts zu sein, sagen wir ihr, und sie nickt und weint uns an, bis wir gelähmt sind. Sie fühlt sich von uns in Stich gelassen. Sie sagt es nicht, aber wir fühlen das. Wie können wir nur so roh und unmenschlich sein, so kalt und ungerührt? Unsere vielen Worte zwingen sie, selbst viele Worte zu machen, wo es doch gar nicht um all diese Worte geht. Hören wir denn nicht den Hilferuf aus all ihren Worten heraus, das einzige, was sie nicht aussprechen kann, ohne das Gesicht zu verlieren? Sie redet und redet, um nicht um Hilfe schreien zu müssen, sie versinkt in sich, und wir merken nichts.

Wir reden auf sie ein, wir finden uns überzeugend, wir haben Recht, haben Unrecht, Recht zu haben, und wir reden nachtwandlerisch sicher an ihr vorbei, die an uns vorbeireden muß. Wir reden, um nicht verstehen zu müssen, auf sie ein. Sie gibt uns Recht, um uns nahe zu sein, und dann wenden wir uns unserer Tagesordnung zu, weil sie uns Recht gegeben und sich doch nicht geändert hat. Manchmal bricht es aus ihr heraus,

und sie wirft uns vor, was wir tun, was wir sind : Wir
mauern, wir blocken, wir lassen nichts an uns heran,
wir nennen das Offenheit für alles, wir haben Bezie-
hungsängste, wir sind bindungsunfähig! Dann haben
wir jedes Mal das Gefühl, es sei ihr Problem, das sie
in uns hineinsieht. Manchmal hat sie das Gefühl, verrückt zu werden, und wir haben Angst, sie könne sich
eines Tages etwas antun, um uns zu strafen, und sind
ihr etwas böse.

Uwe blickt uns in die Augen, wenn er uns etwas erzählt. Er kontrolliert die Wirkung seiner Worte auf
uns. Er ist nicht immer in der Stimmung und Form; es
muß einiges in ihm zusammenkommen, wenn er mal
loslegen soll, aber dann, wenn alle Umstände günstig
sind, hält er glänzende Stegreifreden. − Gewöhnlich
spricht und bricht er kein Wort. Wir müssen eine Frage an ihn richten, damit er wenigstens ins Stammeln
kommt. Aus Untiefen arbeitet es sich aus ihm heraus,
er setzt an, schleudert uns ungefüge Brocken vor die
Füße, verheddert sich im Gestrüpp endloser Schach-
telsätze, die nun alles auf einmal sagen wollen und
dadurch fast unverständlich werden. Der Motor stot-
tert und spuckt eine ganze Weile, aber plötzlich, wie
durch ein Wunder, man weiß nicht wie, wird die Rede
flüssiger, ein Wort gibt das andere, und Uwe gibt das
Wort, das er einmal hat, nie mehr her. Er ahmt einen
Bekannten nach, analysiert treffsicher eine Roman-
lektüre, alles fließt ihm leicht von den Lippen, das
Kollern in der Vulkantiefe verstummt. Der Esprit de
finesse, den er an Vorbildern so bewundert, bemäch-
tigt sich seiner eigenen Rede, ruft ungewöhnliche
Adjektive ins Leben, traut sich, hier noch einen Ne-
bensatz einzuflechten, dort noch eine Abschweifung
anzuhängen, ohne daß die Kette reißt und der kunst-
volle Bogen einstürzt.

Die ganze Gestalt strafft sich, belebt sich, das dicke Kindergesicht glüht, keine Lebenslinien wollen sich dort eingraben. Wenn ihm jetzt niemand in die Parade fährt und das Wort abschneidet, ist er unschlagbar und weiß das. Der Wellenreiter kann nicht untergehen. – Das sind seine großen Augenblicke, diese Solonummern sind seine Stärke, nicht rasche Pingpong-Spiele von Rede und Widerrede. Ein bisschen wird er zum Opfer seiner Redelust, verliert sich im Ungefähren, driftet ab vom Thema, wo ist er geblieben? Darauf angesprochen, verstummt er und ist nicht wiederzubeleben. – Finster brütet er in sich hinein, und sein Schweigen wird zur Strafaktion. Von Gedankenaustausch hält er nicht viel, Gespräche sind doch oft nur Gewäsch. – Schlagabtausch von Monologen, dann ein schwarzes Verstummen, Sendeschluß. – Wir können vorbringen, was wir wollen, wir erreichen ihn nicht mehr. Auf dieser Ebene diskutiert er nicht mit uns, das ist ihm zu dumm. Dumpf hören wir es kollern in einer Erdbebentiefe, Fenster zu, Schotten dicht, die Sprechstunde beendet. Buddha sitzt im Lotussitz vor uns, unnahbar, schmerzfrei trainiert, der große Einsame und Unverstandene zieht sich in seine Wüsten zurück. Wir schreien, trommeln gegen sein Panzerglas, es ist vergeblich, er hört nicht. Er ist ganz weg.

Und man nimmt diverse Sexualmaßnahmen aneinander vor.

Die französischen Moralisten

Sie wünscht ihren ewigen Guten Morgen, hängt ihren Sommer- oder Wintermantel in den Kleiderschrank, setzt Kaffee auf für sie beide, raucht eine Zigarette, liest die Tageszeitung, bevor sie diese ihrem langjährigen Kollegen überläßt und sich an ihre Schreibmaschine setzt, um Blatt für Blatt Firmenpost vom Ablagekorb wegzuarbeiten, unterbrochen nur durch abwechselnd Zigarettenzüge und Kaffeeschlucke, die Toilettenpausen und Gänge ins angrenzende Chefzimmer, so sieht er es seit fünf Jahren, seit er als kleiner Sachbearbeiter seinen Lebensunterhalt in diesem Unternehmen verdient, und nichts deutet darauf hin, daß etwas ihn hindern wird, das auch noch die siebzehn Jahre lang zu tun, die ihn noch von seiner Rente trennen, falls nicht doch einmal ...

Er verdient nicht sehr viel Geld und doch nicht zu wenig, um seine kleine Familie durchzubringen, die nur noch aus seiner Frau und ihm besteht, seit ihre Tochter es mit Beginn der Volljährigkeit vorzog, mit einem Freund einen eigenen Haushalt aufzumachen, um ihren Eltern von dort aus herzlicher zugetan sein zu können als innerhalb der elterlichen vier Wände, die nur achtzig Quadratmeter in drei Zimmern umschließen. Seit fünf Jahren teilt er mit Fräulein T. dieses etwas enge Büro.

»Ich fand die Sendung gestern Abend ziemlich langweilig.« So, die langweilige Person fand also diese Fernsehsendung zu langweilig? Hat sie das nicht vielleicht doch um eine Spur zu ... zu beiläufig dahingesagt, nur um seine Aufmerksamkeit abzulenken, aber wovon denn ablenken? Er horcht in sich hinein und dem nach, was sie da eben ... War das nicht etwas zu ... Nein, nicht zu salopp, aber ein wenig zu ... zu unauffällig, um nicht unter Umständen doch noch etwas ganz anderes ... ?

Ach was, Unsinn, wie immer, wenn er nicht besonders gut geschlafen hat und überreizt ist und allzu bereit, seinen schwankenden Mißempfindungen nachzugeben und deren Ursachen zu suchen bei ... Na, es wird ihm schon gelingen, seinen ungeliebten Verstand zu verlieren, nur weiter so. Wenn er ehrlich sein soll, nicht wahr, ist es natürlich auch heute wieder nichts mit ... mit was? Ach was, Schluß für heute! Es hilft nichts, sich etwas vorzumachen, auch heute wird nichts Besonderes mehr passieren, wird der Himmel sich nicht mehr verfinstern und der Tempelvorhang nicht zerreißen. Jede ihrer Gesten sitzt wie immer und wie ihr kunstvoll schlichtes Make-up. Jede Bewegung greift zwanglos in die nächste über, da ist keine Lücke, kein kleinstes verräterisches Zaudern, wo ein halbwegs begründeter Verdacht sich einnisten könnte. Nichts, rein gar nichts, auch heute wieder Fehlanzeige.

Kein Zeigerausschlag der so empfindlichen Sensoren, selbst das Mißtrauen in Person könnte da kaum etwas ... Dabei ist er nun wirklich auf der Hut, hakt nach, wirft Köder aus, statt auf sein Wunder zu warten, er wertet Tests aus, aber keine seiner Sonden fördert je etwas Besonderes zutage ... Er hofft, daß sie ihn nicht dabei beobachtet, wie er sie Tag für Tag beobachtet, seit Jahren acht Bürostunden lang täglich. Er ist trainiert, seine Arbeit zu tun, ohne sie dabei aus den Augen zu lassen. Auch heute fällt nichts aus dem Rahmen und gibt Anlaß zu ... Auch sonst nur normale

Abweichungen von den statistischen Normen, nur hier mal ein Tic und Spleen, dort eine recht belanglose oder auch störende oder gar liebenswerte Marotte, beileibe nichts phantasieerregend Alarmierendes. Jeder andere hätte diese Dauerobservierung längst aufgegeben; er weiß, es ist verrückt, es führt zu nichts, es ist lächerlich. Sie ist eine Sekretärin, basta. Warum will er alles zweideutig und zwiespältig haben?

Ihre einzige hervorstechende Eigenschaft ist eher ein Mangel an Eigenschaften: Sie macht nicht viele Worte. Na und? "Angeklagte, Sie sagen nichts? Heh? Sie gestehen also, daß Sie etwas zu gestehen hätten?" Gib's auf, mein Lieber, du spinnst. Ihre Mundfaulheit, warum nimmst du sie nicht ganz wörtlich? Aber stille Wasser müssen natürlich tief sein, nicht wahr, und auf dem Grunde des Sees liegt eine herrliche Leiche, nicht wahr? Du bist völlig verrückt. Eine Schreibkraft wie Millionen andere. Eine Sekretärin ist eine Sekretärin ist eine Sekretärin und sonst nichts. Und dieses Nichts ist eben nichts weiter als gar nichts, großer Detektiv ... Warum eigentlich so begierig annehmen, sie spiele nur Sekretärin und spiele sie perfekter, als eine echte Sekretärin eben Sekretärin ist, weil sie die nicht ganz perfekte Sekretärin eben perfekt spiele? Oder spielt er selbst bloß den, der glaubt, daß sie die Sekretärin nur spielt? Ein kleines Spielchen gegen die Langeweile des Büros? In seinen lichten, ahh, Momenten, doch ja, das gibt es, ist er bereit zuzugeben, daß sie kaum mehr oder weniger ist als ...

Na ja, was sähe ein beliebiger unbeobachteter Beobachter? Eine gut vierzigjährige alleinstehende Frau von etwas einschläferndem Phlegma und etwas zu üppiger Figur, die am liebsten mit der Zigarette in der Hand aus dem öden Fenster hinausschweigt, und er denkt, daß sie dabei an nichts denkt. Oder verleitet ihre abwechselnd aufreizende und ansteckende Redescheu nur dazu, in diese gutparfümierte Verschlossenheit wunders was hineinzugrübeln, etwas extravagant Apartes, er weiß nicht recht ... ein mundverschließendes Schicksal, einen abenteuerlich tragischen Hintergrund, der verhindert, daß es einfach nur ... nur an Stumpfsinn grenzt? Warum ist ihm so viel daran gelegen, daß sie Masken fallen läßt, sobald man ihr den Rücken kehrt, und daß es mit ihr eine ganz besondere Bewandtnis haben müsse ... daß sie gegen allen Augenschein ein merkwürdiges Doppelleben führe, gegen alle Wahrscheinlichkeit eine sorgfältig getarnte zweite Existenz ... nicht unbedingt etwas anrüchig Verruchtes, nichts melodramatisch Sentimentales, nicht einmal etwas verboten Gefährliches ... Nur ein wenig unvorhersehbar Überraschendes, etwas ...

Nein, keine morgenländische Prinzessin inkognito, so albern ist er nun wieder auch nicht ... Wie soll er sich ausdrücken, so etwas läßt sich nur schwer ... na ja ... Kann jemand fünf Jahre lang eine Maske tragen, ohne daß sie einmal für einige Sekunden verrutscht und ein wahreres Gesicht oder wenigstens eine neue Maske ... Hat sie sich nicht verraten oder eben nichts zu verraten? Unter seinen Augen, die ganze Zeit über, kein Bruch, kein Riß, kein Schnitt, kein Beben, die wenigen pomadig schweren Bewegungen sitzen ihr wie angegossen, die fast obszöne Trägheit kleidet sie sehr gut, und nichts deutet darauf hin, daß ... daß da etwas ... was dem Bild nicht gliche, das sie täglich bietet oder von sich zu vermitteln weiß. Es scheint so, daß sie wirklich ist, was sie zu sein scheint; ein klein wenig anders als andere : also wie jedermann.

Und doch hat er nie aufgehört, auf eine plötzliche Enthüllung vorbereitet zu sein, eine Verwandlung in Zeichentrickfilmen, auf ein unscheinbares Anzeichen hin, das nicht so recht ins Bild passen würde, und das ihn sofort bereitfände, dieses vorläufige Bild abzuändern, um den neuen Gegebenheiten Rechnung zu tragen ... Er versucht sich in strengster Unvoreingenommenheit, zwingt sich zu unbefangenstem Urteil, er tritt einige Schritte zurück, um einen frischen Blick auf sie werfen zu können, ganz nüchternes Auge, ganz Ohr ... Nach so vielen Jahren weiß er nicht mehr, ob sie auch nur schön ist, ob da gar so etwas wie ... nein, nein, nicht Liebe, ach Gott, nein ...

Weil sie nie so ganz da ist, verliert sie fast an Gewicht. Weder ganz hier noch ganz dort, sind ihre großen Kuhaugen in unbestimmte Ferne gerichtet, vielleicht um nichts Bestimmtes sehen zu müssen oder um nicht mitansehen zu müssen, daß in diesem Büro und von diesem Büro aus nichts zu sehen ist ... Ein kinderloses Muttertier, eine fett alternde Frau, deren orientalische Überfülle aber auf der Straße ... männliche Blicke anzieht, er hat das geprüft. In geheimnisvoll geheimnisloser Unbelebtheit starrt sie in Arbeitspausen aus dem Fenster, eine leicht schwitzend träge Masse, von einem strengschwarzen Kostüm und einer weißen Bluse am Zerlaufen gehindert; er weiß nicht, ob sie je verheiratet war oder einen Freund ... Sie spricht so gut wie nie von sich selbst. Spielt sie an Wochenenden die gute Tante bei den Nichten und Neffen einer Schwägerin? Und sonst?

Nach dem Mittagessen verdauen beide wie immer stumm vor sich hin. Er glaubt zu sehen, wie die Bilder gleich hinter ihren Pupillen sich in fadem Nebel auflösen und die Geräusche gleich hinter den Ohrmuscheln in watteweiche Stille; er taucht gern mit ein in diese trübe Dämmerung, dösend sieht er ihr zu beim Dösen, um ihr ein wenig näher zu sein, um ... Die wenigen fälligen Worte heute sind fast alle schon gewechselt, er spielt mit dem Bleistift, steht auf, um ihnen beiden einen Mittagskaffee einzuschenken, eine Fliege umkreist erst sie, dann ihn, dann wieder sie, oh Gott, dann wieder ihn, ohne eine Verbindung zwischen ihnen zu stiften ... Sie gähnt, er gähnt mit und kratzt sich einen Pickel vom Nasenflügel, sein Gähnen schluckt den Kaffee; woran mag sie denken, wenn sie überhaupt je so etwas wie ... Wenn in ihrem Kopf sich nichts abspielen sollte, vertreibt er sich gern die Zeit damit, ihren Kopf zu füllen mit seinen Vorstellungen ... mit seinen Vorstellungen von dem, was in ihrem Kopf vorgehen sollte und könnte und müßte, wenn ...

Und wenn nun alles gar nicht stimmt? Wenn sie etwas in ihn hineinwünscht und hineinfürchtet, was gar nicht ...? Wenn er so ist, wie er scheint, ein harmloser Irrer? Nicht verrückt nach ihr und nach ihrem Verrücktsein nach ihm, sondern einfach nur ... ganz einfach nur verrückt, plemplem und ... Wenn sie sich das alles nur...? Nicht auszudenken. Nein, oh nein ... Er hat es, ja, er kann es, sie irrt sich nicht, sie ist nicht irre ... Er hält es ihr hin, ein Buch, das Kind, das er für sie ausgetragen hat und zu dem sie ihn doch erst ... Sie lächelt, der stille Glanz im Auge der Mutter ... Er ist stolz auf ihren Stolz auf ihn, sein Blick flackert, wird plötzlich unsicher, nein, nein, sie lacht ihn nicht aus ... Nicht dieser Stolz auf das Kind, das in der Sandkiste backe backe Kuchen, das hast du aber fein gemacht ... nein, nein, es ist wirklich die Frucht ihrer beider Liebe, die er vor ihr ...

Es glänzt, es funkelt und strahlt, ein pulsierender Kristall ganz aus reinem Geist, oh ja, filigranfein komplex durchgebildet, ein Schnittpunkt sehr starker Kraftlinien und Magnetfelder ... Und es lebt. Sie erkennt es, sie erkennt es an, was hat er denn nun wieder ...? Er hat keinen einzigen Grund. Es lebt doch in ihr, es versetzt sie in Schwingungen, die ... Was ist denn nun noch unklar, was murmelt er da vor sich hin? Sie mag ihn nicht, weil er das da hervorzubringen und zum Leben zu erwecken vermochte, sondern sie mag das angeblich nur, weil *er* es war, der das in die Welt gesetzt ... Na und? Wenn es das ist, nur das ist, kann sie ihn beruhigen, mein Gott! Ja, sie liebt ihn, und sie liebt ihn nur durch das hindurch, was er da vor sie hingezaubert ... Ja, ja, und sie liebt es nur durch ihn hindurch, der es für sie ... er ist noch immer nicht zufrieden?

Das, um deren willen er geliebt sein möchte, bedeute ihr nichts? Und was sie an ihm mag, bedeute ihm selbst nichts? Oh, er ist unbezahlbar! Also noch einmal! Sie liebt ihn. Verstanden? ... Daß eine Frau einen Mann liebt *wegen* seiner Fähigkeit, die „Ilias" oder die "Kritik der reinen Natur" zu schreiben, nicht *trotz* dieser Fähigkeit, das ist es, was ihm nicht in den Kopf will, er glaubt das nicht? (Ja, ja, er kann beruhigt sein, sie nimmt nicht an, daß er sich für Kant oder Homer hält, um ihr ... Nur weil er da ... schon gut.) Weiß er nicht, wie anspruchsvoll sie ist, wie zickig und wie wählerisch? Kennt er nicht die Körbe, die sie überall an Männer verteilt, ihren Sarkasmus, ihr spöttisches Grinsen, wenn die ihre Schätze vor ihr ausbreiten? Na, dann packt euren Plunder mal aus, was habt ihr zu bieten?! Kaufmännisches, Kulturelles, Technisches, Soziales, Psychologisches, aha? Kinder, Autos, Häuser, Schiffe? Fälschungen! Ausschußware! Kinkerlitzchen. Sieht er, wie sie all das in der Luft zerreißt, durch einen kurzen Blick in Flammen aufgehen läßt? Überzeugt?...

Er fährt sich mit der Hand durchs Haar, er fährt zusammen, elektrisiert, er kneift die Augen zusammen, auf dem Rand des Schreibtischs liegt doch ein Buch, oder?! Sie nimmt nie ein Buch mit ins Büro, nur die Zeitung. Er fragt sich manchmal, ob und was sie abends im Bett oder an Wochenenden wohl lesen mag, reckt und dreht den Hals, um besser sehen zu können ... –»Die französischen Moralisten«? – Nein.

Doch. Er hat es immer gewußt. Und ist doch bestürzt oder gerade deshalb ... Keinen Moment lang hat ihn dieses trägfleischige Gesicht mit den tranigen Augen täuschen können die ganze Zeit hindurch. Diese fast schon lüsterne Gleichgültigkeit der Welt gegenüber, mitten in der Welt. Mitten *in* ihr nicht ganz *von* dieser Welt. Aus einer anderen Welt, inmitten dieser, wie jedermann : Gibt es etwas noch Verführerischeres?

Seine närrische Geduld findet sich doch noch belohnt und rehabilitiert, man darf nur nicht aufgeben, der erste Eindruck ist immer ... Nun wird es dir nichts mehr nützen, meine Liebe, mit dieser scheinheilig lebensdumpfen Miene der professionellen Idiotin oder Amöbe in deinen schönen Fleischbergen versunken dazusitzen. Madame, Sie sind enttarnt, man ist Ihnen auf die Schliche gekommen, das Spiel ist aus! Keine fixe Idee, keine Halluzination, die *französischen Moralisten* also, gar nicht schlecht, Madame. – Das ist mehr, als er in seinen verwegenen Spekulationen zu hoffen gewagt hatte, und jetzt wird sie ja doch wohl nicht länger von ihm erwarten können, daß er weiter so tut, als ob sie ... Nicht wahr, ab jetzt gibt es kein Zurück mehr!

Er sieht, daß sie gesehen hat, daß er das Buch da gesehen ... Nun wird er sie gleich fragen dürfen, und sie wird alles gestehen und ihr Herz, ihr steinernes Herz, ausschütten und die Gründe erklären und die ganze Geschichte erzählen müssen und dürfen und ... Und dann wird er von seinen eigenen Büchern ... Und in begeistert tastendem, ungläubigem Erstaunen werden zwei verwandte Seelen ...

Ja, ja, er hört ja schon auf, schon gut, er läßt ihr Zeit, sich zu fassen und blickt angelegentlich auf seinen Schreibtisch. Ja, da steht sie auch schon auf, hebt sich massig aus ihrem Drehstuhl, kommt um den Tisch herum, nimmt das Buch in die Hand, da, Chamfort, Vauvenargues, Montesquieu, La Rochefoucauld, Rivarol, Joubert, Jouffroy, der Abbe Galiani, oh nein, keine schlüpfrigen Romane, sie legt die französischen Moralisten vor ihn hin, bevor er den Mund auftun kann.

»Dieses Buch hier lag auf meinem Schreibtisch. Es gehört doch Ihnen, oder?«

Die kranke Krankenschwester

„Wo stecken Sie denn nur, wir haben Sie überall gesucht!"

„Aber ich habe nur ... der Patient auf Zimmer 19 liegt im Sterben ... er konnte gestern Abend nicht einschlafen, da habe ich ihn ..."

„Ja, das wissen wir nun. Die Nacht hier um die Ohren geschlagen haben Sie sich, ohne jemanden von uns zu benachrichtigen und zu fragen. An seinem Bett sind Sie, Sie sind sitzengeblieben, an seinem Bett, obwohl er medikamentös völlig ruhiggestellt war. Sie sollen die ganze Nacht hindurch mit ihm geredet haben, statt ihn schlafen zu lassen, in Ruhe sterben zu lassen. Nun ist er tot."

„Er hatte furchtbare Angst, allein zu sein, er wußte, daß es seine letzte Nacht war, er wollte die Tabletten nicht ..."

„Und da haben Sie ihm die Tranquilizer einfach nicht gegeben! Fräulein Eckert, Sie sind jetzt drei Wochen hier, seit das Arbeitsamt Sie uns empfohlen hat. Damit wir uns nicht mißverstehen: wir haben nichts dagegen, daß Sie sich intensiv um die Ihnen anvertrauten Patienten kümmern. Deshalb sind Sie hier, und dafür werden Sie bezahlt. Auch wir sind für humanere Formen der Krankengutbetreuung, das dürfen Sie mir glauben. Wir wollen nicht nur Blutdruck messen, Nachtgeschirr reinigen und Fälle abfüttern. Wir verstehen uns nicht als Automaten, die kaputte Maschinen warten. Wir tun alles, um unseren Patienten den Aufenthalt in dieser ungewohnten Umgebung nicht schwerer zu machen, als ihre Krankheit sowieso schon ist. Je besser wir sie behandeln, desto eher sind wir sie los; das liegt in aller Interesse. Aber stehen Sie erst einmal länger in diesem Beruf, dann werden Sie merken, daß Sie nichts als ausgenutzt werden, von Ihren Chefs wie von Ihren Kranken, falls Sie nicht aufpassen. Von Ihrem Idealismus werden unbezahlte Überstunden verlangt, als wäre das selbstverständlich. In letzter Zeit hat das in diesem Hause solche Ausmaße angenommen, daß hier rein nichts mehr läuft, ohne daß wir uns kaputtmachen. Nur damit der reibungslose Betrieb aufrechterhalten bleibt, im Interesse der Patienten, und nicht alles zusammenbricht. Wir haben das bisher mitgemacht, wir haben stillgehalten und uns vertrösten lassen. Immer wieder ist uns von oben Entlastung versprochen worden und in Wirklichkeit mehr als vorher aufgebürdet worden. – Nach außen entsteht der Eindruck, alles sei in Ordnung. Nun haben wir endlich beschlossen, daß die Grenze der Zumutbarkeit überschritten sein soll. Wir fühlen uns verschaukelt, wir müssen uns wehren, wenn wir nicht selbst schuld sein wollen an diesen Zuständen ..."

„Entschuldigen Sie vielmals, aber das habe ich nicht gewußt ... daß ich Ihnen damit ... ich wollte doch nicht ... dieser Patient ..."

„Ich weiß, daß Sie das alles noch nicht wissen, deshalb habe ich Sie ja kommen lassen. Die Schwestern auf dieser Station haben sich nun für Dienst nach Vorschrift entschieden, nach langem Hin und Her und mit vielen Skrupeln. Aber was nur auf unsere Kosten geht, das geht ja auch auf Kosten der Kranken. Ja, bitte?"

„Aber wenn es nun die Kranken, ich meine, ich weiß ja auch nicht, aber wenn es die mehr trifft als die Verantwortlichen ... dann fällt doch die Schuld auf die Schwestern zurück und nicht ..."

„Wir müssen erreichen, daß das Pflegepersonal aufgestockt wird. Sie sind ja unser erster Erfolg, Fräulein Eckert. Sie sind die erste Kraft, die uns auf unseren Druck hin bewilligt wurde ... Sicher nur ein Zugeständnis, um uns weiter hinzuhalten und uns zu beschwichtigen. Aber immerhin ein Zeichen, daß die uns ernst nehmen und Angst haben vor Schlimmerem. Wir dürfen jetzt nicht aufgeben und uns mit Ihnen abspeisen lassen, Schwester Anna, verstehen Sie das bitte nicht falsch, ... wir sind ja zufrieden mit Ihnen, sogar mehr als zufrieden, das ist es ja gerade ... deshalb fällt es mir auch so schwer, Ihnen das zu sagen, als wollte ich Ihnen Ihre gute Arbeit vorwerfen, aber ... wir wollen doch nicht denen die Arbeit wegnehmen, die man da oben liebend gern einsparen möchte. Natürlich wollen Sie als Neuling einen guten Eindruck machen, Sie legen sich ins Zeug, klar, bei der heutigen Lage am Arbeitsmarkt — auf jede Planstelle in unserer Branche kommen vier arbeitslose Schwestern jetzt, aber gerade deshalb, nicht wahr, nun verstehen Sie doch bitte die Lage, in die Sie mich da ..."

„Aber natürlich, Schwester Ursula, ich begreife Sie sehr gut, und ich will doch den Kolleginnen nicht im Wege stehen und in den Rücken fallen und das alles durchkreuzen durch mein ... ich unterstütze das alles, Sie können sich ..."

„Gottseidank, dann ist ja alles gut, es hätte mir so leid getan ..."

„Aber dieser Mann gestern Nacht, ich meine, das war doch etwas anderes, da geht es doch nicht mehr nur um ... um ..."

„Also, glauben Sie nicht, daß Sie da in Ihrem Anfängeridealismus doch etwas übertrieben haben, von unserer Sache mal abgesehen? Wenn nun die anderen Patienten kommen und jeder will eine Nachtwache an seinem Heia-Bettchen, wenn er sich mal nicht ganz wohl fühlt, wissen Sie, das kann doch niemand im Ernst von unsereins verlangen, daß wir denen dauernd die feuchten Händchen halten, bei allem Reformeifer, und die 'Humanisierung des Krankenbetts' in allen Ehren ... aber wenn wir das erst einreißen lassen, ist kein Halten mehr, da wäre es doch ungerecht, es nicht jedem zu bewilligen, oder? Und das ginge nun wirklich nicht, dafür sind wir zu wenige, selbst wenn unsere Forderungen übererfüllt würden ... Diese Ansprüche dürfen wir nun wirklich gar nicht wecken, das brächte eine Lawine in Gang, der wir nicht gewachsen wären, das schüfe nur neue Arten von Unzufriedenheit und Verzweiflung, die unsere Kranken noch gar nicht kennen. Im Übrigen sind dafür nun wirklich die Angehörigen da."

„Die gibt es in diesem Falle nicht. Oder sie haben sich nicht blicken lassen."

„Und wie stehen wir anderen Schwestern da, wenn wir nur unsere Pflicht tun und Sie sich aufopfern?! Haben Sie daran einmal gedacht? Und die Patienten, müssen Sie wissen, sind gefräßig, das werden Sie noch merken. Kommen Sie ihnen nur ein wenig entgegen, machen sie sich zu kleinen Kindern, die nach der Mami schreien. Widerlich. Mal ist es ihnen zu heiß, dann wieder zu kalt, mal zu laut, mal zu leise, erst zu hart, dann zu weich. Geben Sie ihnen den kleinen Finger, wird Ihnen der Arm abgerissen, die sind unersättlich und schreien noch Zeter und Mordio. Sie sind jung, und ich habe Verständnis für das seltene Verständnis, das Sie Ihren Kranken entgegenbringen. Sie sollen ja die Patienten nicht schikanieren, aber sich auch nicht von deren Launen tyrannisieren lassen. Um Ihrer selbst willen, Schwester Anna, lassen Sie sich von all dem Leid um Sie herum weder abstumpfen noch auffressen ... Verwechseln Sie bitte meine Sorge um Sie nicht mit Hartherzigkeit gegen die Kranken. Ich sage Ihnen das alles nicht nur als Ihre Vorgesetzte, sondern auch als ältere erfahrene Kollegin. Das Betriebsklima auf unserer Station ist sehr gut, Sie werden das selbst gespürt haben. Wenn es gegen die oben etwas durchzuboxen gilt, vergessen wir sofort unsere kleinen Streitereien und Eifersüchteleien, wie es sie überall gibt. Wir erwarten wirklich nichts Besonderes. Wenn Sie bei uns mitmachen, werden Sie eine gute Zeit hier haben. Geht es mal hart auf hart, decke ich so einiges nach außen ab; meine Schwestern haben Vertrauen zu mir und beichten mir alles, wir halten zusammen. Ich bin kein Unmensch und habe trotz meines Alters für so manches Verständnis, ich bin zu jeder Schandtat bereit für meine Schwestern und meine Patienten. Hat eine mal etwas verbockt oder will blau machen, springt eine für die andere ein. Wenn es im Rahmen bleibt. Übereifer schadet mehr als ein bißchen Schlendrian, sage ich immer ... Die Kranken sind es nicht gewöhnt, verwöhnt zu werden. Die kriegen das nur in den falschen Hals, werden unverschämt und drehen durch, werden kindisch, tanzen uns auf der Nase herum oder fühlen sich auf den Arm genommen. Sporen können Sie sich hier nicht damit verdienen, die an die Brust zu nehmen. Ein so großes Krankenhaus wie dieses braucht nun einmal eine gewisse Organisation von Nichtzuviel und Nichtzuwenig. Keine chaotische Menschlichkeit ins Blaue hinein. Ich bin sicher, Sie haben mich verstanden."

„Ich habe Sie herbitten müssen, Fräulein Eckert, weil man sich erneut über Sie beschwert hat, nun gleich von verschiedenen unverdächtigen Seiten, so daß ich nicht nur auf kleinliche Intrigen tippen kann. Noch vor einer Woche habe ich im Guten mit Ihnen geredet, aber die Klagen häufen sich, statt weniger zu werden. Es scheint nichts genützt zu haben … Was ist nur mit Ihnen los? Haben Sie privaten Kummer zur Zeit? Hier zum Beispiel, beim Patienten Winkelmann von Zimmer 42 haben Sie eine Brandwunde ausgewaschen, auf Zimmer 27 ist von Ihnen ein Streckverband versaut und eine Spritze falsch gesetzt worden. Bei Medikamenten verwechseln Sie schon mal die vorgegebenen Dosierungen, und so geht das weiter. Herrgott, solche Zerstreutheiten können Sie sich als Bürofräulein leisten, wo es nur um Papier geht, aber doch nicht hier, wo ganze Menschenleben davon abhängen. Sie müßten sich doch endlich eingearbeitet haben, nach so vielen Wochen. Und natürlich kann Schwester Karin das nach einem Monat von Ihnen verlangen! Diese elementaren Dinge aus dem Erste-Hilfe-Kursus. Patienten haben wir hier, die mehr davon verstehen als Sie. Aber nicht genug damit, daß Sie die einfachsten technischen Faustregeln durcheinanderbringen … Ich hatte geglaubt, Sie täten mehr als die Durchschnittsschwester hier. Aber nein: Sie tun etwas ganz anderes, und Sie tun das falsch.

Statt die Patienten fachgerecht zu versorgen, führen Sie nur stundenlange Gespräche mit ihnen … Sogar

227

noch nach Feierabend. Dafür sind Sie nicht zu zerstreut! Wir anderen Schwestern haben das auszubaden dann. Die Leidenden langweilen sich natürlich in ihren Betten den lieben langen Tag, klar ... Die sind dankbar für jede Minute, die man Ihnen widmet, versuchen einen durch dumme Fragen und Schmeicheleien aufzuhalten, betteln um jeden Brocken Unterhaltung. Nach Ihnen sind die ganz verrückt, weil Sie so verrückt sind, auf die hereinzufallen. Die sprechen nur noch von Ihnen, fragen uns aus nach Ihnen, messen uns an Ihnen. Schön stehen wir da! Da haben Sie schlafende Hunde geweckt, die maßlose Anspruchshaltung, der niemand gerecht werden kann, ein Gibbern und Gieren, und viel böses Blut. Wollen Sie sich bei denen beliebt machen? Sich mit denen gegen uns verbünden?

Ich glaube, Sie brauchen das, daß die nach Ihnen ganz süchtig werden, nicht? Und was tun Sie Großes? Lassen sich von Schwerkranken deren Lebensgeschichte erzählen, statt sich um ihr Überleben zu kümmern, Sie kleine Seelsorgerin! Erst bringen Sie die durch falsche Pflege fast um, dann bringen sie den Sterbenden Trost und lassen sie sich vor dem Exitus noch einmal so richtig ausquatschen, bis zum Geht-nicht-mehr. Die reinste Affenliebe! Wissen Sie, welchen Spitznamen Sie bei Ihren Kolleginnen weghaben? 'Todesengel von Station 11' heißen Sie. – Gefällt Ihnen das? Aber Sie sollen auch wissen, daß nicht alle Bettlägrigen hier vor demütiger Dankbarkeit zerfließen ... Einer ist gekränkt über Ihre humanistischen Exzesse, wenn ich das mal so nennen darf, jawohl. Erkundigen Sie sich ruhig einmal bei Herrn Winter von Zimmer 21. Der hat sich über Sie beschwert, da staunen Sie. Und nicht über falsche Arznei oder Zugluft."

„Ja, ja, ich habe mich über Sie beklagt. Weshalb? Darüber, daß ich mich über nichts mehr zu beklagen habe, Schwester Anna ... Aber Scherz beiseite. Was habe ich gelitten unter der lieblosen Abfertigung hier, und ich war Zeit meines Lebens keine Mimose und kein Querulant. Noch schlimmer aber ist, wie stolz die Leute hier auf ihren ganz speziellen Humanservice sind, diesen Wettbewerbsvorsprung vor anderen Anstalten. Ich bin 88 Jahre alt und liege seit zwei Jahren in diesem verdammten Bettensarg. Die Schwestern haben mich zur Weißglut gebracht mit ihrer schnoddrigen Gleichgültigkeit, mit ihren jungen schönen kalten Visagen, ihren Radiostimmen. „Na, Herr Winter, bald ist ja Sommer!" Von dieser Sorte religiösen Zuspruchs. Es fällt mir schwer, Ihnen das zu sagen ... aber seit Sie hier sind – verstehen Sie mich um Gottes willen nicht falsch — seit Sie hier herumgehen, fühle ich mich ... wie tot.

Sie opfern uns Ihre Freizeit, Ihre Nerven, vielleicht sogar unentgeltlich, umso schlimmer. Sie hören sich mit überirdischer Geduld unsere dummen immer gleichen Geschichten an, die kein Ende nehmen wollen, damit Sie ja nicht weitergehen zum Nebenmann. Was gibt es Langweiligeres als das Elend ... jeder Schmerz ist eine billige Imitation, das Original ist längst verlorengegangen, Sie hören an meinen Ausdrücken, daß ich Pfarrer war. Ich fühle mich wie ein Riesenbaby, das mehr bekommt, als es will, ohne etwas dafür tun zu müssen, tun zu dürfen und geben zu können. Wir faulen hier herum und können unseren Tod nicht beschleunigen, der viel zu ausführlich ist und Sie mehr quält als uns. Sie sind die Heilige von Station 11, Bezirksmeisterin im Caritassport, ich weiß nicht, weshalb Sie sich mit uns bestrafen, oder ob Sie ganz einfach ein guter Mensch sind, der nicht Nein sagen kann, was ja ein großes Unglück ist, oder ob Sie Ihre Mitmenschen gern durch Dankesschuld knebeln oder später, wenn es Ihnen selbst einmal schlecht gehen sollte, ebenso gut behandelt werden möchten, als gäbe es einen Zusammenhang zwischen dem, was Sie den Leuten heute tun, und dem, was Sie von ganz anderen Leuten sich übermorgen erhoffen.

Sehen Sie mir meine Redseligkeit bitte nach, mein haltloses Altersgebrabbel eines abgetakelten Pfaffen, der Sie von seinen Mitbrüdern hier fernhält. Aber Sie sollen wissen, daß ich über alles getobt und geflucht habe, früher, vor Ihnen. Getobt und geflucht. Aber ich habe mich leben gefühlt! Heute kann ich mich über nichts mehr beklagen, der Herr hat mich bestraft, indem er meine Gebete erhört hat. Worum kann ich noch jammern als um meine eigene Wehleidigkeit und hosenscheißende Jämmerlichkeit? Worüber grüble ich den ganzen Tag nach? Über die Versäumnisse meines, na, soll ich sagen : Lebens? Über das, was ich nie mehr in Ordnung oder Unordnung bringen und nie mehr wiedergutmachen kann, alles Gedanken, die ich immer gehaßt habe, werden jetzt fixe Ideen, von denen mich nichts mehr ablenkt.

Und ich war ein erbärmlicher Gottesmann, ach, nicht einmal das, ohne Größe in der Sünde, nur schmuddelig. Hier lieg ich nun, und nicht Gott zu Füßen. Früher konnte ich mir sagen, alles wäre gut, wenn nur diese Ungeheuer von Schwestern nicht wären und diese bezahlten Sadisten, die Ärzte, die die Körper foltern wie wir die Seelen, und die mich immer wieder ins sogenannte Leben zurückspritzen und auf der Intensivstation zu Tode reanimieren. Diese Pfleger, die nur an ihre Zigarette im Bereitschaftsraum denken, während sie mir den Hintern abwischen. Und dann sind

Sie gekommen und haben alles weggenommen, die ohnmächtige Wut und ihre Gründe, und nun lenkt mich nichts mehr ab, von meinem Verrecken und von dem, was ich aus mir habe machen lassen, Sie beschämen uns alle hier, und das macht mich wütend, und darüber schäme ich mich noch mehr, ich, der diese Gefühle immer gehaßt hat, der immer davon gelebt hat, daß er sich aufs Schicksal berufen konnte, auf schlimme Verhältnisse, auf böse Menschen herausreden konnte und die ganze Scheiße, die mich entschuldigt hat, wenn aus mir nichts wurde als einer, der am Selbstmitleid nie etwas Schlimmes finden konnte, nicht einmal das! Wenn ich damit leben konnte, hätte ich auch damit krepieren können, oder?

Und fünf Minuten vor Toresschluß, als ich mit meinem Gott schon abgemacht hatte, daß ich nichts mit ihm abzumachen hatte, kommen Sie hereingeweht und machen kaputt, daß alles so sauber kaputt war. Ich hasse mich dafür, aber es hilft nichts, ich hasse Sie, weil Sie nicht so häßlich zu mir sind, wie ich es gern zu anderen war, wie es alle sein mußten, damit ich mich ertragen konnte, hundsgemein schäbig, aus Notwehr und guten Gewissens. Zum Teufel mit Ihrer Güte und Sanftmut, Ihrem schönen Verständnis für alles, was Sie nicht verstehen. Sie kommen zu spät, und deshalb sind Sie Gottes Strafgericht für mich, wie soll ich jetzt in Frieden sterben, ohne Gründe für meine Altmännerbosheit, für meinen Greisenhaß auf alles, was sich noch bewegt?! Ich fluche, weil Sie mir die Gründe zum Fluchen stehlen. Was stehen Sie da noch herum und glotzen mich an, in Ihrer dummen gottgefälligen Kreatürlichkeit, ich will Sie nicht mehr um mich haben, verschwinden Sie! Rufen Sie mir die allerschlimmste von den Schwestern, holen Sie mir Schwester Karin, die kalte Sau, tun Sie mir diesen letzten Liebesdienst! Haben Sie Erbarmen und verschonen Sie mich mit Ihrem Erbarmen! Wie kann ein Teufel einen Engel ertragen?"

„Über die Gründe brauchen wir uns ja wohl nicht zu unterhalten, die Sachlage ist ja eindeutig. Fräulein Eckert, Sie sind sicher nicht überrascht, daß wir Ihnen fristlos kündigen. Es ehrt Sie, daß Sie auf Ausflüchte und Verteidigung verzichten wollen. Sie haben mich tief verletzt, umso tiefer, als ich mir mit Ihnen ganz besondere Mühe gegeben hatte ... Nie hätte ich geglaubt, ich könnte mich in meinem Alter noch so in Menschen täuschen, es ist demütigend. Die 'Heilige von Station 11', die keinen Pisspott leeren konnte, ohne die Patienten in tiefe Gespräche über Gott und die Welt und Leben und Tod und Teufel zu verwickeln, und die dabei jedes Medikament verwechselte, begleitet den achtundachtzigjährigen Winter, der nicht mehr allein gehen kann, auf die Toilette, hilft ihm zu Stuhle, schließt sich mit ihm dort ein, grinst ihn an und hat nichts an unter ihrem Rock und sagt zu dem Pfarrer: 'Na, Opa, willste noch mal lecken?' "

„Fünf Wochen schon auf Leben und Tod ... wir müssen etwas tun ..."
„Wie denn? Vom Bett aus?"
„Wir sollten Geld sammeln, damit sie ein Einzelzimmer hat, auf Privatstation ... warum sagt uns keiner, was sie eigentlich hat?"
„Warum dürfen wir sie nicht einmal besuchen?"
„Sie braucht absolute Ruhe, heißt es."
„... doch nur ein Vorwand, uns von ihr fernzuhalten."

„... ganz gottverlassen allein, mit den Schwestern und Ärzten ... sie ist todkrank. Kein Mensch braucht absolute Ruhe vor dem Tod ..."

„... zu Tode gekränkt, aber wer ... was ..."

„Na, nun haben Sie ja erreicht, was Sie wollten, mein Glückwunsch! Sie wissen nicht, wovon ich rede? Von Ihrer Zufriedenheit rede ich, Schwester Ursula. Fragen Sie nicht, woher ich das weiß. Heh? 'Na, Opa, willst noch mal lecken?' Erinnern Sie sich? Ich weiß, was Sie mit dem armen Kind gemacht haben und was es mit mir gemacht haben soll : Das war Ihre karitative Glanzleistung bisher ... Den Satz hab ich doch schon einmal gehört, vor einem Jahr. Von Ihnen. Paßt auch eher zu Ihnen als zu Schwester Anna. Die Heilige muß eine Hure sein, damit Sie Hure eine Heilige werden. Sankt Ursula, die fromme Drecksau. Oh, ich bin Ihnen viel zu ähnlich, um die Delikatesse Ihres Vorgehens nicht würdigen zu können. Wir beide sind alt und verdorben, es ist kein Zufall, daß wir immer wieder zusammenkommen.

'Na, Opa ...'

Aber wenn es nur das wäre! War nur die Krönung des Ganzen. Was da fallen will, das soll man auch noch stoßen, Sie lieben noch immer Ihren Nietzsche. Gehst du zu Kranken, vergiß die Peitsche nicht. Ja, Sie pflegen alles groß oder zugrunde. Wer Ihre Pflege übersteht, war es wert. An Ihnen scheidet sich das Schwache vom Starken, das Brauchbare vom Unnützen. Ja, ich weiß, Sie lassen mich reden, weil ich Ihnen nicht schaden kann, kein Gericht würde meine Zeugenaussage anerkennen, Halluzinationen eines Apoplexen, Altersdemenzen, moribundes Zeug. Haben Sie das Kündigungsschreiben für Schwester Anna schon aufgesetzt? Was haben Sie denn ins Zeugnis geschrieben? Zu schlecht für dieses Krankenhaus? Oder zu gut für diese Welt? – Zu schlecht, weil zu gut? Unzureichend, weil vorbildlich? Für diesen Wisch mußten Sie doch noch einmal einen Blick tun in die Überweisungspapiere vom Arbeitsamt, oder? Da haben Sie doch spätestens alles entdeckt, nicht? Sie müssen viel zu erschrocken gewesen sein, um die Konsequenzen nicht sofort zu überblicken: Sie sehen, mein Kopf arbeitet ganz wie der Ihre. Mir wird niemand glauben, bei meinem Ruf hier, und wie ich mich aufgeführt habe in den letzten zwei Jahren.

Was haben Sie in den Arbeitsamtpapieren gelesen? Daß Schwester Anna hier als Lehrling angefangen hat und nicht als Schwester? Als Lehrling für die Ausbildung als Pflegehilfskraft … ohne alle fachlichen Voraussetzungen und Vorkenntnisse? Und Sie haben das arme Mädchen als voll ausgebildete Stationsschwester behandelt, von Anfang an, die ganze Zeit über, bis zu ihrem Zusammenbruch. Ein Mißverständnis? Nur des Mädchens. Ein bedauerlicher Irrtum? Nein, das war Absicht, Irrtum ausgeschlossen! Auf Irrtum konnten Sie sich ja immer noch herausreden. Das belastende Überweisungsschreiben des Arbeitsamtes werden Sie vernichtet haben, gleich am Anfang oder spätestens jetzt, wo es brenzlig wird. Eine ebenso tragische wie entschuldbare Verwechslung, nichts weiter! … Vom Arbeitsamt haben Sie damals natürlich nur eine mündliche Empfehlung und Ankündigung des Mädchens erhalten. Oder der Wisch ist verschlampt worden, Sie werden die Verantwortliche schon finden.

Von einer Kündigung darf allerdings keine Rede gewesen sein. Wenn das alles rauskommt, ist Anna erst eine richtige Heilige, eine wirkliche Märtyrerin dieser Anstalt. Niemand kann sich mehr leisten, dem geprüften Ding vorzuhalten, es habe den Klinikfrieden gestört, durch Übererfüllung des menschlichen Plansolls. Den humanen Akkord verdorben, das Betriebsklima vergiftet und über fachliche Unzulänglichkeit hinwegtäuschen wollen. Keine Kündigung also. Wenn das Kind wieder auf die Beine kommt und den Dienst wieder antritt, wird sie einfach als das behandelt, was sie ist, als Grünschnabel, dem die Flausen auszutreiben sind. Dann können wir wieder hier allein in Ruhe ableben, ohne Belästigung durch Nachtwachen an unseren Sterbebetten, oder? – Vorsatz von Anfang an.

Leute gibt es, die geben sich für mehr aus, als sie sind. Aber so zu tun, als hielte man jemanden für mehr, als er ist – und ihm das nicht zu sagen! Sie haben Anna Dinge aufgetragen, die für eine ausdiplomierte Vollschwester zumutbar und selbstverständlich sind. Sie haben gewußt, daß sie nichts wußte und konnte. Jeder hat ihr vorgeworfen, nicht das zu sein, was sie doch erst werden sollte und werden wollte. Sie haben so getan, als hielten Sie Anna schon für das, was sie noch nicht ist und werden möchte, eine Krankenschwester. Vor jemandem verbergen, daß man ihn absichtlich überschätzt – um ihn zu ruinieren, pfui Teufel, Respekt, darauf wäre ich nicht gekommen, Sie sind mir über, Schwester Ursula!

Die Sache hätte sich von selbst aufgeklärt, wenn Anna einfach nur versagt hätte. Aber dann hätten Sie ja das Spiel auch erst gar nicht mit ihr treiben müssen. Sie war zu gut, sie mußte weg … sie drohte die ganze Krankenpflege hier als das zu entlarven, was sie ist: als Humanitätsfolter und als Hexensabbat. Und keiner kam auf die Lösung, weil Anna ebenso viel besser wie schlechter war als eine fertige Krankenschwester, ja. Weil eine Anfängerin Ihre ganze vierzigjährige Berufserfahrung als Feldwebelzynismus bloßstellt, ohne daß sie aufhört, ein blutiger Laie zu sein! Sie ist noch der Lehrling, der sie schon nicht mehr ist. Sie ist noch nicht die Schwester, die sie schon ist und überholt hat. Also ist sie nicht mehr die Anfängerin, die sie doch noch ist. Also ist sie schon die Krankenschwester, die sie ja noch nicht ist. Und mehr als das.

Ein Engel ist ein Engel, also keine gute Krankenschwester. Zum Teufel mit Ihnen! Anna mußte doch denken, sie erfülle nicht einmal die Mindesterwartungen, die sich an einen blutigen Anfänger stellen lassen, der nicht mehr mitbringt als die Tatsache, ein Mensch unter anderen zu sein. Verschwiegen wurde ihr ganz gezielt, daß sie insgeheim an erfahrenen Schwestern gemessen und zu leicht, weil zu schwer befunden wurden war. Und was will sie denn werden? Krankenschwester? Nein. Pflegehilfskraft will sie nur werden. Nicht einmal das war sie, als sie hier anfing.

Was für eine Predigt wäre das geworden! Liebe Gemeinde, ... liebe Brüder und Schwestern in Christo! Wenn ich etwas werden möchte, gebe ich zu, es nicht zu sein. Ich bin es schon in Gedanken, nehme es schon in Wunsch und Vorstellung vorweg und allen Veranstaltungen, die darauf abzielen, es zu erreichen. In der Phantasie bin ich bereits, was ich realiter ja noch nicht bin, und planend bin ich nicht mehr, was ich in Wirklichkeit noch bin. Ist es zuweilen nicht sinnvoller, jemanden nach seinen gesteckten Zielen zu beurteilen als danach, daß er sie noch nicht erreicht hat? Gebe ich ihm solchen Kredit, nagele ich ihn nicht fest auf das, wozu er es hier und jetzt bisher gebracht hat, sondern stelle in Rechnung, worauf er hinauswill, und nehme in den Katalog dessen, was ihn ausmacht, auch das mit auf, was ihn eines Tages einmal ausmachen soll. Dadurch erkenne ich mit einer gewissen

Großherzigkeit an, daß zur Wirklichkeit eines Menschen gehört, was er wirklich plant, träumt, wünscht, entwirft und nicht nur, daß er es bisher nicht realisiert hat. Dazu muß ich Gedanke und Wirklichkeit nicht etwa verwechseln und den Vorsatz schon für die Tat nehmen. Aber natürlich muß ich ihn auch definieren durch den Abstand, der ihn von dem trennt, was er nur erst will. Wer hoch hinaus will, ist der nicht schon ein wenig mehr als er selbst, weil er sich nicht zufriedengibt mit der Sicherheit, sich nicht blamieren zu können durch Verzicht auf das Risiko des Mißerfolgs?

Eine ausgesuchte Infamie aber, sich hämisch zu weiden an der Kluft zwischen dem, was einer ist, und irgendwelchen Idealen, die er sich gar nicht vorgenommen hat zu erreichen. Statt seine Realität an dem Anspruch zu messen, mit dem er selbst auftritt! Das Vergnügen steigert sich noch, wenn ich vorgebe, diesen Menschen an den Zielen zu messen, die er sich selbst gesetzt hat, und ihn in Wirklichkeit mit Normen konfrontiere, die ich ihm verheimliche und die ihm auch ganz äußerlich sind. Sieht ein solcher sich mit meinen Augen, ist er verloren, verloren wie Schwester Anna. Keine Angst, das wird keine Predigt, ich war immer ein mieser Pfarrer. Aber fragen Sie mich nicht, woher ich das alles weiß. Zum Teufel mit Ihnen und mit uns beiden! Ja, ja, her mit der Spritze!"

„Ich liebe Sie, Pfarrer Winter, ich liebe Sie sehr."

„Ah, guten Morgen, Schwester Anna, da sind Sie ja wieder. Wir haben Sie vermißt, wir Schwestern und natürlich die Patienten. Ich hoffe, der lange Genesungsurlaub hat Ihnen gut getan. Heute ist ja wohl Ihr erster Arbeitstag wieder, nicht wahr? Sie hatten sich überanstrengt, zu viele Überstunden, es war am Anfang zu viel für Sie, es war auch unsere Schuld, obwohl ich Sie immer vor Überlastung gewarnt hatte, das müssen Sie zugeben. Fangen wir also noch einmal von vorn an und lernen wir alle daraus. Aber blaß sehen Sie noch aus, richtig elend, vielleicht war es doch noch zu früh, heute wieder ... Übernächtigt sehen Sie aus, oder haben Sie ... Sie haben doch die vergangene Nacht nicht wieder ... oh, Schwester Anna, am ersten Tag! Und Herr Winter schläft ja noch. Warum wecken und waschen Sie ihn nicht? Was soll denn die leere Spritze hier auf dem Nachttisch? Diazepam, 50 Milligramm. Sie haben ihm das doch wohl nicht ...?! Wo ist denn der Puls ... Aber der Mann ist ja schon ganz kalt!"

„Schwester Ursula, als leitende Ärztin dieser Station übernehme ich die volle Verantwortung. Ich weiß, daß ich vom Arbeitsamt Ihnen als diplomierte Krankenschwester vermittelt worden war. Meine skandalöse Behandlung trage ich Ihnen nicht nach. Eben erst erfahre ich vom Versehen des Arbeitsamtes. Sie alle hielten mich für eine graduierte Schwester, voll examiniert, und waren erstaunt über meinen Umgang mit den Kranken. Sie konnten nicht wissen, daß ich voll approbierte Ärztin bin. Ich habe mitgespielt, und es hat mir auch großen Spaß gemacht. Ich wollte mal unerkannt den Krankenhausbetrieb testen.

Über Ihre Art, mit Untergebenen umzugehen, sprechen wir noch, Schwester Ursula. Was diesen Patienten betrifft, er hatte gestern Abend erfahren, daß sein Testament von den Angehörigen angefochten werden sollte. Wegen Unzurechnungsfähigkeit. Er war sehr erregt. Außerdem war er in letaler Verwirrtheit, redete in schamlosesten Worten darüber, welche Obszönitäten Sie, Schwester Ursula, hier an uns ... ich kann das nicht wiedergeben. Ich konnte schließlich nicht die ganze Nacht damit zubringen, ihn zu beruhigen ... Ich habe ihn ruhiggestellt."

Der eine oder andere ehemalige Patient, der das Krankenhaus lebend verlassen konnte, hat Fräulein Anna dann später hin und wieder in der psychiatrischen Anstalt besucht. Niemand brachte dort aber die gleiche Geduld auf, die ihm selbst einmal zuteil geworden war.

Einen Beruf hat Fräulein Anna Eckert nicht mehr erlernt.

EHE 2000

Personen:
F : Frau
M : Mann

F: Den Nußkuchen habe ich extra für dich gebacken,
du ißt ihn ja so gern. Nimm doch noch ein Stück.

M: Nein, danke, ich bin jetzt satt. Wirklich.

F: Schmeckt er dir denn gar nicht?

M: O doch, ja, ganz im Gegenteil,
er ist sehr gut geworden.

F: Warum nimmst du denn nicht mehr davon?

M: Ich hab' schon zu viel davon gegessen,
ich platze gleich.

F: Aber du sagst doch immer, du könntest nie genug
davon bekommen.

M: Fünf Stücke, das ist wohl Beweis genug,
daß ich ihn mag.

F: Du hast meinen Kuchen über, gib es zu.

M: Nein, nein, er ist genau richtig und schmeckt
prima. Hier, sieh, ich nehme noch ein Stück.

F: Nicht mir zuliebe. Dann laß es lieber.
Du mußt ja nicht.

M: Sei nicht gleich beleidigt. Er ist genauso,
wie ich ihn von zu Hause kenne. Ehrlich.

F: Du magst ihn also nur, weil er so ist,
wie deine Mutter ihn immer gemacht hat.

M: Dieser hier ist besser, ganz eindeutig besser ...

F: ... als Mamas Nußkuchen? Hast du keine Angst,
ich könnte denken : Verdammt, er vergleicht mich
schon wieder mit seiner Mutter?

M: Du hast Angst, ich könnte so denken, oder?

F: Er ist schlecht, wenn er mit Mamas Kuchen
verglichen wird. Selbst wenn er besser ist.

M: Aber du drängst ihn mir doch auf!
Darin bist du wie meine Mutter, allerdings.

F: Weil du mich so behandelst! Du weißt genau,
daß ich in diesem Punkt empfindlich bin. Deshalb
stocherst du ja auch so gern in dieser Wunde herum.
Deine Mutter, dagegen bin ich doch Dreck!

M: Aber wer hat denn mit Mama angefangen?
Du hast es doch herausgefordert
und mich in diese Falle gelockt.

F: Weshalb sollte ich wohl?

(Pause)

M: Na, damit du Grund hast, dich schön gekränkt zu fühlen und mir schön gerechte Vorwürfe machen kannst, ich kenne dich doch.

F: Du liebst deine Mutter, und mich kann sie nicht riechen. Weil ich für ihren Zuckerbubi nicht gut genug bin. Also siehst du mich mit ihren Augen.

M: Du siehst ja Gespenster!

F: Du nimmst sie doch gegen mich in Schutz, wo du kannst. Mit mir darf überhaupt jeder umspringen, wie er will. Du stehst nur daneben und siehst zu, du Memme.

M: Ja, ja, dein Vater ist da ein ganz anderer Kerl, die Platte kenne ich. Der hat seine Frau vor dem Leben beschützt, ihr alles abgenommen und zu Füßen gelegt. Deshalb säuft sie auch. Aber gegen den Kerl kann ich ja nicht anstinken.

F: Weil du ein Muttersöhnchen bist. Warum läßt du meinen Vater nicht aus dem Spiel?

M: Weil du mit meiner Mutter herumfuchtelst. Du haßt sie und willst mich deshalb fertigmachen. Richtig kalt und herzlos kannst du sein.

F: Ja, ja, ja, ich bin frigide. Aber nur, weil du mich nicht liebst.

M: Wie kann ich dich lieben, wenn du frigide bist?

F: Ich war's nicht, bevor ich dich kennenlernte.

M: Das sagst du nur, um mich zu verletzen.
Ich soll nur wieder ein schlechtes Gewissen haben
und mich klein und häßlich fühlen.

F: Du wirfst mir vor, ich mache dir Schuldgefühle?
Warum? – Ich sag's dir : Ich soll dir nichts mehr
vorwerfen können, ohne mich ganz mies zu fühlen.
Darauf falle ich nicht mehr herein.

M: Du drehst doch alles immer so hin,
daß du nie im Unrecht sein kannst.
Ich fühle mich schon gar nicht mehr so gut.

F: Herrgott, warum denn das?
Du hättest doch allen Grund dazu.

M: Weil ich nicht dauernd gut zu dir bin.

F: Daran soll wohl ich schuld sein, oder? Ich tue alles
für dich. Du hättest allen Grund, zufrieden zu sein.

M: Ich bin so frei, es nicht zu sein, meine Liebe.

F: Aber weshalb denn nicht,
wenn man mal fragen darf?

M: Na ja, bei all dem Elend auf der Welt?

F: Dafür kannst du doch nichts?

M: Wer denn sonst? Du etwa? – Na also.

F: Du solltest dich lieber nicht schuldig fühlen, weil
du glücklich bist, sondern weil *ich* unglücklich bin.

M: Du denkst doch immer nur an dich selber!

F: Weil ich versuche, dich glücklich zu machen.

M: Nur das macht dich wirklich glücklich, was?

F: Ist es denn ein Verbrechen, wenn ich über deinen
Kummer unglücklich bin? Wagst du mir das
ins Gesicht zu sagen?

M: Ja, *mein* Verbrechen soll das sein?
Eine glatte Erpressung! Geschieht mir ganz recht,
wenn du verzweifelt bist, nicht wahr?

F: Mit mir stimmt doch was nicht,
wenn ich jemanden wie dich liebe.

M: Wo ich so rücksichtslos brutal bin, nicht?

F: Ja, meine Liebe zu dir kaputtzumachen,
das macht dir Spaß.

M: Womit habe ich das nun wieder verdient?

F: Du zwingst mich dauernd zu versagen.
Du läßt mich dich doch gar nicht glücklich machen.
Wenn das kein Egoismus ist!

M: Mich ärgert nur,
daß du dich deshalb über mich ärgerst.

F: Ich bin doch gar nicht über dich verärgert,
wie kommst du darauf?

M: Das ärgert mich ja gerade,
daß dir mein Ärger darüber schnuppe ist.

F: (Pause) − Verzeih mir, Liebster!

M: Nein.

F: Das verzeih ich dir nie!

M: Was denn?

F: Daß du mir nicht verzeihen willst.

M: Das Schlimme ist, daß du ganz einfach dumm bist.

F: Das Dumme an dir ist nur, daß du das glaubst.

M: Ich frage mich immer, was ich dir nur getan habe.

F: Das ist es ja gerade! Du tust mir nichts.
Ich bin dir nicht einmal einen Wutanfall wert.
Du sitzt nur herum und frißt Kuchen.

M: (aufbrausend) Aber wer wollte denn,
daß ich diesen Scheißkuchen . . .

F: Aha, also doch ein Scheißkuchen!

M: Verdammt nochmal, halt endlich deinen Mund,
oder ...

F: Oder was? Nur zu. Laß es raus.
Ich habe keine Angst vor dir.

M: Du fühlst dich viel zu sicher bei mir.

F: Dafür verachte ich dich ja gerade.
Warum bestrafst du mich nicht?

M: Wofür denn wohl, bitte schön?

F: Daß ich dich dauernd mit Verachtung strafe,
für nichts und wieder nichts! − Aus Wut
über deine Gleichgültigkeit und deine Toleranz.

M: (seufzend) Ich habe eben das Unglück,
dich zu lieben.

F: Ach was! Du magst bloß, daß ich dich mag,
das ist alles.

M: Bei dir stimmt doch was nicht!

F: Das glaube ich nicht.

M: Das ist es ja gerade.

F: Wenn du glaubst, daß mit mir was nicht stimmt,
dann ist mit dir was nicht in Ordnung.

M: Mit mir soll was nicht stimmen, weil ich dir helfen
will zu sehen, daß mit dir was los ist?

F: Mir muß nicht geholfen werden, ich bin ja okay.

M: Du liebst mich nicht.
Sonst würdest du dir von mir helfen lassen.

F: Was würde das ändern? Du interessierst dich doch
schon lange nicht mehr für mich.

M: Das interessiert dich doch gar nicht.
Damit langweile ich dich doch nur.

F: Davor hast du Angst?! Damit langweilst du mich
nun wirklich.

M: Du zwingst mich ja, so uninteressiert zu tun.

F: Damit willst du dich doch nur interessant machen.
Dich interessiert doch nur, daß ich mich für dich
interessiere. Du hast nur Angst,
ich könnte dich langweilig finden.

M: Und du hast Angst, ich könnte mal keine Angst
mehr davor haben, dich zu langweilen.
Oder was fürchtest du sonst?

F: Ich? - Daß ich eines Tages mal
keine Angst mehr vor dir habe.

M: Und warum, bitte?

F: Weil ich dann wirklich abhauen müßte. Und du?

M: Ich habe keine Angst. Vor nichts und niemanden.

F: Damit willst du mir nur Angst machen.

M: Ich soll bloß Angst davor kriegen,
dich bange zu machen. − Du denkst,
ich habe Schiß vor dir, nicht wahr?

F: Du hast Schiß, ich könnte denken,
du fürchtest mich!

M: Bilde dir mal ja keine Schwächen ein.
Ich vor dir zittern?

F: Je weniger Angst du zeigst, desto mehr hast du.
Und je mehr du hast, desto weniger darfst du das
zeigen. Das kannst du dir nicht leisten.

M: Du hast nur Schiß, daß ich dich verlasse.
Aber keine Sorge, ich bleibe bei dir.

F: Wie gütig! Hast du nicht nur Angst,
daß ich dich gehenlasse, wenn du damit drohst?

M: Na, du machst mir Spaß.

F: Dir Freude zu machen, macht gar keinen Spaß.
Das ist harte Arbeit.

M: Siehst du, du gibst es zu:
Es macht dir keinen Spaß mit mir.

F: Oh doch! Dir vorzumachen,
daß es mir mit dir Vergnügen macht.
Das macht dir doch am meisten Spaß, oder?

M: Mir macht es keinen Spaß herauszufinden,
warum es dir keinen macht. Du läßt mich richtig
spüren, welche Mühe du dir gibst,
es mich nicht spüren zu lassen.

F: Ich wollte dich nur nicht beschämen.
Schließlich liebe ich dich.

M: Was kann das schon für eine Frau sein,
die jemanden wie mich liebt?

F: Hast du denn keinen Funken Selbstachtung
bekommen durch mich?

M: Wie kann ich jemanden achten,
der mich nicht verachtet?

F: Kurz: Du bist mir immer über!

M: Nein. Du machst mich so schwach,
mich immer stark zeigen zu müssen.

F: Iiiich?

M: Ich mache dich so stark,
dich schwach zeigen zu dürfen. Ungestraft!

F: Du meinst, meine Überlegenheit über dich
verdanke ich dir auch noch?

M: Na klar. Bei mir kannst du dir sogar
Unterlegenheit leisten. Vor mir und vor dir selbst.
Das ist doch schon was.

F: Wer solche Überlegenheit nötig hat,
der ist doch schon unten durch. Aber weißt du,
wo dein schwacher Punkt wirklich liegt?

M: Da bin ich aber neugierig.

F: Da kannst es nicht ertragen,
daß nur ich das gewisse Etwas habe.

M: Und du kannst es nicht ertragen,
daß ich mir nichts daraus mache.

F: Trink doch nicht so viel! Du solltest lieber
vom Kuchen essen. Du trinkst wieder viel zu viel.

M: Wie soll ich sonst mit allem fertig werden,
was du da sagst.

F: Wenn du trinkst, noch weniger. Hast du
keine Angst, zum haltlosen Säufer zu werden?

M: Immer weniger, je mehr ich trinke.

F: So kann niemand etwas mit dir anfangen.
Du machst dich kaputt.

M: Wäre es dir lieber, wenn ich *dich* kaputtmache?

F: Aber das ist es ja, was mich kaputtmacht!
Du säufst mich kaputt. — Ich bin verzweifelt
über meine Ohnmacht vor deiner Verzweiflung.

M: Dagegen sauf ich ja gerade an.

F: Ich bin unglücklich,
weil du über meinen Kummer trinkst.

M: Du denkst wieder nur an dich.

F: Ich kriege eben nie, was ich will.

M: Du willst nie, was du kriegst, das ist es.

F: Ich bekomme immer nur, was ich gar nicht will.
Und weil ich es nicht will.

M: Mich etwa? Tu so, als wolltest du es gar nicht.
Dann kriegst du es auch. Garantiert.
Alte Lebensweisheit.

F: (Pause - lauernd sanft) Du findest mich gierig,
nicht?

M: Weil du mich kleinlich findest, nicht?

F: Ich finde dich knauserig,
wenn du mich unverschämt findest.

M: Und ich finde dich maßlos,
wenn du mich kleinkariert findest.

F: Aber ich habe dich gern. – Trotz allem.

M: Trotz allem! Was für eine Leistung! Da kannst du
ja richtig stolz auf dich sein, kleine Märtyrerin.

F: Ich hänge eben mehr an dir als du an mir.
Das muß ich büßen.

M: Das ist ja gerade das Schlimme mit dir. Du klebst
an mir, du bist zuvorkommend, du äffst mich nach.
Wenn ich mich mit dir unterhalte, ist es so,
als würde ich Selbstgespräche führen.

F: Du schickst mich also weg! –
Nach so vielen Jahren! Gib es zu. Nimm mich
wenigstens soweit ernst, daß du mich nicht schonst!

M: Nein, nein, du willst mich nicht verstehen,
weil es nicht in dein strategisches Gejammer paßt.
Du glaubst mir erst, wenn ich lüge.

F: Hältst du mich schon für unzurechnungsfähig?
Sonst würdest du mich verurteilen.

M: Ich verurteile höchstens,
daß du hier das Opfer spielen willst.

F: Aber du wolltest doch immer eine Frau,
die deine Interessen teilt und an deinem Leben
teilnimmt und immer ganz da ist für dich.

M: Ja, aber eine Frau mit eigenen Ansichten
und Interessen und Zielen. In unser beider Interesse.

F: Du möchtest also,
daß ich mich selbständig mache?

M: Dann könnten wir mehr miteinander anfangen,
denke ich.

F: Gut, dann fange ich mal an, dir nicht zu folgen.

M: Trotz mir ruhig, gib's mir,
laß dich nicht beeinflussen von mir!

F: Gut, also ich bleibe einfach eine Klette,
ein Kind, dein Schmarotzer und treues Echo.

M: Aber du hast doch eben selbst gesagt ...

F: *Du* willst doch, daß ich mich freimache. Wenn ich
das tue, habe ich doch schon wieder nur pariert.

M: Dann bleib lieber, wie du bist.

F: Einverstanden! − Zufrieden?

M: Wie kleinlich du bist!

F: Ich und kleinlich? Ich opfere mich auf für dich,
und du? − Ich fühle mich betrogen. Du saugst mich
doch nur aus. In unserer Beziehung war doch immer
ich der Gebende von uns beiden.

M: Vielleicht will ich gar nicht haben,
was du mir aufdrängst.

F: Aufdrängst?! − Aber du nimmst es doch sehr
gern an, läßt dich von hinten und von vorn bedienen
und nörgelst noch herum.

M: Ich tue dir doch nur einen Gefallen.
Du mußt es loswerden, um dich als Frau zu fühlen,
und ich gebe mich dafür her, es dir abzunehmen.

F: Und kein Wort des Dankes in all den Jahren!

M: Machst du jetzt auch noch Dankbarkeit
zu den ehelichen Pflichten?

F: Natürlich nicht. Aber wenigstens dafür
könntest du dankbar sein.

M: Ich bin ein schlechter Mensch, ich weiß.

F: Wie gut du bist, daß du das selber zugibst, nicht?

M: Und du, bist du besser, weil du einen Jesus
mehr bewunderst als einen Stalin?

F: Trampel ruhig herum auf meinen religiösen
Gefühlen. Du scheißt ja auf alles und wunderst dich,
daß alles immer beschissener wird.

M: Wie ordinär du sein kannst.

F: Es gibt Situationen, wo es dich gar nicht stört.
Ganz im Gegenteil.

M: Ich habe mich dran gewöhnt,
daß ich mich nicht daran gewöhnen kann.

F: Ich tu' es nicht gern, aber ich halte es für meine
Pflicht, dir endlich einmal zu sagen, daß unsere Ehe ...

(Kurze Pause)

M: Ach, tu' doch nicht so. Du neigst doch
zu ehelichen Pflichten überhaupt mehr
als zu sinnlichen Neigungen.

F: Du bist ein ganz gemeiner Hund!

M: Da hast du leider Recht.

F: Das läßt du dir gefallen?
Du läßt dich unwidersprochen tadeln?

M: Warum nicht? Ich bin besser,
als du dir vorstellen kannst.

F: Dafür hast du wirklich mal ein Lob verdient.

M: Für alles andere ja, aber dafür nun nicht! ...

So, das war's dann! Das zweite Heft
haben wir jetzt durchgearbeitet.

F: Du kannst dann das Gerät abschalten.
Ist alles gut draufgekommen?

M: Ja. Ich schicke die Kassette sofort ein ins Institut.
In drei Wochen haben wir dann das Gutachten.

F: Und wie geht es jetzt weiter?

M: Wir lassen uns gleich das nächste Heft schicken:
„Doppelstrategien partnerschaftlicher Kommunikation
in psychosozialen Streßsituationen".
Wieder ein Selbsterfahrungskursus mit Rollenspielen
und Psychodramen für Fortgeschrittenere.

F: Das sind wir jetzt.

M: Ja, es hat was gebracht.
Wir verstehen uns jetzt besser, finde ich.

F: Wir sollten erst die Checkliste des Instituts
abwarten.

M: Natürlich. Aber wir thematisieren unsere Konflikte
schon ganz gut und dekonditionieren uns.

F: Wenn ich da an die Schmidts denke.
Wie die aneinander vorbeireden!

M: Du warst viel besser als beim letzten Mal.

F: Du aber auch. Ehrlich.
Das speckt innerlich ganz schön ab, was?

M: An einigen Stellen fand ich dich echt toll.

F: Wir kriegen das hin. Das härtet ab. −
Damit überrunden wir sie alle.

E n d e

Eine weise Einweisung

Um fünf Uhr ging nicht die Marquise, um fünf Uhr ging der Medizinalassistent Jürgen Lindemann aus dem Haus, um auf Station 12 der außerhalb des Stadtrandes gelegenen Städtischen Nervenklinik die Frühschicht zu übernehmen. Nur ein Patient hatte gegen zwei Uhr eine Spritze mit dem Neuroleptikum Flupentixoldecoanat bekommen, sonst war in dieser Nacht der »Wachsaal« mit den Neuaufnahmen ruhig gewesen.

Die Morgenmedikation war von seinem Vorgänger schon vorbereitet, Lindemann hatte bis zum Wecken der Patienten noch Zeit. Er zog aus einer Lade seines Schreibtischs eine fleckige Mappe und blätterte ziellos ratlos darin, bevor er einen Bogen Schreibpapier nahm, um einen Brief aufzusetzen an seinen ehemaligen Psychiatrieprofessor Kurt Walderbusch, der ihm für den beruflichen Start nach der Promotion Rat und Hilfe angeboten hatte, in schwierigen Fällen.

Sein ästhetisch dilettierender Doktorvater besaß eine umfangreiche Sammlung künstlerischer Dokumente seiner psychopathischen Universitätsklinikpatienten aus mehreren Jahrzehnten. Ausgewertet hatte er diese Produkte in einem mehr von Intellektuellen als von der Fachwelt beachteten wissenschaftlichen Werk, in dem er zu anderen Ergebnissen gekommen war als sein Kollege Leo Navratil. Lindemann benutzte einen Kugelschreiber, um seine Patienten nicht durch das Klappern der Schreibmaschine vorzeitig zu wecken:

Sehr geehrter Herr Professor,

zum ersten Mal seit unserem Abschied vor einem halben Jahr muß ich von Ihrem freundlichen Angebot Gebrauch machen, mich ruhig wieder an Sie zu wenden, falls ich einmal nicht weiter weiß. Obwohl ich hier i. A. ganz leidlich zurechtkomme, bin ich jetzt von meinen Oberen mit einer undankbaren Aufgabe konfrontiert worden, die mich schlicht überfordert und geradezu nach Ihnen ruft. Entschuldigen Sie meine Spekulation, aber locken kann ich Sie nur mit der Aussicht, Ihre gute psychopathographische Kollektion durch ein neues Fundstück zu bereichern, von dem ich nicht weiß, ob es Ihre Neugier genug reizen kann, um mir zu helfen. Hier erst einmal die näheren Umstände und der derzeitige Stand meiner eigenen Überlegungen, von denen ich nicht weiß, ob sie mich gerade in die Irre führen ...

An dieser Stelle unterbrach Lindemann erst einmal seinen Brief, um erneut in der fleckigen blauen Mappe mit den engbeschriebenen DIN-A4-Seiten herumzulesen. Dann fuhr er fort:

Ich explorierte, daß am 23. September in unsere psychiatrische Klinik ein schätzungsweise 25- bis etwa 30-jähriger Mann eingeliefert wurde, der einige Stunden zuvor auf dem belebten städtischen Marktplatz zu B. von einer leeren Apfelsinenkiste herab vor einem wachsenden Kreis neugierig belustigter Vormittagspassanten »wirre Reden« offenkundig unpolitischen Inhalts gehalten hatte, ohne sonst belästigend oder gar tätlich zu werden. Da wegen Erregung öffentlichen Ärgernisses herbeitelefonierte Polizisten und später ein Amtsarzt weder Trunkenheit noch Drogeneinfluß feststellen konnten, ließen die einigermaßen ratlosen

Ordnungshüter den sichtlich übererregten, hyper-
motorisch agierenden und zu keiner vernünftigen
Aussage fähigen Mann, der gar keine Personalpapiere
vorweisen konnte, zur Beobachtung an uns überwei-
sen. Der sozial auffällig Gewordene ließ sich willig
und fast ohne Widerstand mitführen. Selbst intensive
Nachforschungen der zuständigen Behörden konnten
bis heute seine Identität nicht ermitteln, weder Name
und Anschrift, noch Herkunft oder Arbeitsverhältnisse
oder Umgang. Selbst auf wiederholte Suchanzeigen in
den hiesigen Tageszeitungen haben sich bisher keine
eventuellen Angehörigen oder Bekannten gemeldet.

Bislang ist unausgemacht, wie es unserem wie üblich
medikamentös ruhiggestellten Patienten gelungen sein
mag, schon einen Tag nach seiner polizeilichen Ein-
weisung trotz der in allen Nervenkliniken auch nachts
obligatorisch strengen Überwachungsmaßnahmen im
sogenannten „Wachsaal", wo Fälle mit noch unklaren
paranoid-schizoidalen oder depressiven Krankheits-
bildern durch besonders geschultes Personal super-
visiert und vor sich selbst geschützt werden sollen bis
zur Erhebung einer genaueren Anamnese, mit einer
Überdosis eines schweren Betäubungsmittels unge-
klärter Herkunft einen Suizidversuch zu unternehmen,
der allerdings rechtzeitig entdeckt und so vereitelt
werden konnte. Bisher ist der rätselhafte Patient aus
dem postsuizidalen Koma zwar wieder aufgewacht,
aber eine hoffentlich nur „passagere Aphasie" steht
weiter zwischen ihm und uns, so daß wohl keine Aus-
künfte von ihm und über ihn zu erhalten sind bis auf
weiteres.
Neben der Apfelsinenkiste, die ihm auf dem Marktplatz als Rednerpodest gedient hatte, wurde außerdem
ein alter Koffer sichergestellt, der ihm während der
Einweisungsprozedur bei uns abgenommen worden ist

und außer einigen Wäschestücken nur ein gummibandumschnürtes Bündel handgeschriebener Aufzeichnungen auf Schulheftpapier enthielt, von denen wir annehmen, daß sie von unserem Patienten verfaßt sind, ohne daß wir für diese Annahme einen anderen Grund anzugeben wüßten, als daß sie bei ihm gefunden wurden. Mehr zufällig wurde mir als Assistenten die Sichtung der Papiere aufgetragen in der Hoffnung, darin Aufschlüsse über ihn zu erhalten, wenigstens jene Angaben zur Person, die ihn für unser Karteisystem brauchbar machen. Eine grobe Durchsicht des Materials, auf das wir vorerst beschränkt sind, ergab so etwas wie autobiographische Skizzen oder wenigstens Betrachtungen eines Ich-Erzählers, wenn meine mangelhafte neuphilologische Ausbildung mich nicht trügt, und Ausführungen philosophischer Natur, wenn ich es so umschreiben darf. Ich fühle mich zu inkompetent, um aus diesem Material, das ich Ihnen mit der unbescheidenen Bitte zuschicke, mich bei seiner medizinischen Auswertung zu unterstützen, diagnostisches oder gar therapeutisches Kapital zu schlagen. Ich hoffe nicht, daß eine Klärung dieses Falles für meine berufliche Karriere lebenswichtig ist, aber ein Gutachten von Ihnen, sehr verehrter Herr Professor, wäre mir eine große Hilfe. Selbst wenn Sie nur Zeit für kurze klärende Hinweise haben, danke ich Ihnen im Voraus für Ihre Mühe.
Mit vorzüglicher Hochachtung und freundlichen Grüßen auch an die Frau Gemahlin und die Kinder,
Ihr Jürgen Lindemann.
Anlage : Aufzeichnungen des Patienten X

Daraufhin legte Lindemann sein Begleitschreiben zu der dicken blauen Mappe und machte daraus ein eigenhändig adressiertes und frankiertes Paket, das er der diensttuenden Nachtschwester für die bald herausgehende Morgenpost übergab, ehe er sich für seine Frühvisite im Wachsaal vorbereitete.

Professor Walderbusch hielt die Mappe nur zwei Tage später in Händen und fühlte sich müßig genug, das seltsame Konvolut zu lesen und seinem ehemaligen Schüler vielleicht zu helfen.

Lieber Lindemann, natürlich hat es mich sehr gefreut, wieder von Ihnen zu hören und daß sie leidlich klarkommen auf Ihrer ersten Arbeitsstelle. Die Aufzeichnungen Ihres Patienten habe ich gelesen und danke Ihnen für Ihr Vertrauen darauf, Ihnen helfen zu können. Wir sind gezwungen, unser Urteil vorerst völlig allein zu gründen auf eine Deutung dieser Blätter. Kann man einen Menschen schriftlich kennenlernen? Zelebriert Ihr Patient nicht nur die totale Offenheit seiner Verschlossenheit? Ich bin sehr skeptisch. — Lassen Sie mich, lieber Lindemann, meine Fallbeurteilung resümieren : Um die Kastrationsangst vor dem übermächtig toten Vater in seiner phallischen Mutter abzuwehren, versichert der Patient seinem archaisch rigiden Über-Ich, das männliche und weibliche Züge internalisiert hat, daß er bereits kastriert und ein kleines Mädchen sei, das nicht mehr kastriert werden könne. Und er rationalisiert seinen Widerstand, indem er am Ende alle für kastriert hält außer sich selbst, der angeblich nur vorgibt, es zu sein. So kann er ungestraft potent sein und das Inzest- und Patrizidtabu unterlaufen : Er opfert einfach nur eine Phallusattrappe, um seinen wirklichen Penis vor dem omnipotenten Bündnis seiner Mutter und deren Manns-Bild zu retten und durch die psychische Zollkontrolle zu schmuggeln.

Allerdings trickst er sich dabei in Wirklichkeit selbst aus, als er sich selbst vormacht, seinen verinnerlichten und projizierten Richtern die Selbstkastration eben nur vorgemacht zu haben: Versehentlich hat er den echten Revolver am Welteingang abgegeben und die Spielzeugpistole übrig behalten. Mit der fuchtelt er intellektualisierend bis heute herum, in der ängstlichen Hoffnung, die anderen halten den Bankräuber mit dem Kindergewehr für eine reale Gefahr, die seine auf andere „re-externalisierten" Aggressionen in Schach hält. Er umgeht das Inzesttabu, das über dem Wunsch steht, als Bürger erwachsen zu werden – um als Künstler ungestört omnipotent sein zu dürfen.

Die Kastrationsdrohung, die für ihn mit der Anmaßung legiert ist, sich an die Seite großer Künstler zu stellen, unterläuft Ihr Patient wiederum dadurch, daß er in einem Geldberuf ungestraft potent ist, den er verachten muß, um nicht narzißtisch gekränkt zu sein durch die mangelnde Aussicht auf eine Karriere dort, die seinem überspannten mütterlich-väterlichen Ich-Ideal entspräche. So antizipiert er seine Niederlage als Geldverdiener und Liebhaber, um auf diesen Terrains nicht mehr kastriert werden zu können, und um unter dem Deckmantel nur vorgetäuschter Selbstkastration unverurteilt, durch keine Realitätsprüfung behindert, primärnarzißtischen Allmachtsphantasien nachhängen zu können (als größter Dichter und Denker seiner Zeit). Dabei ist die prognostische Gefahr schizoidaler Diskordanz, Dissoziation und Desagregation durchaus gegeben, da er lieber gar nichts (und das Nichts) will als nicht alles.

Ob das Schizoforme eher paranoid oder katalon droht, wage ich nicht zu entscheiden. Der eklatante Abstand zwischen Ich und Ich-Ideal, die narzißtische Kränkbarkeit durchs übersteigerte Überichniveau, mag aber suizidal sein, wie ich vermute.

Sie wissen es, lieber Lindemann, dieses ist kein offizielles Gutachten nach allen Regeln unserer Kunst. Ziemlich undisziplinierte Assoziationen eines alternden Psychiaters, der mal Schriftsteller werden wollte. Oder Philosoph : Ich muß da oft an Jaspers denken. Vielleicht können Sie ja trotzdem etwas anfangen mit meinem Kommentar. Ich gestehe, daß ich die Blätter, die ich Ihnen hiermit zurückschicke und in einer Kopie meiner Sammlung einverleibt habe, mit Interesse gelesen habe, aber ohne viel Mitgefühl und menschliche Anteilnahme am Schicksal des Autors oder seines Helden. Aber *daß* mich das Ganze so kalt läßt, entzündet gerade meine Neugier. Wir müssen begreifen, was uns *nicht* ergreift und warum nicht, es ist eine Herausforderung, diese ganze Perfektion der Unvollkommenheit, die Verschlossenheit dieser Entblößung. Der Patient sagt gar nichts, indem er alles sagt. Und umgekehrt sagt er alles, indem er nichts sagt.
Herzlichst,
Ihr Kurt Walderbusch

Lieber verehrter Professor,
mit der fälligen Beichte will ich es kurz machen. Ohne Umschweife also : Der von Ihnen so ingeniös diagnostizierte Patient, nennen wir ihn hier P, den ich Ihnen unlängst präsentierte, war natürlich nur eine Fiktion. Gleichsam eine "conscience-fiction", wenn Sie so wollen (aber Sie werden nicht wollen). Meine Gewissensbisse sind nicht fiktiv. Erklären heißt um Verzeihung bitten. Während der kein Ende nehmenden Nachtwachen hier in der Klinik — soll man wünschen, daß etwas passiert oder nicht? – dilettiere ich ein bißchen literarisch, um mir die Zeit zu vertreiben. Ich spiele nachts, um in Übung zu bleiben, auf Papier verrückt, bis ein Patient wirklich verrücktspielt.

Das Schreiben an Sie war ein Test, ob meine nächtlichen Kopfgeburten genug Leben besitzen, um ein fachmännisches Gutachten auf sich zu lenken und zu überstehen. Ich wäre noch zufriedener mit mir, wüßte ich Sie nicht verärgert. Darf ich Ihre Reaktion in mein Elaborat einarbeiten, oder fühlen Sie Ihre Gutmütigkeit nun ohnehin schon mißbraucht genug? Kurz : Ihr Gutachten verschafft meinem armen Geschöpf eine zur künstlerischen Existenzberechtigung ausreichende Glaubwürdigkeit. Ist die Geschichte in dieser Form unbrauchbar für Ihre Sammlung?

Herzlichst
Ihr Lindemann

Lieber, lieber Lindemann,
warum sollte ich Ihnen böse sein? Ich fühle mich nicht bloßgestellt. Begutachtet worden ist ein Kunstwerk statt ein Mensch, wo ist der Unterschied? Dafür wurde Ihre Kunstfigur ja auch nicht begutachtet von einem Menschen, geschweige denn von mir. Unser allmächtiger Chef, der Klinikcomputer, enthält Diagnose- und Therapie-Software im Dialogverfahren. Ihr schöner Fall war da rasch von einem Studenten eingefüttert. Waren Sie zufrieden mit der Rezension Ihrer Novelle? Ich bin nicht Literaturkritiker genug für die Entscheidung, ob Ihre "Conscience Fiction", wie Sie's nennen, gesünder ist als der arme Mensch, den Sie sich ausgedacht haben, als wär's ein Stück von Ihnen. Aber der Computer empfiehlt ja weder Verriß noch Euthanasie, wie Sie sehen. Bleibt nur zu hoffen, daß nicht all Ihre Patienten halluzinieren und nicht alle Helden Ihrer Träume so verrückt sind wie P.

Mit den besten Grüßen Ihr K. W.

Lieber Herr Professor,

vielleicht war es verrückt von mir, Psychiater zu werden, aber vielleicht können ja nur Verrückte einander helfen, nicht zu gesund zu werden. Ist geistige Gesundheit nicht so viel wie die Fähigkeit, eine Verrücktheit aufgeben zu können, um eine andere anzunehmen? Ihrem letzten Brief entnehme ich, daß Sie mir nicht glauben, sondern mich für ein Opfer meines Berufs halten. Damals in M. versuchten Sie, meine Approbation zu verhindern. Vergeblich. Auch diesmal wird es Ihnen nicht gelingen, meinen Aufstieg in dieser Klinik und meine wissenschaftliche Karriere zu hintertreiben. Natürlich haben Sie gemerkt, daß ich ein Porträt von Ihnen entworfen hatte ... ein enthüllendes Konterfei, literarisch verpackt. Wollen Sie noch behaupten, sich nicht darin wiedererkannt zu haben? So irre wie die Auslassungen meines >erfundenen< Patienten waren immer Ihre Gutachten und Seminare. Ihre Reaktion darauf hat Ihr Porträt vervollständigt bis zur Kenntlichkeit. Naturgetreuer kann niemand spinnen. Ich bin gesund, so gesund, wie Sie krank sind. Meine gelegentlichen Absencen, Melancholien, Identitätsstörungen, Depersonalisationsgefühle liegen auf genau der Linie, die in der modernen Kunst als zeittypisch normal vorgestellt wird. Ich könnte eine durchschnittliche Figur in einem durchschnittlichen modernen Roman sein, und Sie wissen das auch, Sie, eine Kapazität, die jährlich viele Irrenärzte auf Hypochonder loslassen, um sie verrücktzumachen. Während es sich bei mir um nichts als eine vollintegrierte Form partieller Desintegration handelt, soziale Dutzendware heute, mich gibt es wie Sand am Meer. Leute wie ich haben kulturelle Leitfunktion inzwischen und Sie aus dem Variationsspektrum emotionaler Akzeptanz längst ver-

drängt. Nun wehren Sie sich gegen Ihre Statusentwertung, natürlich, das ist nur zu verständlich.
Schöne Grüße
Ihr L.

Liebster Lindemann,
langsam macht mir unser kleines Spiel ja ehrlichen Spaß. Je ärgerlicher Sie mich machen. Bin gespannt, welche unvorhersehbare Drehung Sie dieser "Sache" noch geben wollen. Wer einen Irren simulieren will, muß eine Unberechenbarkeit vorspiegeln, die wir am leichtesten mit Freiheit zu verwechseln geneigt sind. Sollte bei diesem brieflichen Hin und Her am Ende ein guter Roman oder etwas Ähnliches herauskommen, will ich mich gern im Dienst der Kunst ein bißchen mißbraucht haben lassen. Nur zu mit dem Täuschen und Mystifizieren, ich liebe sportliche Herausforderungen durch Irre und Leute, die dafür gehalten werden möchten, um dem Existenzkampf zu entgehen oder sich wichtig zu tun, wenn sie nichts sonst in die Waagschale zu werfen haben. Von der restlosen Normalität *Ihrer* Devianzen bin ich vorweg immer überzeugt gewesen. Bei mir genießen Sie ja mehr als Narrenfreiheit, lieber Lindemann. Keine Sorte Psychiater kann mit jeder Sorte Patient gleich gut umgehen und fertig werden, beide Seiten spezialisieren sich aufeinander. Wie ich oft beobachten konnte, öffnen sich *Ihnen* besonders bereitwillig die autistisch halluzinösen Paranoiker.
Nichts für ungut und alles Gute
Ihr alter Lehrer

Lieber Professor,
die Botschaft war nur literarisch getarnt, um sie durch die Postzensur der Klinik zu schmuggeln. Falls keine Post mehr von Ihnen kommt, werde ich nicht wissen,

ob Ihre Antwort nicht erfolgt oder nicht zu mir durchgelassen wird. Sie lesen richtig. Ich werde auf Station 12 festgehalten. Als Patient, nicht als Arzt. Widerrechtlich und mit Gewalt, um mich vor mir selbst zu schützen, Sie kennen die Begründungen. Habe ich das Ihnen zu verdanken? Ich will nicht so verrückt sein, das zu glauben. Beweis : dieser Hilferuf an Sie. Sie sind der einzige, der mir im Augenblick meine Identität bezeugen und verbürgen kann. Befreien Sie mich aus dieser ebenso unwürdigen wie unverschuldeten Lage; es handelt sich um ein makabres Mißverständnis wie aus Irrenwitzen. Keine Ahnung, ob es sich um Verwechslung oder Intrige handelt. Ich bin noch nicht soweit infiziert durch die Wahnideen meiner Bewacher, daß ich mich als Opfer eifersüchtiger Kollegen sehe, die meine reformpsychiatrischen Pläne torpedieren wollen. Mehr davon später. Jetzt ist keine Zeit für gemütlich ausgebreitete Einzelheiten, Details sind etwas für Müßiggänger und Beamte.

Ihrer ärztlichen Kombinationsgabe sei es überlassen, dieses Gestrüpp von Chiffren (und Bluffen mit der Wahrheit) zu durchdringen. Aber beeilen Sie sich, es ist nicht mehr viel Zeit, so oder so! Ich verteile keine Stimmen, die ich höre, auf verschiedene Romanfiguren, um sie aufeinander loszulassen und mich am Ende mit dem Sieger identifizieren zu können statt mit dem Schlachtfeld selbst. Das hier ist keine Kunst und keine Halluzination! Die literarische Maskerade gebe ich auf, da Sie nicht kapiert hatten. Verstehen Sie? Was sollte ich tun? Wenn die hier nicht verstehen, besteht die Gefahr, daß auch Sie nicht verstehen. Und wenn die hier verstehen, leiten sie den Brief nicht weiter. Die vertrauen darauf, daß Sie mich für plemplem halten und nichts unternehmen werden.

Mir glaubt niemand mehr, ich auch nicht. Klären Sie die Sache um Gottes willen sofort auf! Bitte!!! In großer Not :
L.

Liebster Lindi,
der Held nimmt Form an, gewinnt unverwechselbare Konturen, beginnt das Interesse des Lesers in Bann zu ziehen. Nur allzu gern lasse ich mich aus meinem schrecklichen Alltagstrott mal durch literarische Falltüren plumpsen. Vielleicht haben Sie mehr Talent, Verrückte zu erfinden als zu heilen. Wie soll's weitergehen? Soll ich raten? Heutzutage zieht man ja dieses Mitmachtheater vor, Sie wissen, diese Literatur zum Weiterspinnen, der Leser als Co-Autor und so. Sie haben sich als Wallraff der deutschen Psychiatrie in den seelischen Untergrund der Gesellschaft begeben, haben sich als identitätsloser Patient dort eingeschlichen, um aus erster Hand am eigenen Leibe zu erfahren, was unsere Opfer nicht nur von ihrer Krankheit, sondern vor allem von unserem Heilsadismus zu erleiden haben. Enthüllungspsychiatrie, der Patient als der wahre Gesunde, der Psychiater als der wahre Irre, der seinen Wahnsinn straffrei an Entmündigten austoben darf mit chemischer Kampfführung. Nicht sehr originell bis dahin, das Szenario, aber wir fangen ja auch erst an mit dem Spiel. Darf ich später das Vorwort verfassen? Spannen Sie mich nicht zu lange auf die Folter!
Ihr alter K.W.

Lieber Professor,
durchschaut! 1 : 0 für Sie. Ich hab mich hier als Schizo reingemogelt, Symptomsimulation ist ja für Profis ein Kinderspiel. Man simuliere jemanden, den deutsche Psychiater für keinen Simulanten halten. Nichts

leichter als das. Kein Veitstanz nötig. Aber nun sitze ich in der Klemme und Tinte, habe mich selbst ausgetrickst. Eine Posse, nur nicht für mich, den Regisseur. Jeder hier hält mich für einen Irren, der sich für einen Irrenarzt ausgibt. Niemand hält mich für einen Irrenarzt, der sich für einen Irren ausgibt. Höchstens für einen Verrückten, der sich für einen Psychiater hält, der sich für einen Verrückten hält oder ausgibt. Sobald Sie mich hier rausgehauen haben, dürfen Sie darüber ein Buch schreiben, nicht nur das Vorwort dazu. Ich helfe Ihnen dabei.
Eilt :
L.

Lieber Lindemann,
ich werde hier leider selbst festgehalten und gehindert, Ihnen umgehend zur Hilfe zu eilen. Ich glaube Ihnen ja. Ich will, aber ich kann nicht. Niemand glaubt mir, nicht die Familie und nicht die Kollegen. Halten Sie mich auf dem Laufenden. Die Figur des Patienten, wo ist die eigentlich geblieben, nachdem ich es doch nicht mehr bin? Lassen Sie den sterben? An Neuroleptika? Machen Sie ihn doch zum Anstaltsdirektor, und Sie haben einige Konstruktionsprobleme weniger mit dem Roman. Lassen Sie ihn vom Irrenparlament demokratisch wählen. Bin ich Ihnen eine Hilfe?
Unsicher wie immer
Ihr W.

Lieber Professor,
natürlich ist der Patient, den ich Ihnen schriftlich vorführte, niemand anders als ich selbst. (Leider haben Sie's etwas zu früh gemerkt.) Nur so konnte ich doch Ihre wahre Meinung über mich erfahren, die Sie mir nie ins Gesicht eines Lindemann gesagt hätten. Um zu wissen, wer ich bin, muß ich wissen, wie ich gesehen

werde. Natürlich suche ich mir sorgfältig aus, in wessen Urteil ich mich wiedererkennen will. Meine Identität besteht schließlich in der Wahl dessen, von dem ich mir meine Identität freiwillig verleihen lasse, weil ich mich mit seinem Bild von mir identifiziere. Ich mache Sie zu meinem Chef, jetzt, wo Sie es in Wirklichkeit nicht mehr sind. Nur so bleibe ich der Chef meines Chefs. Ich wollte, ich könnte einen wie diesen P. erfinden. Wie ein Künstler, der sich das ausdenken kann, um es nicht sein zu müssen. Ich kann nichts erfinden, weil ich so bin wie dieser Patient, nennen wir ihn P. Und ich bin so, weil ich mir nichts anderes ausdenken kann. Nun denken Sie sicher, ich hätte mich mit einem real existierenden Patienten P. einfach nur zu weit identifiziert, nicht wahr? Dazu bin ich viel zu egoistisch, soweit reicht meine Anteilnahme an fremdem Schicksal nicht. Ein Künstler versetzt sich in fremde Menschen, um ihnen nicht helfen zu müssen. Ein Arzt tut das, weil er sich keine fremden Schicksale ausdenken kann; er überkompensiert seine künstlerische Impotenz. Aus dem Gefängnis solcher Unfähigkeit befreien keine Psychotherapien. Schluß mit den Versteckspielchen jetzt! Kein weiterer doppelter Boden mehr hinter jedem Wort. Ich bin P. Das ist der Zähneausbeißgranit. Besuchen Sie mich mal hier in B. Wie wäre es am kommenden Wochenende mit Frau und Kindern?
Herzlichst
Ihr L.

Lieber Lindemann, Sie Narr,
tut mir Leid, aber was Sie sich da geleistet haben, geht über Studentenulk und meinen Sinn für Humor hinaus. Zum Schein habe ich mitgespielt, um die Briefe zu sammeln. Ohne Ihre Einwilligung werde ich sie veröffentlichen. Ich weiß nur noch nicht, ob ich Sie

anzeigen oder nur der Lächerlichkeit preisgeben soll, als einer dieser Witze vom Irren im Irrenarztkittel. Welche Etappe in Ihren Strategien habe ich nun erreicht? Läuft alles nach Wunsch ab, Sie ... Sie ... Ober-Nervenarzt Sie?
Verachtungsvoll
Ihr Prof. Dr. K. W.
PS: Nicht jeder größenwahnsinnige Idiot darf sich als hehres Opfer der Gesellschaft aufspielen. Das Individuelle am Individuum ist doch das, was ihm niemand nachmacht, sei es nun genial oder irre, Sie Anwalt des durchschnittlichen Schwachsinns heute.

Verehrter Professor,
wozu das Ganze, fragen Sie? Na ja, ich wollte wissen, wann ein großer Psychiater anfängt, Verrückte so ernst zu nehmen, daß er sich von ihnen verrückt machen läßt, so verrückt eben, daß er sie ernst nimmt. *Das* wollen die und nicht geheilt werden. Idioten sind nicht einfache Menschen, aber einfach Menschen, die es nicht ertragen, wie jedermann zu sein. Lieber meschugge sein als gar nichts, ist ihr geheimer Wahlspruch, denke ich. Noch die Melancholie ist verdrehte Megalomanie. Wann ist ein Seelenarzt groß? Er kapiert noch da, wo andere spritzen müssen, um nicht kapieren zu müssen. – Ein Fremdsprachenübersetzer, ein Universaldolmetscher, denn jeder Bekloppte erfindet seine eigene Muttersprache, um seine absonderliche Liebe zu Mutter Natur nicht mitteilbar zu machen. Um Mama mit niemandem teilen zu müssen. Ist es irre, die Irren so zu sehen? Wir müssen den Verstand verlieren, zu dem unsere Patienten kommen sollen. Ich habe viel gelernt aus Ihrer Lernschwäche. Vielen Dank für dieses unfreiwillige Seminar :

L.

Lieber Dr. Frankenstein,
auch meine Exploration ist jetzt fast abgeschlossen.
Am Wochenende werde ich kommen, Sie zu befreien
aus den Klauen Ihrer Kategorien und Ihres *Patienten*,
den ich so frei war, Ihnen zu schicken, um Ihnen mal
... na ja, raten Sie mal.
Ihr K. W.
PS : Ihr P ist durchsichtiger, als er hofft. Niemand soll
durchschauen, daß er nur zu durchschaubar ist. Verrückt an mir ist, was ich niemandem mitteilen will,
weil ich es mit ihm nicht teilen will. Das lächerliche
Getue, das in den letzten Jahrzehnten um das geheime
Genie der Wahnsinnigen gemacht wird, verdeckt nur
eine schlichte Tatsache: daß es sich meist um Wichtigtuer handelt. Das verwirrend ganz Besondere an
den ach so interessanten Irren ist nur ihre Angst vor
der Entdeckung, nichts Besonderes zu sein, sondern
Menschen unter Menschen, keine übermenschlichen
Untermenschen. Da Genies alle ein bißchen wahnsinnig sein sollen, hält sich jeder Idiot heute für ein ver-
kanntes Genie, verführt von diesen Genies der Anti-
Psychiatrie, von den Laings und Coopers und anderen.
Nun sind Sie wieder dran.
K. W.

Meister,
Verehrtester Anwalt der wohltemperierten Leute, der
progressive Lack ist nun endlich ab, die linksliberale
Maske ist herunter, Sie Jugendfänger, der sich mit den
Normalitätsbestien doch längst gegen seine eigenen
Patienten verbündet hat! Sie sind doch kein Psychiater
geworden, um unsere Psychosen als Zerrbilder eines
freieren Lebens zu entlarven und die Gesellschaft von
ihren Zwangsvorstellungen zu emanzipieren, sondern
um Ihre eigene drohende Psychose auf unser aller
Kosten in Schach zu halten. Wie lange ist es her, daß

wir von Ihnen hörten : Kunst, Rauschgift und Wahnsinn sind die drei Spitznamen des Glücks heute, der schmerzgequetschte Fuß in der Tür zum irdischen Paradies? Wie haben wir Sie einst verehrt und bewundert, Sie Scharlatan. Sie hatten Sinn für Unsinn, Blödsinn, Schwachsinn, für Eigensinn und Irrsinn, den siebten Sinn für »das ganz Andere«, für das Jenseits aller bläßlichmiesen Vernünftelei. Erinnern Sie sich an die Losung? »Her mit den Narrenschellen, weg mit den Hand- und Kopfschellen!« Früher riefen Sie nach neuer Politik, heute rufen Sie nach alter Polizei – gegen alle, die Sie beim Wort nehmen wollen. Sie haben Ihren faulen Frieden gemacht, Sie Friedhöfling der Macht. Wie ließen Sie sich damals faszinieren, durch alle Formen und Spielarten des menschlichen Außersichseins, durch Brahmanen und Schamanen, durch ekstatisches Zungenreden und Veitstanzschulen, Zen und Castaneda, die Dionysos-Mysterien und Voodookulte … Mahayana-Yoga und die acht Pfade der fernöstlichen Weisheit, durch Mao und Tao, LSD und KPD, Upanishaden und Tarock, Yin und Yang und heute?! Heute verwechseln Sie I Ging mit IG Metall und das sozialdemokratische Parteibuch mit dem tibetanischen Totenbuch.
Bitter und betrübt
Ihr L.

Lieber Lindemann,
Sie sind der Patient Ihrer Patienten. Sie sind unter Obskuratel zu stellen. Sie sind ein Dummkopf (aber kein liebenswerter).
Resigniert
Ihr K. W.

Lieber Reichsgurujäger,
Ihre Vernunft deliriert. Ist das alles?
L.

Liebstes Lindemännchen,
werden Sie mir glauben und verzeihen können, daß
Sie die ganze Zeit über Briefe gewechselt haben mit
Töchterchen Ophelia Walderbusch, im Namen meines
leiblichen und Ihres geistigen Vaters, der keine Ihrer
Episteln und Liebesbriefe je zu Gesicht bekommen
hat? Ja, ich bin es, Ophelia, und bei Shakespeare war
Ophelia eine schöne Wahnsinnige, liebster Hamlet.
Eifersüchtig war sie immer auf Ihre unglückliche pla-
tonische Liebe zu ihrem Vater. Seit Sie in unserem
Hause als Student verkehrten, war ich verliebt in Sie.
Gestern als Backfisch, heute als Walfisch. (Und der
Backfisch, der hat Gene, doch die Gene sieht man
nicht ... Sie wissen, worüber die Ophelia wahnsinnig
wurde?)
Wirrer Rede klarer Sinn : Wissen Sie, was ich glaube,
wenn ich an den Beruf meines überaus berühmten
Vaters denke? Wahnsinn ist nichts als Flucht vor Liebe. Vor Liebe, die selbst nur eine Form von Wahnsinn
ist, wie die Dichter immer gesagt haben, die selbst
heilige Irre sind, Hölderlin etwa. So verrückt ist das.
Ich bin so verrückt, Sie zu lieben, und Sie sind so
verrückt, nicht zu lieben. Ekstase, Mystik, Seinsge-
wißheit, der »andere Zustand«? Ach, alles nur Abar-
ten der Angst vor Liebe. Vor einer Selbstaufgabe, die
zwanglos ist; die einzige der Welt, die freiwillig ist.
Die Liebe ist der einzige »andere Zustand«, der wirklich über Sie hinausführt und nicht hinter Sie zurück.
Sie ist das wirksamste aller Rauschgifte und gleichzeitig das einzig wirksame Mittel dagegen, die absolute Verwandlung der Welt und der tiefste Bruch mit
sich selbst und mit allen Dingen.

273

Was Sie immer den »anderen Zustand« nannten, ist die primitivste Urform der Liebe, ihr noch vormenschlicher Aggregatzustand. Nur erotische Hingerissenheit überwindet alle Subjekt-Objekt-Spaltung. Die Droge ist der Sex der Impotenten, denke ich. Seien Sie nicht so verrückt, nicht nach einer Frau verrückt zu sein! Das wahre »ganz Andere« liegt ja im anderen Geschlecht und sonst nirgends. Die Chinesen nannten den Sinn des Lebens das *Tao* zwischen Yin und Yang. Es ist viel darüber gerätselt worden, was das heißen könnte. Auch die Chinesen selbst haben längst vergessen, was es bedeutet, Tao zwischen Yin und Yang. Ich bin sicher, ursprünglich bedeutete es einfach den Weg zwischen Mann und Frau. Um davon abzulenken, haben die Herrschenden seit Konfuzius alles Mögliche dort hineingeheimnist, um arme Leute irrezuführen und verrückt zu machen. Am Ende blieb nur die Etikette des Kosmos übrig. Alles Quatsch. Im Übrigen habe ich meinen Vater heute eingeweiht. Die Briefe : er hat gelesen, gelacht und läßt Sie herzlich grüßen. Na ja, und sich bei Ihnen für seine Tochter entschuldigen. – Kämpfe ich vergeblich um Sie? Stelle ich mich bloß, ist es Ihre Pflicht, meine Blöße zu bedecken, und sei es durch Umnachtung wenn nicht durch Umarmung. Am Wochenende komme ich Sie endlich befreien aus den Klauen des Wahnsinns. In banger Sorge
Ihre Ophelia W.

Mein liebes, liebes Neuroleptikum
und Antidepressivum,
natürlich wußte ich, daß Sie es waren, die mir geantwortet hat, und nicht Ihr Vater. Vom ersten Brief an war das zu erraten. Das Herz, das Sie an mich verlieren, ist die einzige geschlossene Anstalt für Irre, in der

ich leben möchte. Ich komme, Sie zu befreien von Ihrem Vater, dem Irrenarzt, bevor er unseren holden Wahnsinn heilt. Wir werden heiraten in der Anstalt.
Verrückt nach Dir
Dein L.

Mein lieber Lindemann,
nun versteckt sich kein Fräulein Tochter mehr hinter ihrem Vater, hier schreibt Ihnen zum ersten Mal Ihr alter Lehrer selbst. Läßt es sich einrichten, daß ich Sie sprechen kann, bevor Sie mit ihr zusammentreffen? Ophelia ist sehr krank.
Ihr K. W.

Lieber Herr Lindemann,
Sie werden sich kaum noch an die graue Maus erinnern, aber die Ehefrau Ihres Professors erinnert sich gut an die Besuche des Studenten, der ihre Küchenkünste so dankbar zu würdigen verstand. Entschuldigen Sie bitte meine ganz unvermittelte Einmischung in Ihren regen Briefwechsel mit meiner Familie. In diesem Hause liegen alle Briefe so offen herum, daß kein Postgeheimnis möglich ist. Bevor Sie unser Haus wieder betreten - ich würde mich darüber sehr freuen -, sollten Sie über die Familie einiges wissen, das Sie bisher nicht wissen konnten. Mein Mann und meine Tochter stecken nicht nur gegen mich unter einer Decke, in einem Sinne, der Ihnen zu erklären wäre. Beide wollen zusammen mit Ihrer Hilfe ... aber das läßt sich in einem Brief nicht sagen. Läßt es sich einrichten bitte, daß ich Sie sprechen kann, bevor mein Mann mit Ihnen spricht, bevor Sie mit meiner Tochter zusammentreffen? Es wäre für Sie viel wichtiger, als Sie jetzt übersehen können.
Schon heute darf ich Ihnen sagen, daß ich meinen Mann besser kenne als Sie; Sie werden mir das nicht

bestreiten mögen. Seine weiblichen Patienten interessieren ihn mehr als seine eigene Frau, und meine Tochter teilt seine ungesunde Schwäche für Schwachsinnige und Geisteskranke. Beide interessieren sich für abnorme Persönlichkeitsentwicklungen aus Angst vor den Anforderungen des gewöhnlichen Lebens, denen sie wenig gewachsen sind. Mein Mann liebt es, leidende Menschen heillos von sich abhängig zu machen. Was unsere Familie betrifft, charakterisiert sie nichts besser als der Umstand, daß unsere Hausbibel, das Regiebuch all unseres Umgangs miteinander, den Titel »Schizophrenie und Familie« trägt. Wir haben nichts zu erzählen, wir reden ständig aneinander vorbei, wir haben einander nichts zu sagen, und deshalb sprechen wir Autisten nur über die Bedingungen der Möglichkeit von verbaler Interaktion und nonverbaler Kommunikation. Es ist grotesk. Sie sollen offenbar das Szenario belebend erweitern. Ich habe die Briefe gelesen und sage Ihnen (bei allem Gerede über das „*ganz Andere*", was immer das sein soll) :
Es ist alles ganz anders.
Mit freundlichen Grüßen
Ihre Mafalda W.

Liebster,
natürlich wußte ich, daß du als Student damals ein Verhältnis mit Mama angefangen hast. Nicht weil du sie liebtest, sondern um sie als Waffe gegen Papa einzusetzen. Meine Eifersucht war scharfsinnig genug, das sofort herauszufinden. Jetzt soll auch SIE wissen, daß ich es von Anfang an wußte, und ihr beide sollt wissen, daß ER es auch weiß. Und *daß* du Mama als Waffe gegen Papa brauchtest, das hat Mama als Waffe gegen Papa gebraucht. Klar?
Weshalb du dich jetzt wieder an den Professor gewandt hast, ließ sich leicht zusammenreimen. Du

willst dich noch einmal in seine Schwächen und fixen Ideen einschmeicheln, du hast diese Hoffnung nicht aufgegeben, seine schöne und gutgehende Privatklinik eines Tages doch in die langen Finger zu bekommen. Er ist alt. Er macht sich Gedanken über die Zeit nach ihm, du kennst ihn. Über Mamas Bett hast du schon einmal vergeblich versucht, den Fuß in unsere Tür zu kriegen. Es lohnt nicht, den Versuch heute mit der alten Wittib zu wiederholen. Sie hat dir nichts zu bieten, und ihr Einfluß in der Familie ist gering geworden. Ihre Verrücktheit tyrannisiert niemanden mehr, sie genießt Narrenfreiheiten hier.

Als mein Gatte wirst du dein ehrgeiziges Ziel am leichtesten erreichen, ich bin ja Papas Achillesferse. Benutz mich, und ich benutz, daß du mich benutzt. Nur als deine Frau komme ich in dieser Familie zu dem, was mir zusteht. So ist allen geholfen. Mama leidet unter dem Verfolgungswahn, daß Papa und ich sich verbündet haben, sie entmündigen zu lassen. Sie hat Angst, wir könnten sie in die Klapsmühle bringen und für ganz unzurechnungsfähig erklären lassen. Sie glaubt an eine blutschänderische Beziehung zwischen uns (oder gibt vor, daran zu glauben). Sie wird dich mit allen Lügen gegen uns aufhetzen. Wir haben nichts gegen sie, nur gegen ihre Paranoia, die ansteckend wirkt. Papa und ich sind zueinander wie Hund und Katze; einig sind wir nur gegen ihre Zwangsvorstellungen.

Aber das alles hier wirst du ja selbst längst herausgefunden haben, du bist ja nicht blöd. Es fehlen nur noch einige Details, die ich dir nur unter vier Augen sagen kann, um mich nicht juristisch in alle Hände zu geben und weil auch dieser Brief wieder von der ganzen Familie gelesen werden wird. Habe ich etwas vergessen und übersehen? Wann treffen wir uns?
Deine Ophelia.

Lieber Lieblingsschüler,
meine Frau hat Ihnen einen merkwürdigen Brief geschrieben. Lassen Sie sich davon bitte nicht beirren. Sie ist eine ehemalige Patientin von mir, die ich so idealistisch war, vor zwanzig Jahren zu heiraten. Ich habe sie *gefreit*, aber dadurch nicht befreien können von ihren Wahnvorstellungen. Damals wußte ich eben noch nicht, daß die Ehe das Gegenteil einer Psychotherapie ist und daß die Psychiatrie kein Liebesverhältnis ersetzt. Das Ziel meiner schlechteren Hälfte ist es nicht, Ihnen die Augen zu öffnen, sondern zu verdrehen. Sie werden nicht aufgeklärt, sondern endgültig verwirrt. Sie verstehen ja sicher schon jetzt kein Wort mehr.
Wann treffe ich Sie?
Herzlichst
Ihr K. W.

Lieber Herr Dr. Lindemann,
Sie kennen die Handschrift meines Mannes. Ich lege einen Brief bei, den er mir einmal geschrieben hat, als alles noch ganz anders aussah. Der Brief soll Ihnen zeigen, daß der berühmte Professor weniger den Fehler begangen hat, eine ehemalige Patientin zu heiraten, als seine ehemalige Nervenärztin. Nicht ich war der Patient, er selbst war es (und ist es bis auf den heutigen Tag). Sollten mein überaus berühmter Mann und seine überdrehte Tochter in ihrer schizophrenen Familienpolitik fortfahren, behalte ich mir vor, Ihnen weitere Dokumente zukommen zu lassen, welche die geneigte Öffentlichkeit höchlich interessieren dürften.
Wann treffe ich Sie?
Herzlichst
Ihre Mafalda W.,
geborene Roll

Liebe Walderbuschs, Vater, Mutter und Tochter, herzlichen Dank Ihnen allen für die vielen Briefe und aufrichtigen Bemühungen. Ich hatte mich an Sie gewandt, um aus einer Krise herauszufinden. – Wenn mein Beruf sinnvoll sein soll, setzt er einen Sinn voraus für das, was in Patienten vorgeht. Ich habe alles versucht, mich hineinzuversetzen in die so ganz andere Welt unserer Kranken, ich habe in ihnen die Gesunden und in uns Gesunden das Kranke gesucht, ich habe sie lange gesprochen, beobachtet und untersucht. Seit meiner Jugend habe ich einschlägige Literatur studiert, die von außergewöhnlichsten „inneren Zuständen" handelt, von Verfremdungen, von Visionen, Halluzinationen und medialen Delirien. Ich habe es versucht mit Parapsychologie, Telepathie, Astrologie, Hypnose, Mesmerismus und vielem anderen aus aller Welt, ich bin den vielfältigsten Zeugnissen fasziniert nachgegangen.

Ich wußte, daß es mehr zwischen Himmel und Erde gibt, als die medizinische Schulweisheit sich träumen ließe, wenn sie träumen könnte. Ich habe nichts von vornherein von meiner Prüfung ausgegrenzt, nichts geheimnisvoll Ungewöhnliches und Übernatürliches, keine Séancen und keine mystischen Exaltationen, vernunftwidrige Extravaganzen, absurde Entrückung und Verzückung, keine noch so schwüle Ekstase und keine Form der Meditation und des Yoga, immer alles am eigenen Leibe, wo nur möglich.

Es hat nichts geholfen. Ich bin geblieben, was ich immer war, unverwandelt. Mein unheilbar gesunder Menschenverstand hat mich keinen Augenblick lang verlassen. Verachten Sie mich, lachen Sie mich aus, prügeln Sie mich, es ist nichts zu machen! Knochentrocken und beinhart platt, bleibe ich ungeeignet zur Aufnahme in die Regionen eines *höheren Lebens* in anderen Welten. Tja. Ich habe einen Gegenstand angeschaut, angestarrt, bis ich nicht mehr wußte, was es war und wer ich bin und bis mir angst und bange wurde, und ich habe gewartet auf das große kosmische Urerlebnis einer Allverschmelzung. – Komisch. Ich schlief jedes Mal ein.

Nachdem ich alle Verrücktheiten mit mir angestellt habe, um mehr zu werden als ein Spießbürger, kehre ich zu der traurigen Wahrheit meines Lebens zurück, resigniert und erleichtert zugleich. Fazit : Nichts Banaleres als unsere Irren, sie plappern und tun immer nur dasselbe, die Narren. Es macht einen rasend, wie stur und langweilig sie sind, die Yogis und Gurus und all die ko(s)mischen Heiligen heute. Der ganze schizophrene Tiefsinn ist eine einzige monotone Platitüde, eine hysterische Prätention, jeder Irre eine falsche Sphinx ohne Rätsel, eine gut berechenbare Menschmaschine, ein Computer auf zwei Beinen. Jeder Otto Normalverbraucher ist ein Mysterium dagegen. Welch wohltuende Abwechslung dagegen ist nur ein einziger witziger Kopf in einer geselligen Runde, der flüchtige Reichtum nie versuchter Gedankenverbindungen und schönster Paradoxe in heiterer Konversation! Ich tauge weder zum Psychiater noch zum Künstler, ich gebe auf. Leben Sie wohl und versuchen Sie nicht, mich noch einmal zu erreichen.
Ich werde eine große Reise tun.
Ihr J. L.

Lieber Lindemann,
die schönsten Weltreisen macht die Zunge in einem guten Salon. Wir gelangweilten Hysteriker haben alle nur ein bißchen Theater gespielt. Kommen Sie uns besuchen zu unserem nächsten Jour fixe, es rollen da interessante Köpfe. Wir glauben Ihnen kein Wort.
In froher Erwartung
die Familie W.

Lieber Lindemann,
warum antworten Sie nicht, wo sind Sie, was machen
Sie? Sollte einer von uns Sie tatsächlich gekränkt
haben, bitten wir kniefälligst um Ihre Vergebung. Sie
müssen für bare Münze genommen haben, was nie
ernst gemeint gewesen war. Lassen Sie uns an unseren
nichtswürdigen Gewissensbissen nicht zu lange ersticken. Wir brauchen Sie doch. Und wenn wir das früher nicht gewußt haben, dann heute umso mehr. Seit
Sie kein Lebenszeichen mehr von sich geben, ist bei
uns etwas los, das der Hölle ähnlich sehen würde,
wenn wir nicht die Teufel wären, die Sie ...
Kurz und ungut : Sehnsüchtigst besorgt
W.

Lieber Herr Dr. Lindemann,
darf ich Sie nun endgültig und unwiderruflich geheilt
hoffen von Ihrer jugendlichen Schwärmerei für meinen Mann und seine sogenannten Ideen? Ist noch ein
Rezidiv zu befürchten? Sollte es so etwas wie einen
geistigen Katzenjammer Ihrer Emanzipation von ihm
geben, kann ich Ihnen nur raten, nun nicht an ihn ge-
bunden zu bleiben durch Haß und Verachtung und
Verbitterung.
Als ehemalige Nervenärztin weiß ich, was ich sage.
Aber Sie sind als einziger nicht so verrückt, sich von
ihm verrückt machen zu lassen. Sie sind so wenig
verrückt wie mein Mann, der für „heilige Raserei"
schwärmt, wenn es die Raserei der anderen ist. Er
bleibt ganz ruhig und kalt bis in das Herz, das er nie
hatte, also auch nie an jemanden zu verlieren hatte. Er
sieht aber nicht nur zu, wie andere toben und rasen
und schäumen. Er handelt. Er handelt mit gemeinge-
fährlicheren und harmloseren Irren. Er behandelt sie
dadurch. Es hat Methode, wie er Menschen in den
Wahnsinn treibt, die wegen leichter Verwirrungen und

Verirrungen zu ihm kommen. Er rechnet mit der Unberechenbarkeit von Tobsüchtigen und benutzt Selbstmordkandidaten als gefährliche Waffen gegen Feinde. Er kalkuliert ganz rational den Wahnsinn seiner Anhänger ein, all dieser armen Teufel, Schlechtweggekommenen, Schlechtmitkommenden, Ratlosen, Fehlgeleiteten, Verirrten, Fußkranken, Geprellten, und Erpreßten, Ungeschickten unserer Gesellschaft. Dieses „Krankenmaterial", verstehen Sie, ist seine politische Manövriermasse. − Halbverrückte Halbgeheilte, noch gerade fit genug, Missionen für ihn ausführen zu können, aber nicht so klar im Kopf, sich nun von ihm lösen zu können und das Weite zu suchen.

Die Leute bringen heute die geistig Behinderten nicht mehr um, sie sind heute eine Stufe weiter; sie haben einen Weg gefunden, noch diesen sozialen Abfall gewinnbringend zu verwerten in einem psychiatrischen Recycling, denn nichts ist ineffizienter als aufwendige Vernichtung. Sie haben die Losung gehört, man hört sie heutzutage überall: Der Schizophrene ist der wahre Revolutionär unserer Zeit.

Und dieses Mal handelt es sich um keinen männlichen Geheimorden. Frauen sind die eiserne Garde des neuen Irrationalismus, die treueste Kampftruppe unserer befreiten Natur. Vom Blödsinn zum Irrsinn ist nur ein Schritt : Zurück zur Magna Mater, zur Großen Bona Dea. Meine Höhere Tochter ist auch wildgeworden, eine 200-Prozentige. Verstand ist Männersache? Also hat sie den verloren und marschiert mit im Amazonenheer gegen den *patriarchalischen Rationalismus*, wie es so schön heißt. Heilung der Behinderten durch politische Mobilisierung. Und diese tollen Parolen der "Antipsychiatrie" haben Massenzulauf.

Was früher mal nur „linke" Sekten beschäftigte, wird zur manipulierten Massenpsychose. Sie erinnern sich doch noch an die *Sozialistischen Patientenkollektive* damals? Die Spontanremission aller Symptome durch Politisierung der psychiatrischen Kategorien und so? Die Rechten haben sich diese Ideen längst geklaut, wenn es nicht von Anfang an schon rechte Ideen waren. Nun sind diese Ideen perfektioniert und gleichsam narrensicher gemacht. Das ist kein Amok wildgewordener Spießer. Er ist ein eiskaltes Kalkül mit einem methodisch induzierten Wahnsinn anderer, die nicht mehr ein noch aus wissen und durchdrehen, um nicht durch den Wolf gedreht zu werden. Mein Mann stellt die Jagdscheine aus. Seine Leibgarde sind Leute mit Narrenfreiheit. Die haben nichts mehr zu verlieren und zu befürchten; durch die hat er nichts mehr zu befürchten, wenn er geschickt vorgeht. Verrückte können keine Verrückten für sich einspannen : Er spielt verrückt, um sie verrückt genug zu machen, ihm Kastanien aus dem Feuer zu holen. Unter dem Immunitätsschild ihrer Unzurechnungsfähigkeit (oder deren fachmännischer Simulation). Wann und wo treffen wir uns? Lassen Sie mich Ihnen helfen. Ihre Mafalda W.

Lieber Lindemann, wer sich verteidigt, klagt sich an, aber wer sich anklagt, verteidigt sich. Ich bin es mehr als leid, die idiotischen Versionen meiner Familie permanent zu dementieren. − Alptraumzeit, lieber Lindemann, *pensée sauvage* der Dekadenz! Mein Heim ist mein Tollhaus, nicht meine Klinik. Eine hoffentlich nun letzte Richtungstellung, kurz und schmerzhaft : Meine liebe bessere Hälfte war einmal geistige Terroristin gewesen, eine ideologische Herumtreiberin. Wer mich kennt, kennt mich als Sympathisanten der Russischen Oktoberrevolution seit meiner Jugend (und erst recht zu der Zeit, als ich das Mädel kennenlernte). Heute hat ein

Altlinker wie ich eher „Alternativer" zu sein. Das spricht für sich. Es ist peinlich, mit so etwas hausieren gehen zu müssen. Lassen Sie Ihren Kopf von niemandem waschen, benutzen Sie ihn einfach. Wann will mein künftiger Kronprinz endlich bei uns anfangen?
Ich erwarte Ihren Besuch
Ihr Kurt Walderbusch.

Liebster,
es verrät deine Klugheit und sonst gar nichts, daß du in den Schoß meiner Familie nicht zurückgekehrt bist, die dich nur als ihren Hofnarren halten wollte, wie du unschwer erraten hast. – Wie anders sollte ich dein Schweigen deuten, ohne deine Motive in Zweifel zu ziehen? Diese Familie, die ich kenne, soweit einer seine Familie kennt, der nichts mit ihr zu tun haben will über die Tatsache hinaus, ihr zu entstammen, diese Familie wäre eine Irrenanstalt, wenn sie kein Verbrechernest wäre. Wer diesen Leuten die Wahrheit ins Gesicht sagen will, ohne in der Luft zerrissen zu werden, muß ein Idiot sein oder ein amtliches Unzurechnungsfähigkeitszeugnis nachweisen können. Nur ein Narr darf uns sagen, wer wir sind, und wer es uns sagt, muß völlig verrückt sein, um seinen Irrsinn zu überleben.
Wo bist du? Komm nicht zu uns, laß mich zu dir kommen. Ich brenne darauf, mit dir durchzubrennen und durchzudrehen. Ophelia ist ganz verrückt danach, sich am Hofe eines glücklich entlaufenen Hofnarren zum Narren machen zu dürfen.
Darf sie?
O. W.
PS : A propos >Verbrechernest< : Papa veruntreut in seiner Klinik hier Patientengelder. Mit deiner Hilfe will er sich nur "sanieren".

Lieber Lindemann,

alle Scherze beiseite, es ist etwas geschehen! Bitte kommen Sie umgehend zu mir. Das ist kein Spiel, sondern ein Befehl! An Ihrer Mitschuld an einem Verbrechen will ich nicht mitschuldig werden. Freundlichst
Ihr Kurt Walderbusch.

Sollten Sie mir wirklich bis hierher gefolgt sein, dann doch wohl nur in der gespannten Hoffnung auf entspannende Auflösung, schmeichle ich mir und lege alle diese Blätter zurück in die fleckige blaue Mappe in der Zelle des Untersuchungsgefängnisses von B., am Morgen vor dem Gerichtstermin, bevor noch niemand herausgefunden hat, auch ich nicht, ob die Geschichten, die ich mache und erzähle, nun wirklich erlebt oder nur gut erfunden sind, und ob ich selber vermindert schuldfähig bin oder nur ein drittklassiger Künstler. Warum wollen Schriftsteller immer mehr – und also weniger – als bloße Schriftsteller sein? Bitte bekommen Sie selbst heraus, ob Sie mich befreien müssen oder sich selber. Und ob diese Blätter meine Entlastungszeugnisse sind.

Es ist beinahe schon neun Uhr früh. Ich höre schon Stimmen. Gleich werde ich dem Untersuchungsrichter vorgeführt. Denen werde ich nichts sagen. Nur Ihnen. Dies ist meine Handschrift, denn hier gibt es keine Schrei(b)maschine. Bevor man mich holen wird, sollten Sie noch schnell wissen, daß dieses Verbrechen, welches gerade angesprochen wurde, darin bestand, vorgestern Nacht das hochwirksame Neuroleptikum Flupentixoldecoanat ...

Das Heft in der Hand

Er saß auf einer Bank wie so oft und blickte auf den Fluß in der kühlen Sonne. Wie immer hoffte er auf eine Vision, die ihm erlauben würde, einmal etwas ganz Besonderes erlebt zu haben, das er mit anderen Leuten nicht teilen müßte, und einen empfänglichen Geist zu besitzen. Angestrengt gelassen starrte er in die schöne Landschaft. Tat sich da nicht etwas? Eine kleine Bewegung wenigstens, die ihn, den unbedeutenden Menschen, wie etwas Bedeutendes mitreißen konnte, die vom Fluß abhob und in seinem Herzen ausklang? Er war ganz Antenne für feinste Regungen, er lehnte sich weit aus seinem Körper heraus und war ganz weit von der Bank entfernt, auf der er hingebungsvoll saß, ganz dort hinten auf den Wassern ging er, ohne unterzugehen. Dumpf braute der Kopf, und der Fluß lag dümmlich da. Möwen kreisten stumpfsinnig über dem Wasser, weil ihnen nichts anderes einfiel. Wirklich schön, wahrhaftig schön, er gab es neidlos zu. – Na und?

Die Augen fielen ihm fast aus dem Kopf, so sehr bemühte er sich um jene absichtslose Aufmerksamkeit des Blicks, in dem sich Geheimnisse der Natur verfangen sollten wie Fische im Netz. Er stierte in diese Natur hinaus, bis er schläfrig wurde, statt etwas vom Kern der Dinge erfahren zu haben. Hübsch grünte der Deichrasen vor sich hin, der Fluß glitzerte lustig in der Sonne, die Pappeln raschelten weißgrün im leichten Wind. Alles war, wie es war, nicht mehr und nicht weniger. Die Sonne füllte ihren Namen ganz aus, und die Kieselsteine, die Friedrich ins Wasser warf, schmiegten sich ihren Namen an. Satt lag Mutter Natur in der Mittagssonne, und der Hügel, auf dem die Bank stand, war ihre schwungvolle Hüfte. Mitmenschenleer lag alles stumm da und schlummerte. Friedrichs eigener Verdauungsstumpfsinn fand sich bestätigt durch das dumpfe Dasein der Natur, die ihn von allen Seiten umlagerte, um seine Festung zu nehmen und mit ihrer Vegetation zuzuwuchern. Natur : Schon beim bloßen Klang ihres Namens sollen wir in die Knie gehen und uns von ihr bezaubern lassen oder sie in die Knie zwingen. Die Bäume schütten ihr Chlorophyllhorn über die Tiere aus, der Fluß macht Hahazwo-ooohhh, und die Photosynthesensonne schwebt nützlich über den Trinkwasserreservoir.

Mit seinem Schafsblick starrte Friedrich beflissen und demütig auf die Großanlage Natur, ohne etwas zu verstehen. Physik war nicht seine starke Seite. Er verstand nichts von den mathematischen Gesetzen der Bewegung und machte aus der Not, nichts zu kapieren, die Tugend des poetischen Blicks. Er stierte, bis er weniger sah als vorher. Er nannte das den mystischen Blick und dachte, daß man eigentlich einmal in aller Ruhe wirklich nachdenken müßte …

Man denkt an dies und das, an eine Frau, ans Mittagessen, an einen Termin, aber das war es nicht. Denk ja nicht, daß ich nicht dahinterkomme, sagte er und hielt das für nachdenklich. Er las Zeitungen, er hörte Radio, schaltete den Fernseher mal an und aus und dachte sich durchaus sein Teil.

Der blaue Himmel lag über dem grünen Rasen und dem silberschwarzen Wasser, und plötzlich fiel ihm etwas ein, das ihm noch nie zuvor eingefallen war. Etwas argwöhnisch wendete er seinen Einfall um und um. Nie wäre jemandem der Einfall gekommen, daß Friedrich auf so etwas verfallen könnte. Es hatte einen Stich ins Lächerliche und Kindische; es war nicht klar, was es eigentlich bedeutete und was sich daraus schließen ließe. Es war ... nein, es ließ sich nicht sagen, ohne völlig idiotisch zu klingen. Es war weniger als nichts. Er dachte : Zum ersten Mal in meinem Leben habe ich so etwas wie einen Gedanken. Wenigstens sieht es einem Gedanken verdammt ähnlich, und es war kein Grund zum Stolz. Ein denkwürdiger Augenblick war das.

Friedrich Teste starrte in die Natur, und nichts bewegte sich dort und in seinem Kopf. Wie ein Kieselstein lag der sogenannte Gedanke in seinem Kopf und rührte sich nicht. Ihm kam in den Kopf, daß er in seinem Leben alles Mögliche gemacht und unterlassen hatte, ohne daß ihm in all den Jahren, na ja, auch nur je ein einziger Gedanke gekommen war, der diesen Namen verdiente. Jetzt war es heraus. Vielleicht war das hier der einzige Gedanke seines ganzen Lebens, er hatte nie vorher einen anderen gehabt und würde nie wieder einen zweiten haben, dachte er.

Ihm wurde heiß in der Sonne, er öffnete einen Hemdknopf. Er dachte daran, daß er in seinem Leben nur einen einzigen wirklichen Gedanken gehabt haben würde, und daß dieser eine Gedanke darin bestand, nie auf einen neuen Gedanken als erster gekommen zu sein und nicht zu wissen, ob es anderen ähnlich geht.

Es war kein angenehmer Gedanke, aber immerhin.

Daß ihm nie etwas einfällt, was der Rede wert ist und was nicht auch allen anderen ständig einfällt, das fiel ihm ein und drohte, die einzige Idee seines Lebens zu werden und zu bleiben. Es ließ sich offenbar leben und recht gut leben ohne einen einzigen eigenen Gedanken, der sich mit Recht so nennen darf, der sich klar ausdrücken läßt, denn ein Gedanke, der sich nicht deutlich formulieren läßt, dachte Friedrich, ist gar kein Gedanke, sondern bestenfalls eine Ahnung oder Stimmung oder Weigerung zu denken. Man denkt mal dies, mal das, an Frau und Kind, an Haus und Hof, aber das ist kein Denken. Er hatte das deutliche Gefühl, ein seltsames und seltenes Gefühl, daß er nie einen einzigen Gedanken haben würde, so wenig, wie er je einen gehabt hatte. Er war nie auf einen Gedanken gekommen, er würde nie auf einen kommen, denn Gedanken, die andere Leute teilen, sind keine eigenen Reflexionen mehr, sondern nur Reflexe. Wenn es mal Gedanken waren, die in seinem Kopf herumspukten, so waren es Gedanken anderer.

Einige fielen ihm ein und gefielen ihm, andere fand er falsch, ohne beweisen zu können warum nun und weshalb nicht. Jedermann soll heute ja seine eigene Meinung haben und sich seine eigenen Gedanken mache aber woher nehmen und nicht stehlen? Was ihm einfiel, waren Gedanken anderer, die Gedanken wieder anderer waren, na ja – und die Quelle aller Gedanken wurde Herr der Welt genannt. Keine Idee stammte von ihm selbst, wenn er genau hinsah, kein Ausweg aus einer Falle, kein Lösungsvorschlag, kein Irrtum. Und wenn ihm einmal etwas einfiel, was er noch nie gehört zu haben glaubte, entpuppte es sich rasch als Äußerung eines Verrückten – und das nicht deshalb, weil es von ihm kam, sondern weil es idiotisch war. Keiner seiner genannten eigenen Gedanken konnte Anspruch darauf erheben, von Leuten, die er achtete, geprüft und nachgedacht zu werden. Glücklicherweise vergaß er diesen entsetzlichen Gedanken bald wieder. Er wußte, daß er gesund war und jederzeit krank werden konnte, aber seine Gesundheit, also die ständige Möglichkeit, krank zu werden, bestand darin, daß er sie gar nicht spürte.

Friedrich wußte, daß er erst sehr viel später erfahren würde, wie gut es ihm gegangen und wie wohl er sich in seiner Haut gefühlt haben mußte. Er war so übermütig heiter, von der Verzweiflung auf dem Grunde aller Dinge zu reden und von der schwarzen Unverbesserlichkeit des Lebens ... Er las Schopenhauer, weil es ihm allzu zu gut ging, während sein Freund Bernhard, dem es nicht so gut ging, Romane mit Happyend-Lösungen bevorzugte. – Friedrichs schwarze Epoche war eine Form seiner überschüssigen Kräfte, Bernhard wußte das. Wenn sie zusammen waren, traktierte Friedrich seinen Freund mit seinen geliebten lateinischen Ur-Aphorismen, die er ständig vor sich hin murmelte und deklamierte. Er verfluchte das Silentium livoris des Publikums : donec voluntas fiat noluntas. Er rief : verbis simus faciles, res intellecta, obscurior est deterior. Er wollte verum impendere vitae, aber velle non discitur. Abusus optimi pessimus, invita Minerva. Scio meliora, deteriora sequor : cogito ergo est. Wenn Bernhard den Dichter spielte, mußte er Seneca hören : ficta cito in naturam suam recidunt. Irdischer Besitz war ihm nur Klotz am Bein: habes, habeberis. Er tanzte durchs Zimmer und sang : nemo saltat sobrius.

So äußerte sich gern seine Lebensfreude.

Gerade erst 22 Jahre alt war er geworden und hatte beschlossen, weder Politiker noch etwas anderes zu werden. Er wollte es im Leben zu etwas bringen, ohne aus seinem Leben nur etwas herauszuholen, das andere hineingepackt hatten. – Mit Gottes Hilfe wollte er nichts als sein Glück machen, ohne es auf dem Unglück von Mitmenschen aufzubauen, und er hatte die Illusion, mit oder ohne Illusionen leben zu können. In einigen Monaten sparte er sich durch Aushilfstätigkeiten einige Tausend Euro zusammen, verabschiedete sich eines schönen Tages ebenso herzlich wie schweren Herzens von seinen herzensguten Eltern und ging in die Welt hinaus. Die Eltern und Geschwister waren ja ein bißchen ängstlich und erschrocken über seine Unerschrockenheit, aber sie hielten viel zu viel von ihm, um ihn halten zu wollen.

Die gute Mutter legte frische Wäsche und Wegzehrung in seine beiden Koffer, der Vater legte noch etwas Geld und gute Wünsche dazu. Alle weinten, Friedrich Teste weinte, die Brüder und Schwestern bedauerten und beneideten ihn um die Wette. Mit der Straßenbahn fuhr er zum Bahnhof seiner Heimatstadt und löste eine Fahrkarte zweiter Klasse in eine weit entfernte Großstadt. Woher und wohin und warum? Für diese Stadt gab es genau so wenige Gründe wie gegen sie. Friedrich mußte dort nur einen Tag lang suchen, bis er für einen recht bescheidenen Mietpreis, der seine Kasse schonte, eine eher winzige möblierte Dachwohnung gefunden hatte in einem mittelalten Reihenhaus am Rande der großen Stadt.

Mit dem Autobus war die Stadtmitte leicht zu erreichen, wo Friedrich gern spazieren ging. Als er zum ersten Mal in seinem neuen Bett lag, dachte er

mit Dankbarkeit an seine Eltern und holte das einzige
Buch aus dem Koffer, das er mitgenommen hatte. Im
Buch der Weisheit las er die Abschnitte 3 und 4 und
schlief dann ruhig ein.

In den nächsten Tagen durchwanderte er die große
Stadt von einem Rand zum anderen, kreuz und quer,
aß an preiswerteren Mittagstischen und brachte Brot
und Milch, Käse und Honig mit in seine Mansarde.
Es war Oktober, und die Ölheizung zu Hause
wärmte ihn. Wenn die Sonne schien, besah er sich
die Stadt und ihre Bewohner; wenn es regnete, lag er
auf dem Sofa daheim und las im Buch der Bücher.

Friedrich lebte so sparsam, daß seine kleinen Erspar-
nisse gerade ein Jahr lang reichen mußten. Er säte
nicht, er erntete nicht und lebte wie die Lilie auf dem
Felde. Gelegentlich kam er mit Menschen ins Gespräch, die er gern häufiger gesehen hätte. Aber immer waren es solche, die sehr fest im Leben standen,
einen vollen Terminkalender und keine Zeit für ihn
übrig hatten, wenn sie überhaupt etwas für ihn übrig
hatten. Guten Tag, guten Weg, hieß es, und dann waren sie schon wieder weg.

So liebte der junge Mann die weißen Wolken am
blauen Himmel über den grünen Wiesen am Stadt-
rand. Gern sah er die roten Backen der schmutz-
schwarzen Kinder und die schönen Beine ihrer jungen Mütter, ohne einen Beruf ergreifen und eine
eigene Familie gründen zu wollen, ohne besonders
vom Leben begeistert oder sehr enttäuscht zu sein.
Es machte ihm Freude, den anderen Menschen beim
Leben zuzusehen. Wenn er nicht im Freien herum-
schlenderte und anderen bei der Arbeit zusah, saß er

vor einem Schulheft und träumte zum Dachfenster hinaus. Friedrich hatte fast so etwas wie einen Spitzwegblick auf einen lebendig großen und herbstlich leuchtenden Hinterhofgarten, in dem Kinder vor Vergnügen kreischten und auch schöne Blumen aus den Büschen hervorsahen.

Einige Zeilen füllten sich manchmal in seinem Notizheft, aber keine Seiten und keine Bücher. Friedrich schrieb Sätze und keine Absätze und Aufsätze. Schöne Sätze waren darunter, wie ihm schien, aber es waren eben immer nur einzelne Sätze. Jeder dieser Sätze war so allein auf der Welt wie ihr Verfasser, und von einem Satz zum nächsten war ein Abgrund, der durch keinen Sinn zu überbrücken war. Es standen ebenso viele Sätze da wie Abgründe zwischen ihnen, und ein ganzes Werk wollte das nicht werden. Friedrich war froh über das, was da war, nicht traurig über das, was nicht da war. Er lachte, las er die Ausbeute des Tages :»Niemand bessert sich. Er hat neben der schlimmen nun auch eine bessere Seite.«

Wenn er so etwas niederschrieb, nachdem er viele Stunden daran herumgefeilt hatte, ohne daß ihn das am Genuß des Tages gehindert hätte, konnte er weitere Stunden lang aus seinem Fenster hinausgrübeln, ohne etwas zu vermissen. An jedem Tag brachte er es im Durchschnitt zu einem einzigen solcher Sätze und sah, daß er auf diese Weise nie ein Schriftsteller werden würde, sondern nur ein Satzsteller.

Eines Tages fiel ihm auf, daß jeder Satz fast schon ein ganzer Roman war, mit einem Anfang, einem Hauptteil und einem guten Ende. Die besten Sätze waren eigentlich von hinten nach vorn geschrieben und zu lesen, Kriminalromane ohne Mörder, ohne Leichen, ohne Detektive.

Er ging nicht aus dem Haus, ohne einen Bleistift und ein Stück Papier in seine Jackentasche zu stecken, um auf seine eigenen Einfalle gut vorbereitet zu sein. Wenn er es nicht auf der Stelle festhielt, verschwand es so plötzlich, wie es auftauchte. Friedrich gab dem Einfall die klarste und kürzeste Form, die ihm möglich war. Erst kritzelte er die Beobachtung oder den Gedanken ins Unreine, dann bewegte er das für den Rest des Tages in seinem Herzen und in seinem Kopf, und am Abend trug er die letzte und beste Fassung säuberlich in sein Heft ein, ohne das Datum zu vergessen, an dem die brandneue „Idee" ihm gekommen war.

Am Ende einer der letzten Oktobertage stand Friedrich auf der nächtlichen Brücke, welche die beiden Hälften der Stadt über den Fluß hinweg miteinander verband. Unter einer Straßenlampe las er noch einmal alle Sätze langsam durch, die er in sein Heft geschrieben hatte. Keiner der Sätze erinnerte mehr an die Eindrücke des Tages, aus denen er hervorgegangen war. Makellos wie ein Kristall leuchtete jeder der Sätze in der Finsternis, ein Solitär ganz aus Worten gemacht, schön und nutzlos wie ein Edelstein ganz aus Sprache. Der letzte Satz in dem Heft war vom Vortage und lautete:»Der Teufel ist nur die Abwesenheit, durch die der liebe Gott glänzt, oder ist es genau umgekehrt?«

Friedrich warf das Heft mit den vielen Sätzen ins Wasser und sah ihm nach, bis es weggetrieben oder untergegangen war. Er stieg langsam auf das Gelän-

der der großen Brücke und sprang mit einem beherzten Satz all seinen schönen Sätzen hinterher.
Wer weiß, ob er sie eingeholt hat.

Das Heft mit all den Sätzen ging übrigens nicht unter, sondern wurde ans Flußufer getrieben und von einem jungen Mädchen gefunden, das dort badete und das Friedrich ziemlich schön gefunden hätte. Das Wasser hatte die Schrift nicht unleserlich gemacht, aber ein Name und eine Anschrift standen nicht auf dem Umschlag. Das Mädchen vertiefte sich in den Inhalt des Heftes und erkannte, daß es von einem jungen Mann geschrieben sein mußte. Das Mädchen entbrannte in Liebe zu dem Verfasser dieses Heftes und machte viele Versuche, seinen Besitzer zu finden.

Die Versuche blieben vergeblich, aber ihre Versuche, die Sätze zu verstehen, blieben nicht vergeblich. Das Mädchen verstand den Mann in diesen schönen Sätzen. Als die Frau längst einen Mann und Kinder hatte, bewahrte sie das Heft auf, obwohl sie alle Sätze darin längst auswendig wußte und bis zum Lebensende nicht vergaß. Sie hörte nie auf, von dem jungen Mann zu träumen und ihn aus diesem Heft zu erraten, das er geschrieben und verloren hatte – träumte Friedrich Teste, solange er lebte.